刘庆邦 著

女工繪

刘也

作家出版社

目 录 Contents

女工繪

第一章　五月里来五端阳

地下生煤，地上长庄稼。矿工在地底挖煤，农民在地表种庄稼。矿区建在山里，与山村互有交叉。煤矿是后建，地盘总是小。农村来历久远，范围总是大。煤矿左突右冲，似乎老也超不出广大农村的包围。矿工用矿灯指出一线光亮，走在井下纵横交错的巷道里，以为自己已经走得很远了，出得井口稍一眺望，不远处就是农村的庄稼地。地下的煤都是黑的，黑得一成不变。而庄稼刚出苗时都是绿的，一成熟就变成了黄色，黄得遍地流金，浩浩荡荡。

小满过罢，离芒种和端午节就不远了。小满见三新，指的是新大麦、新蒜和新茧。新大麦是看到了，新蒜也吃到了，只是作为第三新的茧子很难看到。茧由蚕结，现在的人们都不养蚕了，哪里会看得到白银蛋蛋一样的新茧呢！如果说大麦是麦科中老大的话，小麦当是老二。"老大"熟过"老二"熟，大麦一熟，不过三五天，小麦紧接着就熟了。因大麦产量低，脱粒难，磨出的面也有些发黏，不好吃，农人种大麦总是种得很少。小麦与大麦正相反，大麦的缺点到小麦那里都成了优点，小麦产量高，脱粒易，磨出的面粉又细又白。用小麦面蒸出的馒头一捏一弹，吃起来满口麦香。擀成的面条筋筋道道，扯都扯不断。看来世上的东西不见得大了就好，小了就不好。

成熟的麦香，随着五月的熏风连天波涌，一涌一涌就涌到矿区去了，涌得一浪高过一浪。矿区的人大都从农村而来，不久前才脱下农装，换上工装；放下锄头，拿起镐头，他们与农村有着扯不断的联系，对成熟时节的麦香有着天然的敏感。他们不必特意去想，也不必特意去闻，只要呼吸的通道还开通着，麦香前呼后拥，忽地就扑进他们肺腑里去了。但他们还是情不自禁地吃了一惊：哎呀，麦子熟了！是哩是哩，布谷鸟在叫，紫燕在空中掠来掠去，云彩也仿佛被麦子映成了金色，成了祥云。五月的麦香是一种燥香，香气里有一种热腾腾的气息。五月的麦香是带有锋芒的，一如万千麦穗上炸开的麦芒，会给人们的肺腑构成一种刺激。生活在矿区的人们家家烧煤，煤炭燃烧时会散发出浓浓的硫黄味儿，在他们闻来，硫黄味儿也是香的，让他们认为是煤香。相比之下，煤香与麦香差远了，麦香更原始，更浑厚，也更有力量，麦香一来，就把煤香的香覆盖住了。受到麦香熏染和刺激的矿区的人们，有些坐不住了，他们转来转去，似乎在找收割用的镰刀和下田戴的草帽。

华妈妈在为过端阳节做准备。"五月里来五端阳，做甜酒，包粽子；缝香包，抹雄黄；艾枝插在门头上，出门就见杏儿黄。"趁附近的农村开始割麦，华妈妈去地里捡了一些人家没收净的麦穗，回家用擀面杖在地板上捶出麦粒，下到住在沟底的农家，借用农家院子里的石头碓窑子，舂去麦粒上的麸皮，就成了麦仁。有了新麦胖胖的麦仁，到端阳前夕，就可做甜酒了。在千百年来约定俗成的民谣提示下，华妈妈在每年的端阳节都要做一瓦盆甜酒。

她做甜酒做得得心应手，每年的端阳节都会给全家人带来口福，并给下一年的端阳节带来盼头。缝香包，是用五彩布把香草的草末缝成多种形状，给孩子佩戴，把小臭孩儿变成小香孩儿。抹雄黄呢，是抹在孩子的口鼻处和耳朵眼边，以防夏日里有毒虫侵袭。华妈妈的三个孩子都大了，他们不愿意再戴香包，也拒绝再抹雄黄，这两样可以免去。至于在门头上插艾枝，那是必须的，青艾特殊的气息，代表的是节日的气氛，门头上一插上艾枝艾叶，就表明端阳节到了。湿艾晾干后，至盛夏蚊子猖獗时，可以把艾在室内点燃，驱赶蚊子。目前的问题是，今年的端阳节还要不要包粽子？包粽子所需的大米是有的，小蜜枣是有的，只是缺苇叶。包粽子不能用别的任何叶子代替，只能用苇叶，只有用苇叶包粽子，粽子才有那么一股子清香气，才能吃出端阳节的味道。世上被称为绝配的事物不是很多，苇叶和粽子堪称绝配。苇子是喜水喜湿的植物，只有在水里和湿地里才能生长。而华妈妈所在的矿区处在浅山地带，虽到处都是沟壑，却缺河少湖，缺水少湿，不利于苇子的生长。每年临近端阳节，苇叶在县城有卖，苇叶只能到县城去买。华妈妈家住的地方离县城远一些，走小路十多里，走大路二十多里。小路曲曲弯弯，穿山越沟，都跟羊肠子一样，不好走。大路是煤炭外运的通道，朝天而开，要宽敞一些。宽敞的大路也不是很好走，上坡下坡不说，路上老是有拉煤的卡车呼啸而过，吓得贴边走路的人们仄着一边的膀子，紧张得很，一路都不敢放松。去一趟县城的人们，难免会占一些便宜，那就是满头满脸的煤尘。

　　往年去县城买苇叶，都是由华妈妈的大女儿华冬梅执行。华妈妈的丈夫留下了一辆男式加重自行车，眼下家里人只有华冬梅一个人会骑。这天是星期天，华冬梅不上班，按理说，她骑上车走大路，去一趟县城不是什么难事，一两个钟头就能把苇叶买回来。干苇叶很轻，一把苇叶跟一把鸿毛差不多，不会对华冬梅构成什么负担。可是，华冬梅今年不想去买苇叶了。她习惯把端阳节说成端午节，说：谁规定的过端午节非要吃粽子，我看不吃粽子也能过。粽子不就是一个米饭疙瘩嘛，把米饭攥成一个疙瘩一吃不就得了。这是华冬梅说出来的话，她的没说出来的话还有很多。她的话好比是一棵苇子，说出的话只是苇叶，没说出的话才是苇根，苇根要比苇叶多得多，也深得多。在她看来，过端午节的那一套习俗，都是农村兴起的、养成的。农村有苇子、艾草等，可以就地取材包粽子、插艾蒿，是凑热闹的意思，也是苦中作乐的意思。华冬梅没在农村生活过，她一出生就在矿区。他们家的户口是矿区户口，城镇户口。这样的户口还有一个说法，叫非农业户口。非农业户口的门户里，生活的就是非农业人口。矿区有一个管理机关，叫矿务局，金宝矿务局。矿务局周边建有医院、学校、幼儿园、俱乐部、百货商店、银行、自来水厂、机械修理厂、水泥支架厂，还有粮店、菜店、肉店、理发店、缝纫社，等等。矿务局虽说还没有高楼林立、车水马龙，没有形成一座城市的规模，但已经有了城市的雏形和做派。以矿务局作依托，华冬梅给自己的定位是城里人。她挣的是工资，领的是粮票和布票，吃的是商品粮，穿的是细布衣，不是城里人是什么！既然是城里人，就要跟农村人拉开距离，在吃的方面、穿的方面、用的方面拉开距离，连说话的口气、走路的姿势，最好都要拉开距离。比如农村人做饭都是烧柴草，村里烧得狼烟动地。城里人做饭都是烧蜂窝煤，早上掀开炉盖，蓝色的火苗不声不响地就长起来了。再比如农村人整个冬季都不洗澡，白皮上面差不多结一层黑皮。城里人每个单位都有澡堂，天天洗澡都可以，人人身上都带着水香。那么在过节方面呢，城里人就不一定跟着农村人的套路走。城里人过五一国际劳动节就可以了，不一定再过什么端午节。就算过端午节，也未必要在门头插艾草，非要吃什么粽子。过端午节跟农村人一个过法，两者之间还有什么区别呢！

华妈妈驳不倒大女儿，她不知道中国有个汨罗江，从没听说过屈原，说不出端阳节吃粽子的由来，更说不出是谁规定的。她只知道，五月端阳吃粽子的事，是祖祖辈辈传下来的，一祖传一祖，一辈传一辈，传得时间长了，就统一了，就成了传统。在华妈妈看来，不管过什么节，都是以吃点什么为标志。比如过中秋节，就要吃月饼，不吃月饼，就不算过中秋节。过端阳节也是同样的道理，不吃粽子，算是过什么端阳节呢。要是不把吃粽子的传统接过来，传下去，传统岂不是中断了嘛！大女儿把粽子说成是米饭疙瘩，这种说法对粽子是贬低的，甚至是冒犯的，华妈妈也不能同意。粽子要用新鲜的苇叶包，里面要包蜜枣，还要用白棉线绳缠好几道。用清水煮熟的粽子，有蜜枣的甜味，还有苇叶的清香味，绝非米饭疙瘩所能比。还有端阳节吃粽子，总能唤起一些回忆，让人想起往人往事。她刚结婚那年，因为家里穷，过端阳节家里只包了两个粽子。她给丈夫吃了一个，另一个她舍不得吃，给丈夫留着，等上夜班下煤窑的丈夫回家后还给丈夫吃。不料，那个粽子被偷嘴的老鼠吃掉了。她不舍得吃，老鼠们倒是不客气，把那个粽子吃得一点儿不剩，只剩下被撕破的苇叶。每想起那件事，她都禁不住心潮涌动，有些眼湿。她不想回忆过去的事，但有端阳在，有记性在，有关于粽子的记号在，她管不住自己的回忆。回忆有时候像做梦，谁都管不住自己的梦，梦信马由缰，一梦就梦远了。不是三千里，就是九万里。

至于今年的端阳节还要不要吃粽子，她这个当妈的说了不算，大女儿说了也不算，还得听一听二女儿华春堂的意见。桃有桃核，菜有菜心，家有千口，主事一人。他们这个四口之家，目前主事的人是华春堂，诸事最后一锤定音的也是华春堂。这事情颇有些稀罕，男主人不在了，当家的怎么就轮到了华春堂呢？从家长角度讲，男家长走了，接着当家的应该是女家长，也就是拥有三个孩子的华妈妈。就算华妈妈不愿当家，或没能力当家，从三个孩子的年龄上排，华冬梅是老大，这个家应该由华冬梅当。如果从性别的角度讲，用长远的观点看，也可以像培养接班人一样试着让儿子华根成当家。可目前的实际情况是，当家的却是二女儿华春堂。全家人没有开过会，没有投过票，也没有进行过举手表决，当家人的职责不知不觉间就落到了华春堂头上。国有国政，家有家政，如果当家也算一项行政权力的话，他们家没有进行过角逐，更没有发生过争斗，发言权和决定权像是自然而然就集中在华春堂身上。其实华春堂并不想当家，每次就某件事情表态时她都有些叹气，像是有些无奈。

此时华春堂也在家里，她不声不响地待在那半间小屋里。小屋没装门，门口只挂了一幅毛蓝布上印着细瓣白花的布帘子。布帘子隔影不隔音，妈妈和姐姐在外间屋说话，她都听得见。不管妈妈和姐姐说什么，只要妈妈不问到她，她都不插话，不从小屋里走出来。

他们家住的是矿务局统一盖的职工家属房，前后好几排，都是平房，每一排平房里都住着好几户人家。华春堂家住的房子只有一间半，一间大屋，半间小屋。从大屋拐出一小块地方，是他们家的厨房。小屋窗外贴墙搭起一个棚子，说是盛蜂窝煤，里面却支了一张小床，由华春堂的弟弟住。弟弟说，他成蜂窝煤了。华春堂说，蜂窝煤挺好，可以燃烧自己，温暖别人。爸爸在世时，大屋的双人床属于爸爸和妈妈。大女儿和二女儿睡在半间屋里的那张小床。家庭成员的位置发生一些变化，是在爸爸发生工亡事故之后。

这地方的小煤窑，以前都是私人所开。开小煤窑的人没有多少资本，称不上是什么资本家，顶多算是小煤窑主。四九年后，所有小煤窑先是公私合营，紧接着就收归国有。由国家管理的煤矿，一开始叫煤炭公司，很快改成了矿务局。因矿井分布在金封县和宝正县两个县境内，两县各取一字，就叫金宝矿务局。

金宝矿务局成立之后，华爸爸不在井下挖煤了，调到矿务局医院烧锅炉。在井下挖煤，危险总是多一些。水一重，火一重，矿压一重，瓦斯爆炸又一重，一重更比一重凶，哪一重过不去，都有可能丧命。到医院工作就好多了，不会再遇到像井下那么多的灾害，不必每天都提心吊胆。

当然了，天有阴晴，月有圆缺，每个人都有可能生病。华爸爸在医院里上班，眼前走来走去的都是穿白大褂的医生，就算偶尔生了病，看病也方便些。可谁会想得到呢，医院里冬季取暖用的锅炉发生爆炸，竟把正往炉膛里添煤的华爸爸给炸死了。谁都说不清锅炉爆炸的能量是多大量级，只知道锅炉像一枚巨大的炮弹一样，威力非常之大，把锅炉房的房顶送上了天空不说，还把医院的不少门窗玻璃都震碎了。"炮弹"里装的虽然不是炸药，但里面有沸腾的开水，有压缩性的蒸汽，骤然爆发，恐怕跟炸药也差不多。锅炉的铁皮虽说不是炮弹皮，但铁皮一旦被炸成碎片，跟杀人不眨眼的炮弹皮又有什么两样呢！华爸爸是离"炮弹"最近的受害者，他的惨状就不必说了，说了还不够让人惊悚的。反正矿务局救护队的人在锅炉房的废墟里找了半天，扒拉了半天，才把破碎得不成样子的华师傅找到。是的，说的是找到，谁都不敢说找全了。

华爸爸因工死亡时，正赶上城里的知识青年上山下乡。矿区的职工也算是城里人，矿务局中学的学生也是知识青年，他们也要到农村去插队，去接受贫下中农的再教育。华冬梅是1966年的初中毕业生，根据滚滚而来的下乡潮流，她也应该跟同学们一块儿下乡，然而人事政策有规定，职工因工死亡，可以有一个成年子女顶替其参加工作。华爸爸的三个子女，华春堂未成年，华根成未成年，已是成年人的只有华冬梅一个，顶替爸爸参加工作的只能是她。这样一来，华冬梅就不用下乡了，可以直接参加工作。当时的华冬梅并不想参加工作，她见人们欢送同学们下乡时又是敲锣打鼓，又是高唱革命歌曲，热闹得很，也光荣得很，她也想到"风口浪尖去锻炼，广阔天地炼红心"。这时妹妹华春堂说了她两句：姐，你傻呀！一参加工作就能拿工资，你下乡能拿什么，我看只能拿到稻草。我要是符合人家规定的年龄标准，参加工作就轮不到你了！听妹妹这么一说，华冬梅的血才不那么沸腾，才把下乡插队的念头打消了。因华爸爸是医院里的职工，华冬梅参加工作时并没有被分配到下面的矿上，而是由医院给她安排了一个岗位。

华春堂是1969年初中毕业的。她还上小学时，"革命"就来了，三年初中，她基本上是在"革命"中度过的。反正不考试了，也不考虑升高中的事了，一会儿学工，一会儿学农，一会儿打倒这个，一会儿批判那个，三年时间，稀里糊涂就过去了。初中毕业后，华春堂也没有下乡插队，同学们被连锅端，都到矿务局所办的农场劳动锻炼去了。农场建在荒僻的群山里，自成一体，面积不算小。农场里种庄稼，种果树，种菜；也养鸡，养鸭，养猪，养羊。主食和副食都可以自给自足。在农场锻炼的好处是，同学们不必拆得东一个，西一个，不必分散到贫下中农家里去住，吃的是大锅饭，住的是大通铺，过的还是集体化的生活。华春堂没觉得在农场劳动锻炼有多么苦。人一片，树也是一片；人一群，羊也是一群。树不叫苦，羊不叫苦，人有什么苦可以叫呢？秋后，农场里给知青们分了玉米、小米，还分了苹果。华春堂回家探亲，肩扛手提，不惜负重，把粮食和苹果带回家里。别的大多数同学只往家里带粮食，咔哧咔哧把苹果都吃到肚子里去了。华春堂也吃苹果，她只吃小的、带虫眼的、有疤痕的，而把大的、红的、模样周正的都挑出来，送回家给亲人吃。姐姐和弟弟都说农场的苹果不错，都很喜欢吃。他们让华春堂也吃，华春堂只笑，不吃，她说她在农场里吃过了。心里明白的是妈妈，知道二女儿拿回来的苹果都是最好的，看着家里人喜欢吃，她就舍不得吃了。二女儿的秉性让她想起丈夫，这个闺女呀，怎么长了一颗跟她爸一样的心呢！

如今，华春堂已经在农场里劳动锻炼了将近两年，赶上全矿务局大量招收新工人，她也要参加工作。招工的事由矿务局的人事组管，华春堂在人事组填了招工表，人事组给她写了一张分配令，把她分配到矿务局下属的东风矿，让她下周到东风矿报到。一周有七天，去掉星期天，还有六天呢，她问周几去报到。人家要她不要着急，周三或周四去都可以。她又问给她分配的是什么工作。这个嘛，全国人民学习解放军，一切行动听指挥，你的工作由矿上安排。

华春堂从农场回来了，以后她在家里住的时候就多了。她跟姐商量一件事，说：姐，咱俩都大了，这个小床太小，咱俩睡太挤了，你去大床上跟咱妈睡吧！华冬梅怎么办？这对她来说是一个问题，或者说是一个难题。妹妹去农场这一两年来，都是她一个人睡一张床，小屋差不多成了她的独立空间、她的专利，她已经习惯了。在小屋里，她想穿什么衣服都可以，不穿衣服也可以。在小床上，她想睡哪头就睡哪头，斜着身子睡也可以。她想睡就睡，不想睡开着灯不睡也可以。要是去大屋跟妈一起睡大床，她就不自由了。不是自己，该可以的也都不可以了。更让她为难的是，不管是男孩儿，还是女孩儿，孩子一大，就不愿意再跟妈妈睡一张床了，这是剥离、成长、独立、自由的需要，好像还有人类的生命禁忌在起作用。可妹妹把话说出来了，妹妹说是跟她商量，她听得出来，妹妹的口气是不容商量的。华冬梅没有马上答应，她在犹豫，她不想去跟妈睡。她宁可跟妹妹挤在一张小床上，妹妹怎么挤她都可以，她也不愿去跟妈睡在宽敞的大床上。她见妹妹拿眼看她，看得直盯盯的。她不敢和妹妹对视，低下了眉。她嘴边有一句话：你让我去跟妈睡，你自己怎么不去跟妈睡呢，平日里咱妈不是最待见你吗！嘴动了动，话却没有说出来。"低眉"跟"低头"差不多，华冬梅再次在妹妹面前"低了头"，从小屋里搬了出来。这不是人们通常说的，要得好，大让小。华冬梅不想让，也得让，她不能违背妹妹华春堂的意志。

半间小屋的居住条件并不好，通风不好，采光也不好。弟弟在窗户外边的棚屋里住，当姐姐的只能把两扇玻璃窗关起来，再在窗户里面挂上布帘。正上初中三年级的弟弟已长成了一个小伙子，姐弟互相隔离是必须的。如此一来，窗户像是变成了墙壁，通风是说不上的。窗户外边搭棚屋，阳光照不进，月光照不进，小屋里已经够黑的。窗户一关，窗帘一遮，小屋里就更黑了，恐怕跟矿井下的掌子面差不多。更让人不好接受的是，他们家的这半间屋，与邻居家的那半间屋，隔墙并没有垒到屋顶，上半截是通着的，那边的人说话，这边听得清清楚楚。加之邻家的男人是一个脾气粗暴的卡车司机，他怀疑自己的老婆作风不正，动不动就骂老婆、打老婆。他骂老婆骂得十分下流，不堪入耳。他打老婆打得也很厉害，常常把老婆打得死去活来。尽管他老婆很少反抗，也很少喊叫，他打老婆跟打一头猪差不多，那边一开打，这边的人便难免惊心动魄。条件这样不好，华春堂还是愿意住小屋，而且愿意一个人住小屋。如同下井的人都要打开矿灯，华春堂在小屋里也开着灯。她在小屋里一待就是半天，不知她在干什么。

华妈妈站在门口的布帘外面喊华春堂：春堂，春堂。她喊的声音一点儿都不大，像是有些小心翼翼。

帘子垂着，华春堂问：有事儿吗？

华妈妈说：端阳节眼看就要到了，你姐的意思，今年咱家不包粽子了，你看呢？

华春堂隔着帘子喊姐，说：姐，咱妈想包粽子，你就配合她一下呗！别人家过节都包粽子，妈要是不给咱们包粽子，她心里过不去。吃不吃粽子在其次，包粽子包的是节气，一包就把节气包住了。

看看，家里遇见啥事，还是得问春堂吧，还是春堂虑事周全吧，还是春堂会说话吧！华妈妈简直有些感动，比吃一个甜蜜的粽子，心里都好受。

姐姐听见了妹妹的话，妈的话她可以不听，妹妹的话她不能不听，答应后不一会儿就去县城里买苇叶。她问妹妹：春堂，你想去县城看看吗？要是想的话，我骑车带着你。妹妹说她今天不去了。

华冬梅顶替爸爸去医院参加工作后，医院没有分配她去烧锅炉，把她分配到洗衣房去了。在医院里住院的伤员和病人很多，每天要洗的衣物和床单也很多。医院里以讲卫生为宗旨，色调以雪白为主。墙是白的，器械是白的，医生的工作服是白的，病床上一切都是白的。皎皎者易污，白色的东西很容易被污染。煤矿医院的服务对象主要是矿工，污染源多是血污。衣物和床单、被单，一旦沾上血污，清洗起来是很难的。那时医院里还没有洗衣机，华冬梅只能把自己变成洗衣的机器，和另两个洗衣女工在一起，天天靠手洗东西。洗涮的地方是一个用水泥做成的敞着口的大方池子，池子里注满了从水塔上下来的清水。池子四周建有若干个小池子，小池子上方有水龙头，池边有水泥棱子的搓板，她们洗东西就在小池子里洗。夏天她们头顶烈日；冬天，她们冒着寒风。一天洗下来，她们的腰也酸，背也疼，双手泡得皱皱巴巴，指头肚子上都是麻坑。华冬梅没想到，她的工作是干这个。说起来是在医院工作，不是医生，也应该是个护士吧。谁知道，哪里都有细活儿，也有粗活儿；有轻省活儿，也有重活儿，她干的就是医院里又粗又重的活儿。

有同学跟她开玩笑，说：华冬梅，你大洗（大喜）呀！她感到的不是喜，而是悲。她愁苦得很，几乎每天都想哭。当时喊得很响的口号是：一不怕苦，二不怕死。她也不完全是怕苦怕累，只是觉得干洗衣的活儿没啥前途。日复一日，年复一年，除了把腰累弯，把手弄变形，把头发洗白，还能有什么呢！有一天趁着生病发烧，她鼓起勇气，找到医院里管人事调配的人，问能不能给她调一个工作。人家问她会干什么，是会开药？是会做手术？还是会打针？她摇头，说这几样她都不会。人家把双手一摊说，那不就结了。革命同志是块砖，哪里需要哪里搬，管人事的说她在洗衣岗位上干得还不错，一定要安心本职工作。

当妈的看出了华冬梅的愁苦，只能陪着大女儿叹气，只能在生活上对孩子有所照顾，别的什么忙都帮不上。妈妈是好妈妈，妈妈做的饭好吃，针线活儿样样精通，善于持家。但妈妈是家庭妇女，不是社会妇女。妈妈不敢跟当领导的人说话，让她去开口求人办事，比让她去登天都难。华冬梅有时想，要是爸爸还活着就好了，她跟爸爸说说，爸爸也许会求一求医院的领导，给她调一调工作。爸爸是医院的老职工，认识医院的领导，跟领导能说上话。可是，倘若爸爸还活着，她怎么能顶替爸爸参加工作呢！就是因为爸爸死了，才用生命换得她这一份工作呀！有一次华冬梅做梦，梦见爸爸活得好好的，一切都很健全。爸爸好像还当上了医院里的领导，说话口气大得很，说医院的工作尽她挑，她想干什么都可以。她一高兴，就醒了。一醒，就哭了。正好那天回家探亲的妹妹跟她睡在一张床上，她一哭，把妹妹也哭醒了。妹妹问她怎么回事，她就把想调工作和梦见爸爸的事儿跟妹妹说了。妹妹说，在家里哭有什么用，流眼泪要流到有用的地方，要到医院领导的面前去流。妹妹答应，她明天去找医院的领导说一下试试。不知妹妹怎么跟医院的领导说的，也不知妹妹使了怎样的手段，反正妹妹一出马就成功了，医院很快就给她调整了工作，把她调到中药房里学习照方抓药去了。顶替爸爸去医院工作后，华冬梅领到的工作服也是白大褂，但她洗衣服的工作没法穿白大褂，那就好比穿着白大褂挖煤，还不够让人笑话的呢！现在她调到药房，天天捏着一杆精致的小秤称药，白大褂就可以穿了。有同事告诉她，在药房干得久了，她就有可能成为一名药剂师。天爷，这是怎么说的，这不都是妹妹的功劳嘛，这不都是托妹妹的福嘛！爸爸不在了，妹妹代替了爸爸，妹妹比爸爸还有能耐呀，还厉害呀！

有一天，在饭桌上，华冬梅当着妈妈和弟弟的面问妹妹：春堂，你是怎么跟我们医院的领导说的？他们怎么就同意了给我调工作呢？

华春堂的样子似乎有些不耐烦，说：哎呀，你的工作调整了不就得了，你问那么多干什么！

那天去医院，妹妹是跟她一块儿去的，她去上班洗衣，妹妹去办公室找领导。她敢保证，妹妹没给领导送什么礼。妹妹随身背了一个黄书包，书包里只装了一本《毛主席语录》和封面上印了工农兵形象的硬皮笔记本，别的任何礼物都没带。妹妹更不会给领导送钱，妹妹还是在农场里劳动锻炼的知识青年，手里没什么钱。凡事靠事实说话，有作为才有位置。在单位是这样，在家里也是如此。为华冬梅办工作调动，这不是一件小事，是一件大事。这样的大事妈妈办不成，弟弟办不成，华冬梅自己也办不成，只有华春堂能办成。办大事需要大智慧，看来华春堂是一个有大智慧的人。华春堂在华家的主导性地位，或者说核心地位，就是这样在实践中确立的。

华冬梅骑车去县城买回了苇叶，还买回了两斤杏子和一个香包。杏子跟着麦子黄，麦子黄时杏子也黄了，所以杏子也叫麦黄杏。华冬梅买回的杏子不只是黄，有的杏子还有些发红，像涂了一层胭脂，也叫胭脂杏。华冬梅买回的香包是兔子的形状，是专门为妹妹买的，因为妹妹华春堂属兔。她没有给自己买香包，只给妹妹买了一个。既然妹妹说了包粽子包的是节气，那么，香包里包的也应该是节气，香香的节气。华春堂把香包放在鼻子前闻了闻，说是挺香的。华春堂问姐姐，怎么不给自己买一个呢？华冬梅没说自己不称戴香包，也没说舍不得给自己买，只说她看见香包有兔子形的，有马形的，有公鸡形的，没看见有牛形的。她属牛，因没看见牛形的香包，她就没给自己买。

端阳节这天，端的是个好天气。天蓝得很高，连一片云彩都没有。地里的麦子收尽，已种上了玉米。麦香尚未散尽，香气变成了萦绕的香魂。刚发出的玉米苗子青青的，重新给大地披上绿装，焕发出新的生机。天气越来越热，树荫下的阴影和阴影以外的地方显得黑白分明。有职工把门口的地刨起来了，栽上了黄瓜。黄瓜秧子顺着插在地上的竿子往上爬，开出一朵朵灿烂的黄花。刚结出的黄瓜纽子还很小，每个纽子都长了一身毛刺。不知谁家养的公鸡发出一声长啼，像是对人们报告：啊啊啊，今天是端阳节。

华妈妈做的甜酒一大早就开了盆，清香的甜气顿时弥漫开来，使空气里一下子有了端阳节的节日气氛。这样的甜酒，各地叫法不同，有的地方叫醪糟，有的地方叫酒酿子，有的地方叫稠酒，有的地方叫甜浮子酒。不管叫什么，其性质是一样的，做法和吃法也是一样的。甜酒可以用江米做，可以用大米做，也可以用红薯片子砸成丁丁做，当然也可以用新小麦的麦仁做。华妈妈用麦仁做的甜酒真是好吃，无与伦比地好吃。本以为酒曲子促进蒸熟的麦仁发酵、发烧，已把麦仁烧软、烧烂，但挖一勺尝来，麦仁还保持着颗粒感，牙一咬筋筋道道，甜香之中又不失麦香。再看妈妈在麦仁之间留出的那个圆洞洞，一切在不知不觉中潜移默化，不知什么时候，洞里已潜移出半洞汁液。那些汁液像是涌出来的泉水，只是看去有些稠，还微微有些泛黄。液化的汁子是甜酒的精华，喝到口里甘美醇厚，舌尖上还有些嗞嗞啦啦，那就是酒的味道了。甜酒里酒的味道是特殊的，它对口舌上的味蕾产生绽放的效果。没喝甜酒之前，如果说味蕾还是一个个花蕾的话，用甜酒一浇灌，那些味蕾顿时就会绽放出美丽的花朵。当然啦，有着几十年包粽子经验的华妈妈，包出的粽子也很好吃。在华妈妈包粽子时，华春堂也上了手，也要学着包一个试试。她想到了妈妈会老，她得把包粽子的手艺学过来，传下去。华妈妈很乐意教二女儿包粽子，她说，自己动手包的粽子吃起来更香。听妈妈这么一说，大女儿也要参加包粽子。妈妈说：你妹妹要是不帮我包，你也想不起来帮我包。

华冬梅说：我向春堂学习，还不行吗！

华妈妈还采来了艾，扎成一束，挂在门口一侧的木橛子上。木橛子是秋后挂晒红辣椒用的，目前没辣椒可挂，就先用来挂艾。山区里野生野长的艾棵子很多，田边地头，沟沟坎坎，到处都可以采到。艾枝艾叶的香是一种苦香，一种辣香，当艾还长在地上时，它的香是收敛的，不怎么散发。到了端阳节，一旦把它们采来，一旦把它们挂到门口，它们的芳香就呼呼啦啦挥发出来，使节日的味道变得浓郁再浓郁。艾叶的正面和背面都长满了毛茸茸的细毛，只是正面是青的，背面有一些泛白。把艾挂在墙上之后，转眼之间，艾叶的正面和反面似乎都变白了，远看如一束白花，装点着端阳节的门户。

第二章 我是矿山一女工

　　星期三上午，华春堂去东风矿报到。这个矿原来叫滴水崖矿。据说矿边有一座山崖，崖头常年有泉水往下滴。滴下的水清冽甘甜，接来就可以喝。有人把泉水神化为神水，说神水可以治病，从老远的地方赶来，特意取泉水回去给病人喝。还有更具故事性、形象化的传说，说那座山崖是一位神女的化身，神女见不得人世间的众生受苦，就禁不住流下了眼泪。神女的泪水从春流到夏，从秋流到冬，化成了不竭的甘泉。随着附近开矿，在地下挖煤，神女的"眼泪"没有了。神女流干了"眼泪"，滴水崖从此变成了干水崖、望水崖。

　　滴水崖改名，跟崖头还滴水不滴水没啥关系，只跟时代潮流有关系。"史无前例"的滚滚潮流一来，破旧立新，许多人的名字都改了，许多矿的名字也改了。华春堂有一位老师，原名叫刘继孔，潮流一来，就改成了刘继红。华春堂还有一个老师，原名叫王长兰，潮流一冲，就改成了王久红。矿务局下属的矿呢，也纷纷改名。除了滴水崖矿改成了东风矿，别的矿也改成了红旗矿、反修矿、前进矿、卫东矿，等等。滴水崖矿的工人阶级都赞成改名字，什么滴水崖矿，一听就很小气，矿名的"滴"和"崖"也不好写。东风矿多棒呀，东风吹，战鼓擂，东风压倒西风，一听就很有势力、很有气魄。

矿区没有公共汽车，华春堂也不会骑自行车，去东风矿只能步行。华春堂的家离矿务局的机关大楼有二三里路，从大楼到东风矿有四五里路。她必须先走到机关大楼那里，再向南拐，往东风矿走。姐姐要骑自行车带她去，她说不用。以后自己去东风矿常来常往，姐不可能每次都送。自己又不是上幼儿园的小孩子，姐又不是家长，干吗让姐送呢！她脚上穿一双白色的网球鞋，沿路边走得轻轻快快，颇有些意气风发奔前程的样子。网球鞋是她爸爸去世后买的，之所以买一双锌白色的网球鞋，是作女儿为爸爸戴孝的意思。低头看见脚上的一双白鞋，马上就会想到爸爸已经离去，今后的路要靠自己走。她把白鞋刷得很干净，把鞋面保持得白亮白亮，连路边的煤尘似乎都沾不到她鞋上。她随身只背了那个有些褪色的黄书包，书包瘪瘪的，除了装有袖珍版的《毛主席语录》、硬皮笔记本，本子里夹着矿务局开具的分配令，还有一支钢笔，别的就没有什么了。临出门时，妈从厨房里拿出一枚端阳节没吃完的粽子，让她带上，饿了就吃一口。她摆摆手，不带，说把粽子留给根成吃。又说矿上有大食堂，井下一天二十四小时都有人干活，井上的食堂一天二十四小时都不关门，她可以到食堂买饭吃。

往东风矿走的路上，需要经过一个村庄的村头。一个农村妇女悄悄接近华春堂，小声问华春堂买不买鸡蛋，鸡蛋都是她自家的母鸡嬎的，新鲜得很。华春堂说不买，赶紧走掉了。又一个戴着旧草帽的中年男人拦在华春堂前面，男人手里提着一只竹篮子，里面盛着半篮杏子，问华春堂要不要买点杏子，说杏子都是从他家的树上刚摘下来的，甜得很，一点儿都不酸。华春堂说不买，躲着男人往前走。男人从篮子里拿出一枚又大又黄的杏子，追着华春堂，喊华春堂作"师傅"，说：师傅尝一个，尝一个嘛！华春堂连说不尝不尝：我说了不尝，你老跟着我干什么！她逃也似的小跑起来。那个中年农民这才站下了，样子似有些失望。他大概以为华春堂是个工人，而当煤矿工人的都有钱，这个小师傅怎么连一点儿钱都不愿意花呢？华春堂知道，哪里都不许有自由市场，不许私下里进行商品交易，一旦出现商品交易，就是残留的"资本主义尾巴"。华春堂在农场劳动锻炼时，天天参加政治学习，得知资本主义的"身子"已经被消灭掉了，剩下的一点儿"资本主义尾巴"还在时不时地摇摆一下。像农民这样私自卖东西，就属于"资本主义尾巴"性质的内容，一旦发现，必须马上割掉，绝不留情。华春堂马上就要成为工人阶级的一员了，工人阶级是所有阶级的领导阶级，与资产阶级和资本主义的斗争最坚决，她才不会允许资本主义的臭尾巴扫在她身上呢！

一条马路把东风矿分成两部分，路东的部分是生产区和办公区，路西的部分是家属区，也叫生活区。也是以东为主、以西为次的意思，生产区和办公区建有大门，门上方有门楣，门楣上安装有"东风煤矿"四个金属大字。生活区虽然也筑了墙头，但门口两侧只象征性地立了两根水泥柱子，大门是敞开的。华春堂来到东风矿，抬头把"东风煤矿"的字样看了看，稍事停顿，把自己的一条短辫子抓在手里理了理，便向办公区走去。

华春堂在读初中二年级的时候，在班主任的带领下，曾来过一次东风矿。那次来东风矿，给她留下了终生难忘的印象。他们学校离矿务局的阶级教育展览馆比较近，老师带他们去展览馆里接受阶级教育多一些。在展览馆里，他们看见过成组的《收租院》泥塑，看见过旧社会的矿工在地狱般的黑暗空间受苦受难的情节——也是用灰色的泥巴创作的泥塑，还看见过矿工拉煤用的拖车、背煤用的荆编背篓、挨打时穿的血衣，以及监工的把头抽打矿工所用的皮鞭。阶级斗争天天讲，到阶级教育展览馆去了多少次，华春堂记不清了。事情就是这样，一个地方去得多了，印象容易冲淡。一个地方只去过一次，印象反而深刻。

华春堂之所以对东风矿印象深刻，是因为她跟同学们一块儿下了井。他们到阶级教育展览馆，是去接受教育，他们到井下，也是去受教育，前者受的是阶级斗争教育，后者是向工人师傅学习，接的是艰苦奋斗的教育。听说要去下井，同学们都很兴奋，好像要去天堂一样，你拍我一下，我推他一下，生怕被落下。华春堂对下井也很向往。走在矿区的路上，她时常意识到，地上有一个世界，地下还有一个世界，她只看见了地上的世界，还没看见过地下的世界，是不是显得见识少了一点儿。爸爸从四九年前就开始下井，下了十几年，一直下到新中国成立后。她作为矿工的女儿，却一次井都没下过，对井下一无所知，是不是有点儿说不过去？她多次听爸爸说过，矿井很深，井下也很黑。因为没有亲身体验，她不知道矿井究竟有多深，也不知道井下黑到什么程度。百闻不如一见，她下井看看就知道了。

来到井口，开始换衣服，脱掉家常穿的衣服，脱得一丝不挂，换上矿上提供的劳动布工作服。男同学在男更衣室换，女同学在女更衣室换。又黑又硬又粗糙的工作服太大了，而华春堂的身体太娇小了，工作服穿上一点儿都不合适。工作服的上衣，她穿上像一件长袍，长到膝盖那里。工作服的裤子，她双腿伸进裤筒里，像伸进两条长长的布袋，老也不见脚丫子露出来。好不容易把双脚探出来了，她刚一站起来，至少有一半裤筒堆在地上。下井都要穿深靿胶靴，她的脚伸进胶靴里，如踏进了两只船。她听说过"脚踏两只船"这句话，这一下算是体会到了。柳条编成的安全帽，她戴在头上也晃里晃荡的。总体来说，她的身体哪里都小，下井的穿戴什么都大。打个比方，那些穿戴好比是一只铃铛的铃壳子，她的身体呢，就好像是一根悬在铃壳子中间的铃锤子，铃锤子和铃壳子八不挨、九不连，极不得体。好在她还要佩戴矿灯，腰里还要扎灯带，"铃锤子"和"铃壳子"才被捆绑到了一起。从换衣服开始，华春堂就知道了，下井不是好玩的。

来到井下，华春堂受到的刺激更大，留下的记忆更深刻，在工作面最狭小的洞子里，在爬着才能通过的地方，听到巨大的地层压力把木头支架压得"咔吧咔吧"乱响，有的男同学吓得腿肚子抽了筋，有的女同学吓得当场哭了起来。华春堂虽然没有明显失态，但也紧张得要命，身上的汗出得像水洗一样，而且都是冷汗。她害怕得不仅全身的汗毛都支棱起来，甚至连脑后的头发辫子都变得硬撅撅的，似乎也要支棱起来。总之一句话，他们下了一次井，的确收到了艰苦教育的效果。回到学校，老师要求同学们把下井的感受写成作文。华春堂不但写了作文，还在笔记本上一笔一画记下了下井的日期。

华春堂打听着来到矿上人事组的办公室，见办公室里坐着一位上岁数的老干部，她把人家叫主任。矿上有革命委员会，委员会有主任，也有副主任，称职往高里称，人家才不会见怪。老干部说：这个小同志，你不要叫我主任，你不要乱叫，我不是什么主任，你叫我老王就行了。

华春堂打开书包，取出分配令，双手递给老王。老王接过分配令，戴上老花镜看了一下，遂又摘下花镜，对照似的把华春堂看了一眼说：又来了一位在广阔天地炼过红心的知青，好嘛，东风矿又增加了一个新生力量。你有什么特长？

特长，特别的技能，特别的长处……华春堂说不出自己有什么特长。

你有组织关系介绍信吗？

华春堂眨眨眼皮，不懂何为组织关系。

我的意思问你是不是党员。

华春堂摇头，说：不是。

那，说说你有什么想法吧？

想法？什么想法呢？华春堂一时说不出自己有什么想法，但她也不会轻易表态，说她服从分配。要是像她姐姐那样，到医院一分分到洗衣房，再调动就费劲了。她小心地问：不知道矿上会让我干什么工作？

老王说：职工食堂有岗位，你去食堂当炊事员吧！

洗了菜淘米，锅前头转到锅后头，当炊事员可不是华春堂想干的工作。在家里，一天三顿饭都是妈妈做，姐姐有时也会搭把手，她可从来没做过饭。她说：我不会做饭呀！

老王说：不会没关系，什么事情都是从不会到会，不会可以学嘛！再说了，你一开始不会做饭，可以到窗口卖饭嘛！卖饭就是收收饭票，盛盛饭。你不会做饭，总会盛饭吧！人只要会吃饭，就会盛饭。老王说着，微微笑了一下。老王有些发福，肚子大，脸大，脖子也有些粗。他说：我看你去食堂工作是比较合适的，有一句话是怎么说来着，近水楼台先得什么来着。食堂不算近水楼台，也算是近饭楼台，你去食堂工作，对你的身体起码是有好处的，说不定能吃得胖一些，再长高一些。

华春堂的脸红了一下。因她身材瘦小，像个小孩子一样，当领导的大概以为她营养不良，发育不好，才说了这样的话。话说到这里，只要华春堂点一点头，她去食堂的事就可以定了，可以很快加入炊事员的行列。然而，华春堂不是一个轻易点头的人，倘若听话轻易点头，遇事轻易点头，华春堂就不是华春堂了。她没有点头，只是低下了头。低头看见脚上所穿的那双白鞋，她的情绪很快低沉下来。再抬头时，她的眼睛有些湿。她坚持把老王叫王主任，说：主任，我爸爸原来就在这个矿。

是吗？你爸叫什么名字？

华春堂报上了爸爸的名字。

老王闻听哎呀了一下，说：华师傅，我知道，他是从这个矿调到矿务局医院去的。我们都说他去医院算是装进了保险箱，谁会想得到呢，人到哪儿都不保险，他在医院里竟遇上了那样的事故。你这一说，我就知道了，你爸爸是因工牺牲，你是矿上的照顾对象。你爸爸走后，你可以顶替你爸爸参加工作呀，怎么又到农场去了呢？

华春堂说：我上面还有一个姐姐，是我姐姐顶替我爸爸在医院参加了工作。

这时有人来办公室，把老王叫王科长，看样子要跟王科长商量什么事。王科长对来人说：你等会儿再来吧，我先把这个小同志的工作安排一下。

别人把老王叫王科长，华春堂一听就记住了，她也改口叫王科长，问矿上还有什么工作呢。

王科长说：你知道的，煤矿的主要工作场所是在井下，挖煤劳动强度大，危险多，是男人才能胜任的工作。女同志不能下井，只能在井上做一些辅助性的工作。你问我还有什么工作，不瞒你说，除了食堂，还有洗衣房、理发室和灯房，可以安排女同志。按理说，你来东风矿报到，矿上分配你到哪里，那是说一不二的。别的知青来报到，我让他们去哪里，他们只能服从分配。你刚才说了，你爸爸是东风矿的老职工，我才没有像要求别的知青一样要求你，才给了你一些选择工作的余地。好了，抓紧时间选一个吧！

华春堂回手把脑后的头发辫子抓了一下，说：谢谢王科长！别看华春堂又瘦又小，可她的头发又粗又黑又亮，长得非常好。她不像大多数女孩子那样，把头发用橡皮筋在脑后扎成两根小辫子，她是把所有头发编成了一根辫子。也许她身体里的营养往头发上输送得多一些，她的头发长得格外旺相。如果任其生长，她的头发辫子说不定会穿过腰间，长到脚后跟那里。她的个头不会再长了，她的头发却一直在长，头发辫子的长度有可能会超过她身体的高度。然而，她对头发辫子的长度是有节制的，只许它长到半尺来长，就把超出长度的部分剪去了。曾有同学建议她向《红灯记》里的铁梅学习，把头发辫子留得长一些。她拒绝了，说她又不演样板戏，留那么长的头发辫子干什么！

华春堂脑子里的轮子飞快转动，在把王科长说的几样工作进行比较。她首先把洗衣房的工作排除了。医院里有洗衣房，她没想到，矿上也有洗衣房。姐姐刚参加工作时，因不明就里，糊里糊涂去了洗衣房，结果像掉进了水坑一样，愁苦地在"水坑"里挣扎了两年多。华春堂不缺乏想象力，她想象得到，医院洗衣房的工作难干，矿上洗衣房的工作也不会好干。华春堂记得，有一次，还在下井的爸爸把工作服拿回家，让妈妈给他洗一下。华春堂一回到家，就闻到了满屋子的汗酸味，差不多能把她的头熏晕。妈妈拿一个大木盆，到公用的水龙头那里给爸爸洗工作服。不知妈妈用了多少肥皂，洗出了多少盆黑水，才把工作服里积攒的煤泥洗去。不料煤泥和劳动布做成的工作服互相依存，煤泥洗掉了，工作服也洗烂了，烂得大窟窿小眼睛，需打上补丁才能穿。矿上那么多下井的人，华春堂相信，那些下井人穿的工作服跟爸爸穿的工作服是一样的，都富含汗酸和煤泥，凭她的细胳膊、小手，那样的工作服她可洗不干净。

到理发室去当理发员，这个工作华春堂也不会选择。作为一个女孩子，她打小长这么大，从没有进理发店理过头发。小时候头发长了，都是妈妈或姐姐给她剪一剪。及至长大，头发由她自己洗，自己梳，自己剪。走在街上，路过理发店门口，有时她会向理发店看一眼，只见在理发店里理发的都是男人，操明晃晃工具理发的也是男人，她从没看见过女人进理发店理发，更没有看见过女人当理发员。她看过一部电影，讲的倒是女人当理发员的故事，好像发生在著名的大城市上海。她不觉得那个故事是真实的，只是编出来取悦观众而已。在华春堂的意识里，理发室跟井下差不多，那是男人的场所，几乎是女人的禁地，她怎么能到那里工作呢！她不会使用理发的推子，更不会使用剃头的刀子，要是当理发员，一切都要从头学起。就算她把理发的技术学会了，一个姑娘家，成天围着男人转来转去，在男人头上摸来摸去，那成何体统，不被同学笑掉大牙才怪！

华春堂做出了决定：那我去灯房吧。对于去灯房的具体工作，华春堂也不是很清楚，只是听爸爸说过，矿工下井，头上必须戴一盏矿灯，以矿灯照明，开路，才能把黑得像黑夜一样的煤挖出来。她禁不住问了一句：去灯房干什么呢？

王科长说：灯房的工作比较简单，也比较轻松，工人上班前，你把矿灯发给他们；工人下班后，你再把矿灯收回来，放到架子上充电，就可以了。

矿上实行的是军事化编制，矿灯房的编制是一个排，一个排里分三个班。这样的编制是从矿务局下来的，因为整个矿务局都实行军管，管矿务局的最高首长是从军队里派来的军官。军官不止一个，有好几个，矿务局的要害部门都归他们管辖。他们上班穿着军装，"一颗红星头上戴，革命的红旗挂两边"，神情相当严肃。华春堂听人说过，矿务局的级别是师级，军管干部也是师级。和矿务局比起来，下属各个矿就是团级。大概因为需要军管的单位太多，军队的军官不够用，矿上的军管干部只派驻到矿务局这一级，没有向各个下属矿派驻。尽管各个矿没有相应的军官直接指挥，但军事化的编制和管理还是很严整的。比如灯房归后勤连管，连里有连长、副连长，还有指导员。灯房排里有排长、副排长，各个班有班长、副班长。矿上的职工既然被说成民兵，其干部配置与正规部队亦有所不同。在部队，排级干部已属于军官，可在煤矿，连长和连指导员以上才属脱产干部，副连长以下仍是工人身份。灯房的排长是一位男师傅，华春堂跟排长报了到，排长对华春堂似有所审视，从头顶看到了脚跟。工厂有师徒制，煤矿也有师徒之说，先参加工作的都是师傅，后来者都是徒弟。排长看华春堂，如师傅看徒弟，也如父亲看女儿，华春堂没什么可说的。排长问：你到了参加工作的年龄吗？

华春堂说到了，她今年都二十岁了。

排长说：看不出来，我以为你只有十五六岁呢！

华春堂说了一下她的属相，是属兔，通过属相把自己的岁数确认了一下。华春堂觉出来了，因为她的个头低，也瘦一些，排长就有些小瞧她。这不要紧，凡是第一次看见华春堂的人，都会有些低估她，她已经习惯了。她心里说：妈生身，自生心，人不可貌相，海水不可斗量，时间长了你就知道我是谁了。她问排长：我什么时候上班？

排长说：上班要穿工作服，不穿工作服怎么上班！你先去矿上的劳保仓库，把你的劳动保护用品领一下吧。记住，工作服和翻毛皮鞋都有大、中、小三个号，你要领最小的那个号。

华春堂点点头，表示记住了。

华春堂去劳保仓库，把一整套劳保用品领了出来。劳保用品包括一身劳动布工作服、一双翻毛皮鞋、一条毛巾、一条肥皂，还有一副手套。华春堂把东西抱在怀里，心里不禁有些美，怪不得大家都愿意参加工作呢，参加工作真是不错，一上来就领到这么多好东西。她抱着东西到灯房去了。排长告诉她，工作服每年都可以领一身，皮鞋每年都可以领一双，而毛巾、肥皂、手套，每个月都可以领到。排长问她：工作服和皮鞋你穿上试了吗？华春堂的样子有些不好意思。她想起那次和同学们来东风矿下井，穿上工作服和深靿胶靴，都大得跟摇铃一样，她说：还没试，我估计工作服和皮鞋穿上都可能有些大。事实上，当她把折叠的工作服上衣打开，在胸前比画时，工作服的下摆一下子就垂到了膝盖那里。排长一看就笑了，说不是可能有些大，而是肯定有些大，而且还大不少。因为矿上的工作服都是男式的，没有女式的，女同志的身体与男同志的身体天生就不一样，女同志穿男式的工作服肯定不合适。女同志领到工作服后，都是拿回家修改一下才能穿。我看你也把工作服拿回去修改一下吧。上班不着急，等你把工作服修改合适了，下周一来上班也不迟。还有，灯房的工作是一天二十四小时三班倒，你上了班就得在矿上吃，在矿上住。你去矿上找一下负责安排住宿的人，让他们在女工宿舍给你安排一个床位。当华春堂抱着东西欲往外走时，排长让她把东西先放在灯房里，说没人要她的东西。可华春堂在灯房里瞅了瞅，见哪儿哪儿都黑乎乎的，没瞅见可以放东西的地方。虽说是白天，灯房里仍开着灯。大概因为灯房里吸光的黑色东西太多了，把房顶的灯泡吸得有些发昏。

灯房里有三个中年以上的女工，她们分别守在自己的岗位，从不同角度看着华春堂这个新工人。她们都没有跟华春堂说话，没有对华春堂的到来表示欢迎，也没有不欢迎。这时，一个老矿工出现在灯房外面领灯的窗口，喊道：来一个活的，领灯！把一个金属牌子"啪"地扔在窗台上。其中一个女工应道：来啦！她捏起冰铁做成的小牌子，看了一眼牌子上錾的号码，走到一排给矿灯充电的架子那里，把号码对照了一下，取下矿灯，交给窗外的矿工。华春堂没有把抱在怀里的东西放下来，她说了声"没事儿"，就抱着东西向外走去。来到灯房外面，她把毛巾、手套、肥皂这些小东西放进随身背着的书包里，把工作服夹在胳膊下面，把两只翻毛皮鞋的鞋带系在一起，提在手里，向管后勤的办公室走去。

矿上的单身女工宿舍，是一个相对独立的、封闭的地方。门口拉了墙头，墙头中间开了一个月洞门。进了月洞门，是一排坐北朝南的窑洞式平房。平房共分四个单元，每个单元是隔开的三间屋，每间屋里可以放三张床。三三见九，四九三十六，这样算下来，如果整个宿舍满员的话，可以住三十六个人。须知女人是煤矿里的"稀缺资源"，煤矿的男女比例严重失调，在二十个男工里，连一个女工都摊不到。在这种情况下，一个女工差不多被四十只男人的眼睛盯着，她们不可能在单身宿舍里常住，单身的状态维持不了多长时间。单身宿舍只是她们的一个中转站，或者说只是一个跳板，她们一转，就转到男人那里去了；她们一跳，就跳到男人的怀抱里去了。反正这里的男工可能找不到老婆，女工却没有找不到丈夫的。换句话说，矿上只会有剩男，绝不会有剩女。不管什么样的女人，在煤矿都是香饽饽，都会被男人娶走。

矿上负责安排住宿的一位女干部，领华春堂来到女工宿舍的一间屋，对华春堂说：你就住在这间屋里吧。华春堂把屋子看了一下，见屋子里共支了三张床，进门正对着门口是一张，里面还有两张，里面的两张床面对面，一张靠东墙，一张靠西墙。对着门口的那张床，已被一位先来的青年女工占领。虽然还不到盛夏，蚊子还没有盛行，可那位女工已在床上支起了雪白的蚊帐，使得她的床仿佛自成一体。女工坐在帐口处的床边，正在用钩针和白线钩一样带花儿的东西。女干部对钩花儿的青工说：小陈，这间宿舍又安排了一个同志，可以和你做个伴儿。小陈看了华春堂一眼，点点头。女干部问华春堂：你叫什么来着？华春堂没说她叫什么名字，只说她姓华，叫她小华就行了。女干部对华春堂介绍小陈说：小陈是郑州下来的知青，人家可是大城市的人。对于这样的介绍，华春堂并不是很受用，大城市来的人怎么了，她不会因为小陈是从郑州来的，就对小陈高看一眼。她听人说过，走路要走大路，不要走小路；住宿要靠里边住，不要住门口，在三个床位任选的情况下，她不明白小陈为何要选择住在最外边靠门口的床位。关门不见开门见，一开门床上的东西一览无余，住在门口有什么好呢？从严格的意义上说，宿舍里放的并不是床，而是用两条长凳支起的一块白茬木板。华春堂把里边靠西墙的一个床位指了一下，对女干部说：我就住在那张床上吧。

华春堂修改工作服是有方便条件的，因为她妈妈就在缝纫社上班。妈妈的户口虽说也是城镇户口，但妈妈从没有正式参加工作，不属于国家的职工。缝纫社是矿区街道开办的，属于社会办厂的性质，被称为集体所有制。妈妈是集体工，也是临时工。妈妈不会裁衣服，蹬缝纫机也轮不到她，她每天的主要工作就是缀扣子、锁扣眼儿。世界上有男人，必有女人；衣服上有扣子，必有扣眼儿。上衣有扣子、扣眼儿，裤子上也有。是先开扣眼儿，还是先缀扣子呢？这是一个问题。妈妈说，她都是先开扣眼儿，后缀扣子。用剪刀剪开的扣眼儿是毛边，她必须用针线把扣眼儿锁一下，把毛边锁成光边。常年锁扣眼儿，妈妈已锁得很老练，她锁出的扣眼儿整整齐齐，一点儿毛茬都不露。妈妈缀扣子也很讲究，她缀的扣子结结实实，松紧适度，只要扣眼儿还在，扣子就不会掉下来。回到家的华春堂，第二天就拿着工作服，跟妈妈一块儿到缝纫社去了。负责裁剪的师傅，用皮尺量过华春堂的身体，眉头有一点儿皱，在他看来，华春堂拿去的不是什么衣服，简直就是两块劳动布的布料，所谓修改衣服，比重新做一身衣服还要费劲。这位师傅也是缝纫社的负责人，去缝纫社做衣服的人都是找他，一件活儿收不收，由他说了算。像华春堂这样修改工作服的活儿，费力却难落好，换了别的顾客，他是不会接收的。因为华春堂的妈妈也在缝纫社干活儿，不看女面看妈面，不看僧面看佛面，他还是把活儿收下了。

第二天，妈妈下班时，就把修改过的工作服拿回了家，让华春堂穿上试试。华春堂接过折叠整齐、像是用熨斗熨烫过的工作服，先放在鼻前闻了闻。她闻出了劳动布特有的味道，似乎还闻出了太阳晒在棉花上的绵绵的香味。走进自己住的小屋，华春堂把工作服换上了，把扣子扣上了。不能说修改过的工作服有多么合适，反正可以穿了，身体可以把工作服撑起来了，穿上上衣，不至于再长过膝盖；穿上裤子，裤腿不至于再拖在地上。她把翻毛皮鞋也穿上了，衣服能修改，皮鞋无法修改，皮鞋穿在脚上也有些大。妈妈正在给她做鞋垫子，等鞋垫子做好了，放进鞋里，再穿也许会紧凑些。从小长到这么大，她都是穿布鞋，穿胶底鞋，这是第一次穿皮鞋。皮鞋不是光面皮鞋，还是翻毛皮鞋。翻毛皮鞋也是皮鞋，穿上翻毛皮鞋，她的两只脚分量有所加重，好像一下子站稳了脚跟。"全副武装"之后，华春堂从小屋里走出来给妈妈和姐姐看。妈妈说：中，像个当工人的样子。

姐姐建议：春堂应该去照相馆照张相。

华春堂说：我又没当兵，我穿的又不是军装，没什么值得炫耀的。当时当兵最荣光，华春堂也做过当兵的梦。可做梦毕竟是做梦，一醒梦就散了。部队倒是在矿务局招过一次兵，招的还有女兵，可所招的女兵只有一个，是比华春堂高一个年级的同学。那个同学的爸爸是谁呢？是矿务局革命委员会的主任。华春堂的爸爸只是一个普通工人，什么官儿都不是，而且爸爸已经死了，当兵对她来说是比登天还难的事，怎么会轮上她呢！

姐姐问华春堂：矿上给你分配的什么工作？

华春堂说：他们让我去食堂当炊事员，还让我到洗衣房洗衣服，我都坚决不去。

姐姐说：呀，矿上也有洗衣房呀，那是不能去！那，你最后去哪儿了？

华春堂说她去了矿灯房。

姐姐送给华春堂一件礼物，是一面小小的圆镜子。女孩子总爱照镜子，姐姐送的这个礼物不错。华春堂拿起镜子照了照，只照到了脸，却照不到身上穿的工作服。小镜子正面是可鉴人的镜面，背面嵌有一片红纸，纸上印着最高指示：要"斗私批修"。对"斗私批修"，华春堂不陌生，在学校里，在农场里，她都参加过"斗私批修"。镜子是照人镜，又不是照妖镜，她不知道照镜子和"斗私批修"有什么联系！华春堂没去县城的照相馆照相，她却想起一幅国画，画的名字叫《矿山女工》。画面上，一个女工，站在敞开的阳台上，穿好了工作服，腰间扎紧了灯带，正往头上戴柳条编的安全帽和矿灯。女工脸蛋饱满，牙齿亮白，一副英姿飒爽的样子。从画面上所配置的背景和前景判断，那个女工当是南方矿山的女工，女工的身后是井架和矸石山，身旁是一棵大叶子的芭蕉树，阳台的栏杆是竹子做的。华春堂生在矿山，长在矿山，与矿山有着紧密的联系，对矿山的生活也比较熟悉。看到那幅画，她很快和自己联系起来，像是看到了自己的前途，一种亲切感油然而生。把那幅画记在脑海的同时她就想，说不定有朝一日，她也会成为一名矿山女工呢！如果说华春堂的联想也是一种理想的话，她的理想真的变成了现实。

第三章　到处充满青春气息

"七级工，八级工，所挣的工资，买不下农民种的一沟葱。"这是生活资料严重匮乏时期煤矿所流传的顺口溜。是呀，钱是纸做的，不能当饭吃，不能充饥。在拿着钱买不到粮食的情况下，钱就成了废纸。煤矿工人是挖到了不少煤，天天守着大堆小堆的黑煤。在饿得实在受不了的情况下，他们可以拣一块明煤，放到嘴里嚼一嚼，把白牙嚼成黑牙，把红嘴染成黑嘴。但煤炭毕竟是工业的粮食，而不是人类的粮食，煤吃多了，不能消化，不能吸收，是会死人的。相比之下，农民的优势就体现出来了，他们种的葱可以吃，种的红薯可以吃，不管地里长出来的什么菜、什么粮食，都可以往嘴里送，往肚子里咽。拿红薯来说，不但红薯可以吃，红薯叶子可以吃，连红薯秧子晒干，砸碎，也可以哄哄肚子。于是，煤矿开始疏散人口，把靠粮票定量供给粮食的人下放了一批，下放到农村去了。有的人不等矿上疏散他们，自己就跑回老家去了，跟当逃兵差不多。

从1960年，直到1970年，煤矿十年没招收新工人，形成了煤矿劳动力青黄不接的状况。青黄不接，一般来说，指的是庄稼，是粮食，是说上一年或上一季打的黄粮食吃完了，下一年或下一季的青庄稼还没有结出籽儿来。作为煤矿的劳动力，说成黑白不接似乎更合适一些。黑，指的是满头乌发的年轻矿工；白，指的是花白头发的老矿工。白头发的老矿工都干不动了，黑头发的年轻矿工还没有顶上来，这不是黑白不接是什么。在井下挖煤是重体力劳动，对人的体能要求很高，不是"生龙"也得是"活虎"。如果只是一些老态龙钟的龙，或只是一些失去了威风的虎，很难与井下巨大的压力抗衡。

然而，煤是重要的，煤是国家经济运行和民众生计的主要能源，没了煤，就不能发电，不能照明，不能烧锅，不能取暖，国家将失去光明，大地将变得寒冷。眼看煤矿的生产难以为继，迫在眉睫，煤矿才不得不开始招工。煤炭供应有缺口，人力资源却相当丰富。新中国出生的一代人已成长起来，农村、城里，大量年轻人口呈"过剩"的状态。他们嗷嗷叫着，急于寻找出路，参加工作。他们对工作并不挑剔，只要有事儿干就行，只要能挣到工资，挣到粮票，有碗饭吃就行。招工的人事先对他们讲明，煤矿劳动是繁重的，有时是危险的，丑话说在前面，劝他们慎重考虑，以免到了煤矿打退堂鼓。招工者对招工对象说这些话时，心里是有底的，差不多有点儿逗你玩的意思。他们明白，每个正常的人都得就业，就业关乎生计，关乎前途，也关乎做人的尊严，谁都不会放弃难得的就业机会。果然，他们轻而易举地就招进了一批又一批的工人。

东风矿的第一批人是从农村招来的，他们是清一色的小伙子，一个女青年都没有。他们的年龄参差不齐，小的十七八岁，大的三十来岁。他们的人员构成大致来自三个方面，一是复员军人；二是回乡知青；三是青年农民。他们的文化程度差别很大，有高中文化程度、初中文化程度、小学文化程度，还有一字不识的文盲。

第二批工人是从古城开封招来的，他们都是在农村锻炼过的知青，有男知青，也有女知青。男知青的一个共同特点是，个头比较高，他们的平均身高要比农村来的男青年高出一头到两头。这不仅仅是遗传基因的问题，也表明城里的生活水平比农村人的生活水平的确高出不少。生活水平高，营养跟得上，人就长得高一些。相反，成天吃不饱，缺乏营养，人就长得低一些。接着矿上成立了篮球队，球队的骨干主要是开封的知青。从农村进矿的青年，篮球队里一个都没有。

第三批工人是从省会郑州招来的，他们也都是在广阔天地炼过红心的知青，而且炼红心炼得时间比较长。有两三对男女知青，在农村锻炼时就确立了恋爱关系，他们是带着成熟的恋爱关系，一同到矿上来的。从郑州来的知青，也有一个共同特点，据说他们的家庭成分都比较高，有资本家、地主、富农、历史反革命、右派、现行反革命、坏分子，还有新近被打成的走资本主义道路的当权派，等等。好比农村里的贫下中农总是多一些，城市成分好的家庭也多些，工人家庭、革命干部家庭、革命军人家庭、城市贫民、无业市民，等等。那些成分好的家庭里的子女，大都分配到省会城市的企业和事业单位去了，只有家庭成分不好的人，才被分配到地处山区的煤矿。这样的分配，差不多带有发配的性质，让他们稍稍感到有些委屈。但是，既然全社会的人都以阶级划分，都以阶级斗争为纲，他们的家庭所处的阶级比较高，社会地位就得低一些。具体到工作，他们连在地面工作的待遇都没有，只能往下走，低到地平线以下，低到几百米深的矿井里去。他们没什么可说的，一个人的出身不能选择，工作也不能选择。在低处工作怎么了，他们的工资比别的行业还高一些呢！

第四批工人属于就地取材，招收的是跟华春堂一样的矿工子弟。他们都是从矿务局中学毕业的学生，毕业后，有的下乡插队，有的到农场劳动，都成了知青。知青返城的高潮到来时，他们不算是返回城市，返回的只能算是矿区。矿工子弟，也被说成是矿区的家生子弟。在和平时期，军官的孩子当兵，医生的孩子学医，老师的孩子当老师，子承父业是普遍现象。矿工子弟提前看到了自己的前途，那就是当煤矿工人。俗话说龙生龙，凤生凤，老鼠生来会打洞。矿工子弟不是老鼠，他们的父辈在井下是打巷道，不能说成打洞。但是，他们摆脱不掉类似"打洞"的命运。

对于从郑州和开封来的知青，矿区知青并不高看他们，也不羡慕他们。因省会在郑州，省里权力中心在郑州，郑州的知青似乎也沾了权力的光，走路就有些牛，说话的口气也有些牛。他们开口郑州，闭口郑州，好像他们本身就是郑州。郑州市中心有一座二七纪念塔，他们也愿意说起那座纪念塔。纪念塔有些高，而他们似乎比纪念塔还要高。对郑州知青最不买账的是开封知青。开封是七朝古都，是大宋的都城，他们认为，他们才是最有来历、最有根底的人。郑州算什么，不就是京广和陇海铁路的一个交叉口嘛，不就是一个装货和卸货的码头嘛，有什么了不起。郑州有一个地方叫老坟岗，他们觉得这个名字不错，郑州不就是一个老坟岗子嘛！他们还愿意把郑州和熬粥的粥混同，说郑州不就是正熬着的一锅粥嘛！矿区知青对这两个地方的知青不但不羡慕、不欢迎，还有些排斥。他们认为，矿区是他们的地盘，别人来他们的地盘干什么！他们甚至认为，矿区就是他们的家，郑州和开封的知青来到他们家，简直就是对他们的侵略——你们的城市不是好吗，你们一个个不是很光棍（方言，意思是了不起）吗，在你们的地方待着就是了，来抢我们的饭碗干什么！而不管是郑州知青、开封知青，还是矿区知青，他们对从农村招来的那批工人都有些看不起。农村来的那批工人不是知青群体，不过是一支杂牌军。如果也送他们一个"青"的话，只能叫他们愣头青。通常情况下，城里人说到农村人时，都会用一个字，那就是"土"。郑州知青在评价农村的那批工人时，连土字都不用，使用的也是一个字，那就是"渣"，说农村来的工人渣得很，是一帮渣得掉渣的老渣皮。因地域文化不同，生活习惯不同，性格不同，就在东风矿形成了不同的帮，郑州帮、开封帮、矿区帮。农村来的工人没形成帮，城里人看不起他们，他们自己也不大看得起自己，是一盘散沙。

但谁都不可否认，从四面八方集中到东风矿的这些工人有一个共同点，那就是都处在青春期。有一部电影叫《我们村里的年轻人》，他们是"我们矿里的年轻人"。一时间，整个东风矿，到处都是青春的身影，青春的面庞，青春的脚步，青春的声音，青春的气息。他们走着走着，突然就跳起来，正着身子跳过，再侧着身子跳，跳得跟猴子一样。他们又走着走着，两个人就忽然扭在了一起，到路边摔起跤来。他们摔的是城里流行的竞技式活跤，你抓着我的胳膊，我拉着你的胳膊；你推我一下，我拽你一下；你勾一下我的腿，我绊一下你的脚，摔得闪转腾挪，不可开交。摔跤的场面很好看，有人摔跤，就有人围观，有人喝彩，路边很快就形成了一个热闹场。水永远年轻，他们如水的青春波浪翻滚。煤永远不老，他们的青春如怀揣一团火的煤炭，一经点燃，就熊熊燃烧。特别是那些年轻的女矿工，她们每个人都像一枝正在开放的花朵，走到哪里，"花朵"就开到哪里，鲜艳到哪里，芬芳到哪里。那些上了岁数的老矿工，看到那些风华正茂的女矿工，似乎也顶不住了，一个个眼睛放光，鼻翼张开，乐得哈哈的，似乎一下子年轻了许多。

年轻人喜欢打篮球，打篮球需要一块场地。在一批又一批新矿工来矿之前，矿上有一个篮球场，但因长期无人打球，场地几乎废弃，场地中央长出了野草。打篮球用的架子、篮板和篮筐还在，只是木制的篮板被风雨剥蚀得斑斑驳驳，篮筐只剩下生了锈的铁圈。篮球早不知扔到哪里去了，或许还存在着，就算能找到，恐怕也瘪得跟瓜皮帽差不多。然而，年轻人打球的欲望不可遏止，开封的知青自己从商店买回了圆滚滚的篮球，下班后就在场地上打起来。别看他们在井下已消耗了不少体力和汗水，但仍有剩余体力和汗水，供他们在篮球场上挥霍。场地里所长的野草他们并不拔去，他们的脚似乎就是铲野草的铲子，他们踩来踩去，很快就把野草压制下去，直至消灭。他们打球打得真好，奔跑，传球，抢断，过人，空切，干拔，跳投，灌篮，几近专业水平。篮球似乎也愿意让他们打，他们打得越用力，篮球跳得就越高，越显得高兴。打篮球不是跳舞，但在矿上的观众看来，打篮球的肢体动作和肢体语言，一点儿都不比跳舞差。打篮球不是演戏，在矿工眼里，打篮球似乎比演戏还来劲，更有效率。年轻矿工喜欢看，老矿工喜欢看，青年女工们也看得兴高采烈、津津有味。篮球场地外边没有看台，没有坐的地方。这一点儿都不影响观众的兴致，他们就那么挤在场地边上看，挤得里三层、外三层。

华春堂不大喜欢看打篮球，因为打篮球的人个子都高一些，她的个子低一些，她的个头与打篮球的人相比，差距太大了。一个人喜欢什么，得够得着喜欢才行。如果够不着喜欢，喜欢就很难实行。听见篮球场边欢声一片，笑声一片，她也过去看了一会儿。还没看到忘我的状态，她就意识到了自己身高的差距，悄悄离开了。华春堂万万没有想到，一位正在场上打球的开封知青，竟成了她日后的追求对象。

年轻人喜欢打乒乓球，打乒乓球不能在地上打，起码要有一张乒乓球案子。据说矿上有乒乓球案子，但不知放到哪里去了。是郑州的知青，在矿上找来找去，找遍各个角落，终于在矿上用于作阶级教育展览室的地方，把那张案子找到了。这个地方曾经是乒乓球室，后来改成了阶级教育展览室。阶级教育盛行过一阵子，人人都去展览室看过展览，接受过教育。目前阶级教育不怎么兴盛了，虽然展览室的门还开着，但很少有人进去参观，展览室里显得有些冷清。他们在南墙的一角找到了那张贴墙而放的折叠式乒乓球案子，遂把案子下面的四条腿拉开，支在地上，卡上网子，拿出自带的乒乓球和球拍，就乒乒乓乓地打将起来。人有了某种技艺，都愿意展示一下。没机会展示，难免心痒手痒。展示出来了，心里才舒服一些。会打乒乓球无疑也是一种技艺，也急于展示，不展示会憋得慌。这种展示，类似于对感情的抒发，把感情抒发出来，他们的心情就舒畅了。再拿抒发感情作类比，凡是抒发感情者，都希望有读者和观众的赞赏。对于这一点，打球的人根本用不着发愁。矿上那些精力充沛的年轻矿工，正发愁没什么东西可看呢，听见有人"抒发感情"弄出的清脆的动静，他们赶紧就过来看究竟。他们一看，觉得不错，就把"感情"接受下来了，看得眼珠子转来转去追球珠子。他们的眼睛不光追球，还看人，因为打球的还有一位女工。那位女工白皮肤，大眼睛，头发扎成两把刷子，那是相当漂亮。她打起球来也有"两把刷子"，左推右挡，反手吊，正手杀，像是在少年宫练就的童子功。如此明艳照人的角色，平日里走碰面，人们不好意思直着眼看她，一看她，不知不觉就把目光的刀子卷了。现在好了，她在案子一头打球，观众也可以理解为她在表演节目，谁想看她都可以，想怎么看，就怎么看，正好可以看个眼饱。每当她打出一个好球，观众就叫好：好！好！好着哩！还有人不是叫好，而是喊漂亮：漂亮！真漂亮！大家会意，喝彩的人表面是为球叫好，夸打球打得漂亮，实际上也是为人叫好，夸打球的人长得漂亮。一时间，曾经作为开展阶级教育的严肃场合，变成了人声鼎沸的欢乐海洋。

有一点要说清楚，打球的女工不是华春堂。华春堂不会打乒乓球，也不喜欢看别人打乒乓球。有的人是不会干什么，偏偏喜欢看什么，好比腿脚不灵便的人却喜欢看足球比赛，通过看踢足球，在想象中补一下自己的短板。华春堂不是这样，自己不擅长什么，她一般不会去观看，不会直着喉咙为别人叫好。不去看还罢，一去看无异于拿自己的短比别人的长，就把自己的弱势暴露出来了，那何苦呢！华春堂是一个内心要强的人。

年轻人还喜欢听音乐，玩乐器。他们所玩的乐器多是从家里带来的，也有临时从商店买来的。从家里带来的乐器有二胡、板胡、手风琴，临时买乐器多是秦琴和口琴。矿上有一个礼堂，也叫工人俱乐部。俱乐部里娱乐活动很少，主要是矿上开职工大会的地方。俱乐部没有座椅，座位是一排排用砖头支起来的水泥长条，坐上去等于坐硬板凳，也等于坐冷板凳。夜里，俱乐部里漆黑一片，里面却传出了拉二胡的声音。拉二胡不需要灯光，闭着眼睛也能拉，仿佛越是在黑暗的地方拉得越忘我、越动情，也越好听。看不见拉二胡的是哪一个，只听见二胡拉出来的是慢板，是长调，听起来有些悠扬，也有些忧伤。拉板胡的人是在宿舍里拉，拉的多是一些豫剧的过门和曲牌，也模仿某个著名豫剧演员的唱腔，拉得有板有眼、起伏婉转，跟一个人唱一台大戏差不多。拉手风琴的人不在矿里面拉，他背着手风琴，一个人走出矿场的大门，走到东边的一条山沟里去了，独自一个人在山沟里拉琴。之所以这样做，他的意思是明显的，是不想让矿上的人听到他拉出的琴声。比起打乒乓球，他的抒情才是真正的抒情，是音乐化的抒情、艺术化的抒情。他或许认为，他抒情的曲子都是高曲，在矿上很难找到知音。知音难觅就不觅，每个人最好的知音就是自己，自拉自听就是了。好在山沟里有涓涓溪流，有树木，有野花，还有小鸟，自然界里的一切自然之物，或许能听懂他的琴声呢！他不知道，有那眼睛好使的年轻矿工，见他一个人背着手风琴往山沟里走，便远远地、悄悄地跟了上去。山沟曲曲弯弯，杂树丛生，能藏人的地方总是很多。当拉琴人拉开风琴的可伸缩风箱，演奏出美妙的音乐时，他们正躲在一块大石头后面倾听。弹秦琴的矿工，所弹的琴像是刚从商店里买来的，弹琴也是刚学，弹得还不熟练，还不成曲调，只能像蹦豆儿一样，一个豆儿一个豆儿往外蹦。蹦着蹦着，蹦出的"豆儿"一多，就连贯起来，有了曲调的雏形。吹口琴与弹奏其他乐器不同，弹奏其他乐器的都是一个人操作，都是独奏，而吹口琴的人是一个集体，形成了合奏。这个集体由四个知青组成，其中，一个是开封知青，另三个是从农村来的知青。他们正在路上走着，就从口袋里掏出银亮的口琴，双手捧着，往嘴边一送，合奏起来。他们正在行进，所以不管吹什么曲子，都像是进行曲。他们吹《大海航行靠舵手》，也吹《莫斯科郊外的晚上》；吹"洪湖水，浪打浪"，也吹"樱桃好吃树难栽，不下苦功花不开"。他们吹得都很好，既可以吹单音，也可以吹复音。在吹奏的同时，他们还会用舌尖打拍子，使吹奏出来的乐曲更有节奏感。见这四个人像口琴仪仗队一样在行进中吹奏，可把那些同样是从农村来的矿工羡慕坏了。他们也想吹，可不会呀，吹口琴不是吃红薯，不是有舌头、有口气就能吹。他们也想加入那四个人的队伍，可他们知道，这四个人的集体是排他的，不是谁想加入就能加入。这没什么，各人有各人的朋友，各人有各人的爱好，他们吹奏，不反对别人驻足观看，不反对别人听，这就可以了，还有什么不满足的呢！

音乐与青春相伴，音乐也可以说是青春之声。在这些青年矿工入矿之前，整个煤矿暮气沉沉，连一点音乐之声都没有。说是东风矿，好像吹过矿山的不是什么东风，而是西风；不是什么春风，而是秋风。有了这些充满激情和朝气的年轻矿工的加入就好了，仿佛一下子东风尽吹，春风浩荡。"春风"吹过大地，大地绿意盎然，重新焕发生机。"春风"吹过树木，万木青春勃发，繁花似锦。音乐靠空气传播，它本身也像空气一样，传遍东风矿的各个角落。在没人用各种乐器演奏音乐之前，矿上也有一些别的响声，比如报时的时候拉响的汽笛、压风机的轰鸣，还有矿车在矸石山倾倒矸石的哗啦声，等等。因这些矿声都是机器发出来的，未免显得生硬，跟噪声差不多。有了在这里那里演奏的音乐呢，再听那些矿声就不一样了，似乎变得柔软起来，并加入了合奏，成为音乐的一部分。

华春堂家里没有乐器，她自己也没玩过任何乐器，吹拉弹拨，什么都不会。对了，她小的时候，姐姐曾折下春天的柳枝，拧下柳枝上的筒子皮，给她做过一个柳笛，她也嘀嘀地把柳笛吹响过。柳笛虽说带一个笛字，但不是横笛、竖笛，更不是大笛、长笛，不能算是乐器，只能算是一种玩具。柳笛在湿润的时候能吹，一干就吹不响了。她不曾拥有任何乐器，也没玩过乐器，不等于她不爱听音乐，相反，华春堂很爱听音乐。不管什么乐器演奏出来的音乐，她都爱听，一听耳朵就很受用，心里也很受用。人长两只耳朵，原来不只是用来听说话、听鸟叫、听打雷、听下雨，还是用来听音乐的。听了音乐，乘着旋律的翅膀走神儿，走远，两只耳朵才算没有白长啊！

华春堂注意到了，在矿上玩音乐的人都是男的，一个女的都没有。上场打乒乓球的，还有一两个女的，可玩乐器方面，没一个女的能上手。怎么，难道乐器只有男的能玩，女的就不能玩？口琴只有男孩子能吹，女孩子就不能吹？不见得吧！华春堂稍微想了想，就几乎有些发笑。她想到了，嘤其鸣矣，求其友声。那些男孩子演奏音乐，都是给她们这些女孩子听的，或者说都是冲着矿上的女工来的，是用音乐发出美妙的召唤，吸引女工到他们身边去。喊，华春堂才不会轻易听从一个男孩子的召唤，去不去他们身边，还不一定呢！

第四章　矿上成立了宣传队

华春堂在灯房里上班上到第九天，矿上又给灯房分来了一个新工人。让华春堂没想到的是，这个新工人是她的同班同学张丽之。张丽之一看见她，显得很惊喜的样子：呀，春堂，你也在这里上班，太好了，太好了！我正愁一个熟人也没有呢，没想到你也在这里，太让人高兴了，咱俩正好可以做个伴！张丽之眉开眼笑，高兴得差点儿跳脚，差点儿拍手，差点儿欢呼。

华春堂没有张丽之那么惊喜，她眉不动，眼不动，一切都平平静静，说：我还以为你会分到机修厂呢！她知道，张丽之的爸爸在矿务局机械修理厂工作。

张丽之说：我不想去机修厂，不愿跟我爸爸在一个单位工作。听说把我分到矿灯房，我一下就想到了革命样板戏《红灯记》，想到了《红灯记》里李玉和手里举的信号灯。说着，她做了一个李玉和手举红灯的动作。

华春堂说：你想得太好了，也太浪漫了，煤矿不是铁路，矿灯也不是信号灯，你干一段就知道了。华春堂跟张丽之的想法不一样，到一个新单位，她不希望跟熟人在一起，更不愿意跟同班同学在一起。她希望周围的人陌生一些，互不相识才有神秘感，才有互相试探的兴趣。同学之间互相了解，互相知根知底，就没有了神秘感，这跟在学校和农场有什么两样呢！比如说，她爸爸是在医院发生锅炉爆炸时去世的，来灯房工作之后，她没跟任何人说过，谁都不知道她是一个缺失爸爸的人。张丽之来了就不一样了，张丽之对她的家庭情况是了解的，张丽之不仅知道她爸爸死于一场事故，说不定还会跟别的工友说及。那样的话，等她在必要的时候说出来，别人就不那么吃惊了，就显得平常了。当别人知道了张丽之和她是同学，难免会拿张丽之和她做比较。张丽之个子比她的个子高，眼睛比她的眼睛大，张丽之的腰身细细的，后面翘翘的，还会跳舞。从外部条件上，张丽之和她一比，就能把她比下去。这些都是次要的，最让华春堂心里感到不平衡的是，张丽之的家庭成分是地主，她的家庭成分是贫农；张丽之的爷爷在旧社会压迫和剥削过穷人，是被贫下中农斗死的，她爷爷是被压迫和被剥削者，在河南大旱那一年差点儿饿死；她在学校里加入了共青团，张丽之没能入团。华春堂对家庭成分这一项很是看重，认为成分好就是优势，成分不好就是劣势；成分好的人就是团结和依靠对象，对成分不好的人就得打一个问号。阶级好比是台阶、级别，阶级意味着差距，意味着区别。阶级有区别，在安排工作上也应当有所区别。像张丽之这样家庭阶级比较高的子女，把她安排在洗衣房、食堂才合适，同样把她安排在灯房，岂不是跟她华春堂的工作岗位一样了，两个人岂不是平起平坐了？这哪里还有什么区别呢！不行，华春堂哪天要去找王科长说道说道。

下井的工人是三班倒，早班是上午八点上班，下午是四点下班；中班是下午四点上班，夜间十二点下班；晚班也是夜班，是半夜十二点上班，第二天早上八点下班。华春堂这天上的是早班，大约上午九点半左右，一阵杂沓而沉重的脚步声从井口向灯房传来，上夜班的工人下班了。说是八点下班，他们的下班时间从不提前，总是延后。加上井下的巷道漫长，水一途，泥一途，煤一途，石一途，等升到井上，一般都是太阳高照，过了九点。在井下拼死拼活地干了一夜，他们都是又累又困，又饥又渴。他们急于洗澡，急于换衣服，急于吃饭，急于睡觉。要实现这一系列项目，还有一个前提，必须去灯房把使用了一个班的矿灯交掉。人要"充电"，矿灯也要充电。人吃饭和睡觉就是充电，而矿灯的充电是放到充电架子上直接充电。人不"充电"，第二天就没力气干活儿，矿灯不充电呢，第二天就放不出光明，就无法干活儿。在交灯时，矿工们的表现如果用一个字概括，那就是急，如果用两个字概括，那就是着急。他们乘坐的罐笼刚提出井口，他们从罐笼里走出来，就一边走一边取下安全帽上的头灯，解开腰里的灯带，把灯带从矿灯盒的鼻子里抽出来，提着用胶皮电线连接的灯盒和灯头，大步流星向交灯的窗口走去。一阵浓烈的汗酸味扑进窗口，说声"交灯"，便把矿灯"啪"地扔在窗台上。此时，早已守候在窗口里侧的华春堂，二话不说，收起矿灯的同时，只把用白漆写在灯盒上的号码看了一眼，取来与灯盒上的号码相同的灯牌，也往窗台上一放，就完成了一份交接。在进行这项程序化的交接时，华春堂几乎不敢呼吸，她担心自己会被那浓烈的汗酸味熏晕。她的目光也是游移的，像是不敢正面直视窗口外面的矿工。短暂的工作经验告诉她，就算她敢于面对窗外的矿工，她也看不清矿工的真实面目。这个矿的煤富含油分，不仅含有植物的油脂，似乎还含有动物的油脂，特别容易粘身。矿工们在井下的煤窑里摸爬滚打了一个班，几乎变成了一个个黑人。他们的脸是黑的，鼻子是黑的，眼睑是黑的，耳朵是黑的，像戴了一张用黑胶皮做成的面具。不黑的是他们的眼白，还有他们的牙齿。眼白和牙齿都白得有些夸张，也大得有些夸张，像是整张脸上就剩下了眼白和牙齿，这就有些可怕了。眼睛是用来看东西的，牙齿是用来吃东西的。矿工在井下干了一夜，他们的肚子很饿，眼睛好像也很饿。当他们看到窗口内的年轻女工时，两眼白光闪闪，像是要张开眼口，一眼把女工吃下去。华春堂觉察到了矿工们的欲望和饥渴，也隐隐意识到了潜在的危险，她必须保持警惕，对他们有所回避，并与他们拉开距离。

华春堂往灯房收取矿灯时，没有戴手套。矿上发的劳保手套都是用白线织成的，倘若戴上白手套拿矿灯，肯定很快就会把手套染黑。那么好的手套，她可舍不得让油腻腻的煤尘把它们染黑，她得把手套保存起来，等手套攒够一定数量，她就把手套拆开，折成线，织成一件线坎肩。她光着手去拿矿灯，拿来拿去，就把手拿黑了，小白手变成了小黑手。这不要紧，她的手不是白手套，要是把白手套弄黑，再想洗白就难了。她的手沾上了煤尘，一洗就干净了。就算一遍洗不干净，多打两遍肥皂，多洗两遍，总能洗得一尘不染。

女工越来越多，女工宿舍几乎住满了人。张丽之没有和华春堂住同一个宿舍，宿舍里空着的一张床位住进了另一个女工。那天往矿上送铺盖卷儿时，是姐姐帮华春堂送的。除了铺盖卷儿，她还带了一只装衣服的黄帆布提包，姐姐把铺盖卷儿和提包放在自行车的后架上，一路推着自行车，把她送到了东风矿。那套铺盖卷儿，是她在农场劳动锻炼时用的，如今又转移到了矿上的女工宿舍。在小屋的床上收拾铺盖卷儿时，姐姐问华春堂：你去矿上住了，我可以回到小屋里住吗？

华春堂说：可以。不过，等我哪天回来，你还得把小屋腾给我。你跟咱妈睡一张大床，不是挺好的嘛！

华冬梅说：那你咋不跟妈睡一床呢！咱妈一碰到我，我浑身都不舒服。

华春堂说：那，谁碰到你你才舒服呢？

这个问题姐姐华冬梅似乎还没想过，她脸上红了一下，说春堂调皮。

华春堂说：姐不想跟妈睡一张床也容易，你找一个男人，把自己嫁出去不就得了。

华冬梅说：你说得容易，找一个男人，哪是那么容易的！

华春堂说：那有什么不容易的，煤矿上女的少，男的多，两条腿的山羊不好找，两条腿的男人一抓就是一个。你也许已经有男朋友了，只是还保着密而已，只是不想让我知道而已。

华冬梅连连否认：没有，真的没有，谁骗你谁是小狗儿。我要是有了男朋友，第一个先告诉你，一定让你帮我参谋参谋。

华春堂说：谁买的袜子谁穿，袜子合适不合适，只有自己的脚知道，我才不帮你参谋呢！

华冬梅把华春堂送到女工宿舍，帮华春堂在床上铺褥子、铺床单。

华春堂说：姐，你不用管了，我自己来。

华冬梅不说话，只管帮她铺。往床上放枕头时，华冬梅把枕头按了按，枕头很薄，一点儿弹性都没有。把枕头套上的摁扣儿解开看了看，原来枕头套里没装枕头芯，塞进去的是华春堂的一件旧绒裤。怪不得枕头不像枕头，枕头里只塞旧衣服怎么行呢，妹妹也太会过了。华冬梅说：这不行，哪天我买个枕头芯给你送过来。

华春堂不想让姐姐看到她枕套里的内容，样子似有些不耐烦，说：我说了不让你管，你非要管，你还有完没完！

这时华冬梅的脾气才上来了，拿出了当姐姐的样子，说：我不管谁管！谁让我比你大几岁呢！谁让你是我的妹妹呢！谁让咱早早没有了爸爸呢……爸爸是她们共同的痛，深刻的痛，久远的痛，一提到爸爸，姐姐顿时有些哽咽，妹妹的眼圈儿也红了。

华春堂说：好好好，我啥都不说了，行了吧！

华春堂拿来的还有蚊帐，姐姐帮她把蚊帐撑上，撑得四角四正，才离开。

姐姐骑上自行车，刚走一会儿，又转了回来。她就近到矿务局的百货商店买了枕头芯，还买了新的枕头套。枕头套上有绣花，绣的是喜鹊闹梅。枕头芯是一块海绵，一按一弹，软乎得很。

华春堂说：姐，你给我买这么好的枕头，不是让我变修（指当时正在批判的修正主义）嘛！

姐姐说：一个枕头就让人变修了？我看修不了。华冬梅把华春堂的旧枕头替换下来，说：这个枕头用不着了，我给你拿回家吧。根成还没有枕头，我看就给他吧。

华春堂说：不错，我看你比咱妈想得还周到，越来越有当姐姐的样子了。

新住进来的女工叫唐慧芳，和华春堂住得床对床、面对面。两张床离得很近，恐怕只有两尺多一点儿。如果两个人都坐在床边，华春堂的脚尖会碰到唐慧芳的脚尖。如果两个人都躺在床上，华春堂一伸手，就能拉到唐慧芳的手。有话是，低头不见抬头见。她呢，不管是抬头，还是低头，似乎都能看见唐慧芳。好在华春堂的床上罩有蚊帐，而唐慧芳床上没有蚊帐，把自己的细纱蚊帐放下来，等于她在暗处，唐慧芳在明处，她可以看见唐慧芳，唐慧芳却看不见她。可能因为气不相投，华春堂对这个新来的室友不大愿意接受。与先来的陈秀明相处，她一点儿都不觉得别扭。虽然她觉出陈秀明有一些大地方人的优越感，在她面前稍稍有些端，但属于正常态度，并不让她反感。唐慧芳的入住就不一样了，与唐慧芳的近距离相处，使她感到一种说不出的别扭。唐慧芳参加工作说不上哪一批，不是农村那一批，不是开封那一批，不是郑州那一批，也不是矿区子弟那一批，她属于零星进矿的一批。唐慧芳长得不丑，两道眉浓浓的，头发也很黑。唐慧芳的手脖子粗，脚脖子也粗，一看就很有力气。华春堂看不惯的，是唐慧芳的土气，不讲卫生，还自私。唐慧芳床上铺的是土布褥子，盖的是印花被子，连床单都是织成黑白方格的土布。唐慧芳不开口说话倒还罢了，一说话就是一股子红薯味。有一个地方叫毛岗，她说成"毛嘎"。人的胳膊，她说成是"鸡脖"。身体某处有时疼，有时不疼，她说成"怼着疼，怼着不疼"。她的土话有一半让人听不懂。唐慧芳脚上穿一双尼龙袜子，一星期都不带洗一回的。她不脱鞋还好些，一脱掉黑塑料做的假皮鞋，能量极大的臭脚丫子味差不多能把人熏得憋过气去。华春堂被熏得实在不能忍受，劝小唐：把袜子洗洗呗。小唐不说洗，也不说不洗，只把袜子往床单下面一掖就完了。唐慧芳从老家带来一只木板箱子，她不是把箱子放到自己的床板下面，她见煤火炉子在夏天不生火，就把箱子放在炉台上去了。煤火炉子是宿舍里三个人共用，她自己占了炉台算咋回事。华春堂说：小唐，煤火炉子冬天要生火的。

小唐说：现在是夏天，又不是冬天！

听听，这话有多噎人。

唐慧芳之所以零星进矿当工人，据说是因为她爸爸在别的矿被冒顶的石头砸死了。工亡的矿工可以有一个子女顶替参加工作，今年才十七岁的唐慧芳就顶替她爸爸的名额参加了工作。工亡矿工子女大批参加工作的情况是有的，那是因为井下发生了瓦斯爆炸，一死就是几十人、上百人。每家有一个子女顶替爸爸参加工作，就形成了批队，但这样的情况不是很多，比较常见的是零星事故，今天死一个，明天死两个。零零星星发生事故，矿上就零零星星进人。像唐慧芳这样顶替爸爸参加工作的情况，跟当年华春堂的姐姐华冬梅顶替爸爸参加工作的情况是一样的。按理说，她们有着同样的不幸，同样的命运，应该相互同情、团结友爱才是。不，华春堂不愿意承认唐慧芳的痛苦，不愿意跟唐慧芳站在同一个立场。在唐慧芳没来之前，她的痛苦有一定优势，在必要的时候，她要发挥她的优势。唐慧芳一来，就把她失去爸爸的痛苦拉平了，优势就不再明显。她甚至认为，唐慧芳是在模仿她。好比在学校里，同学们见一个人戴军帽，别的同学也纷纷戴起军帽；见一个同学穿军装，别的同学也千方百计弄一件军装穿。她的爸爸发生事故死了，唐慧芳的爸爸也是发生事故死的；她到这个矿参加工作，唐慧芳也是到这个矿参加工作；她住在这个宿舍，唐慧芳也住这个宿舍，这跟模仿有多大区别呢！她想到，矿上负责安排住房的人，也许是故意把唐慧芳和她安排在一起，仿佛在说：你们是一样的，谁都不必再叫苦。

趁唐慧芳不在宿舍时，华春堂试探性地向陈秀明表露了对唐慧芳的不满，她相信，陈秀明作为大城市来的人，对唐慧芳的看法和她是一致的，她要争取和陈秀明结成统一战线，共同给唐慧芳这个村妞一点儿颜色看。不料，当她说了对唐慧芳不好的看法后，陈秀明并没有附和她，陈秀明说：是吗，我看小唐挺好的呀！又说：我听说你们两个的家庭遭遇是一样的，我还以为你们以前就认识呢。

华春堂说：我才不认识她呢！我跟她的情况也不一样，我本来就是城市户口，她是农村户口；我是通过矿务局大批招工，和同学们一起从农场到矿上来工作的，她是顶替她爸爸才当上工人的。还有一点让华春堂没想到的是，她并没有跟陈秀明说过她的家庭遭遇，不知是哪个嘴快的人跟陈秀明说的。话说回来，这事也不稀罕，对于陈秀明的家庭情况，华春堂也听人说过一些，知道陈秀明的爷爷在国民党的政府里当过警官，陈秀明的爸爸也在旧社会当过警察，她的家庭成分属于历史反革命。像陈秀明这样从历史反革命家庭走出来的人，出于自我保护的目的，都出言谨慎，对周围的一切保持着警惕，把自己的尾巴夹得紧紧的。她相信，陈秀明也闻到了唐慧芳的臭袜子和臭脚丫子味，也反对唐慧芳把木板箱放到炉台上，对唐慧芳也有不好的看法，陈秀明只是怕得罪人，怕树敌，不敢跟她说真心话而已。华春堂这样一分析，就上升到了阶级的高度，就是阶级分析。广播里、报纸上，一再强调千万不要忘记阶级斗争，提醒人们要时时处处以阶级斗争分析的眼光看问题，看来是有道理的。既然陈秀明对她心怀警惕，她一定要站在贫农和工人阶级的立场上，明确自己的阶级位置，对陈秀明多留一个心眼。

利用陈秀明不成，华春堂只好转身利用她的同学张丽之。因她的家庭成分好，张丽之的家庭成分不好，不管在学校里，还是在农场里，她的政治地位都比张丽之高一些。张丽之一直对她很友好，甚至有些讨好她。张丽之住在另一间女工宿舍里，华春堂找到张丽之说：你跟唐慧芳调换一下床位吧，咱们住一个屋。她没跟张丽之说明她对唐慧芳的不满，传达给张丽之的意思是，她对同学之间的友谊是重视的，她对张丽之是高看的。

张丽之当即答应，说：好呀！你跟唐慧芳说好了吗？

华春堂说：我还没跟她说，你直接跟她说吧。你就说咱们是同学，住在一起习惯了。

张丽之很把华春堂的话当话，她果然找到唐慧芳，提出跟唐慧芳换一下房。

唐慧芳倔得像一堵墙，张丽之一开口，像是撞到南墙上，唐慧芳当即把她顶了回去，说：不换！

张丽之给唐慧芳的是笑脸，她笑得讪讪地对唐慧芳说：我和华春堂是同学，在农场锻炼的时候，我们就住一个屋，已经习惯了。

唐慧芳说：同学有什么了不起的，说不换，就不换！你以为你的床是一个红薯呢，想跟谁换，就跟谁换，没门儿！

这叫什么话，床跟红薯有什么关系！这个唐慧芳，真是一个犟驴子！张丽之把唐慧芳拒绝换房的话学给华春堂，华春堂说算了，不说。唐慧芳不会答应跟张丽之换宿舍，这是华春堂提前想到了的，别看她和唐慧芳这个乡下妞相处的时间不长，她已经看出来了，唐慧芳是一个死心眼儿的人，也是一个缺心眼儿的人，对这样的人没别的办法，只能是冷着她，淡着她，忽视她的存在。她之所以仍让张丽之去跟唐慧芳说一下，是想试试张丽之对她的态度，看看张丽之参加工作之后，是不是还听她的话。她试出来了，张丽之还行，她在张丽之面前的政治优势还保持着，张丽之愿意为她跑腿。

要强的人，总是容易受到打击。追求完美的人，也最容易受到伤害。东风矿接着发生的事情，让生性要强和诸事追求完美的华春堂，感到有些失落，像是受到了打击和伤害。矿上接到矿务局政工组的通知，说当年国庆节期间，为了庆祝新中国成立二十二周年，矿务局要组织文艺汇演，要求局属各单位都要成立毛泽东思想文艺宣传队，抓紧排练节目，届时集中到矿务局参加汇报演出。在整个矿务局实行军管的情势下，政治工作组下达通知跟下命令是一样的，各单位必须服从命令，雷厉风行，不得有半点迟疑。于是，东风矿政工组立即行动起来，开始组建属于东风矿的毛泽东思想文艺宣传队。组建一支宣传队，牵头人是重要的，好比一支军队，领军人物的作用是决定性的。兵烂烂一个，将烂烂一窝，组建宣传队与领兵打仗有着同样的道理，只有牵头人选好了，才有可能组建好一支像样的宣传队，排演出精彩的节目，在汇演中取得比较好的成绩。那么，宣传队的牵头人选谁呢？矿上的革命委员会一定开过会，认真讨论过，他们选来选去，没有选郑州的知青，没有选开封的知青，也没有选矿区的知青，却从农村招来的那批工人中，选了一个回乡知青，那个知青的名字叫魏正方。

那么多城里来的青年不选，为何偏偏选中了一个从农村来的青年呢？这个农村青年有什么特别之处呢？魏正方是井下的一名掘进工，天天和工友们在一起，用钻头、炸药和铁锹打巷道。他们打通了巷道，等于为采煤工开辟了道路，采煤工才能沿着道路到工作面采煤。有一天，魏正方见矿上的"革委会"主任，带着几个干部，到掘进窝头跟他们一块儿干活儿，就写了一篇稿子，投给了矿务局广播站。他在农村当农民时，曾给县里的广播站写过稿子，写了好几篇，都广播了。之所以能到煤矿当工人，跟他会写广播稿不无关系。他写广播稿得了利，又对写广播稿比较自信，到了矿上，一直想找个机会露一手，让人知道他的手不仅能握钻杆子，还能握笔杆子。能握钻杆子的人很多，只要有两只手，都能把钻杆子握一握。别看笔杆子比钻杆子轻得多，也细得多，能握笔杆子的人却少之又少。魏正方正是看准了这一点，才在握麻花状的金属钻杆子之余，操起他从老家带来的一支钢笔，写了进矿后的第一篇广播稿。

　　不错，他写的广播稿很快就广播出来了。矿上安装有大喇叭，也有小喇叭，有高音喇叭，也有低音喇叭，喇叭里一广播，矿上的人都听见了，"革委会"主任也听见了。广播稿里写到了"革委会"主任的名字，等于在全局范围内表扬了范主任，范主任一听，高兴得哈哈的。须知魏正方只是井下的一个掘进工，他并没有资格表扬矿上的第一把手范主任，就算他私下里对范主任跟工人打成一片的事有好的评价，那也不算什么，如一粒煤尘落在地上，一点儿响声都没有。而写成广播稿一广播，在整个金宝矿区取得的效果就不一样了。听到广播后，魏正方不禁暗暗有些得意，在他看来，别看他地位低下，却等于表扬了范主任。倘若他不写广播稿，谁会知道范主任下井参加劳动的事呢？也许范主任以前也下井参加过劳动，因没人写稿子，就无声无息，不见效果。这就是文字的力量，也是宣传的力量。这个事情其实是一举两得，魏正方在为范主任扬名的同时，也为自己扬了名。魏正方相信，他的才干一定会引起矿领导的重视。

果然，范主任对政工组的郭组长说：魏正方是哪个连的，你让他到我的办公室来一下。郭组长通过掘进连，通过连指导员找到魏正方，说范主任要接见他，一下把魏正方领到范主任的办公室去了。范主任一见魏正方，就握住他的手说：小伙子很年轻嘛，很有前途嘛！范主任问了魏正方一些情况，鼓励他以后多写稿子。范主任对郭组长作出指示：对魏正方这个小青年儿要重点培养。有了这样的前提，当矿上要成立宣传队时，郭组长就想到了魏正方。

但一个人会写广播稿，不等于会组建和带领宣传队，因为写稿子比较简单，一个人领好自己的一支笔就行了；而带宣传队比较复杂，它不仅是对带队者文艺细胞的考验，更是对其有没有组织、协调和管理能力的考验。在找魏正方之前，郭组长对魏正方能不能组建和带领宣传队并不是完全信任，魏正方毕竟年轻，还是一个从农村出来的青年。人太年轻，就镇不住台；农村青年呢，见识肯定会少一些。郭组长问魏正方，以前参加过宣传队吗？魏正方的回答，让郭组长不得不对这个小青年儿刮目相看。魏正方说参加过，他先后参加过中学、大队和公社的宣传队。郭组长一听，有些大喜过望，说：太好了！矿务局让我们组建宣传队，这是一个光荣的政治任务，这个任务就交给你了。魏正方没说任何谦虚的话，也没有任何推辞的表示，点点头，就把任务接受下来。

参加过多个宣传队，在宣传队里唱歌、跳舞、演样板戏，魏正方应该是一个快乐的人。实际上，他给人的感觉并不快乐，神情反而有些忧郁，仿佛心事很重的样子。这样的神情，使他显得早熟、老成，心理年龄似乎比二十来岁的生理年龄大许多。他不佩服任何一位从城市来的和本矿区的知青，就内心的丰富、强大和自信而言，自觉一点儿都不比他们差。在他们老家的村子，也有四个开封的男知青在那里插队，他们都愿意找他借书看，愿意围绕在他身边，跟他交朋友。他来到煤矿当工人之后，那些知青还在跟他通信，表示对他的想念。是的，他的底气源于他肚子里装的书多一些。一个人的内心是否丰富，不在于他待在什么世界，在于他心里装了什么世界，装了多少个世界。而每一本书，都是一个世界，他看的书多一些，心里的世界就多一些。他心里的世界既有中国的，也有外国的；既有古代的，也有现代的，可谓古今中外的世界汇于一心。来煤矿参加工作，他没带别的什么东西，除了铺盖卷儿，就是卷在铺盖卷儿里的一些书。如果他的铺盖卷儿是一棵白菜的话，他的那些被他视为宝贝的书就是白菜心儿。在赶赴煤矿的路上，"白菜帮子"有可能被雨淋湿，但"白菜心儿"不会被淋湿。他宁可不盖被子，也不能没书看。试想想，试比比，那么多来东风矿参加工作的新工人，有谁会千里迢迢往矿上带沉重的书本呢？除了魏正方，全矿恐怕找不到第二个。有道是，手中有粮，心中不慌。魏正方是手中有书，心中不慌。不慌就是从容。从容是一种态度，也是一种气质。有了从容的气质，魏正方出类拔萃在所难免，组建宣传队的重任就理所当然地落在了他身上。

带着郭组长给他的"尚方宝剑"，魏正方去矿属各个连队挑选宣传队员，不管挑到哪一个，连队必须放人，不得阻拦。东风矿不是大矿，矿宣传队的规模不宜太大，他计划控制在二三十人左右，男女队员各一半。他把会拉手风琴的、会拉二胡的、会打扬琴的和会拉板胡的，都招到宣传队里去了。吹口琴的是一个集体，四个人当中他只选了两个人，其中包括他自己。在挑选队员时，他挑选的对象，主要是城里来的青年。在农村来的青年中，他只挑了一个会拉板胡的和一个会敲边鼓的，别的青年一概不挑。正因为他是农村来的青年，才对农村青年比较了解，知道农村青年的文化素质和文艺素质大都不行，登不上宣传队的台面。农村青年大都是从小就开始劳动，身体发育不够均衡，连走路都一拖一拉，不太协调，哪能当众人瞩目的宣传队员呢！

听说矿上要成立宣传队，要在全矿范围挑选宣传队员，青年们都有些心动，希望自己能被选中。矿上的每一种工作都有些繁重，而宣传队员是脱产的，从现在进宣传队，到国庆节参加汇演，至少要在宣传队里待三个多月。在宣传队里唱歌、跳舞，意味着快乐，也意味着轻松，谁不愿意过轻松快乐的生活呢！更重要的是，宣传队是宣传单位，带有上层建筑的性质，成立宣传队，是落实突出政治的具体举措。从基层单位选到宣传队，等于从下面往上面走，一下子走到了上层建筑。这是在政治上得到了信任，是一种资格，也是一种荣耀。荣耀之心，人皆有之，谁不想得到荣耀呢！

事情也有例外，矿上煤质化验室里有一个女青年叫周子敏，她就不愿意去宣传队。化验室是一个班，化验室的负责人被称为班长。魏正方通知了班长，让班长通知周子敏到宣传队报到。班长对魏正方回话，说周子敏不愿意参加宣传队。

魏正方问班长：为什么？

班长说，他也不知道。班长又说：参加不参加宣传队，是一个人的自由选择，应该允许人家有自由选择权吧！

魏正方说：那不一定。

魏正方对周子敏的情况略知一二。周子敏的爸爸原来是矿务局的党委书记，被打成"走资派"之后，下放到矿务局下面的一个采石场里抬石头。采石场在一个深坑里，采了石头，全靠人工用筐子沿着斜坡往上抬。这天傍晚,太阳正往西边落,石头坑里布满了阴影。一个壮工和"走资派"抬着满满一筐石头,"走资派"在前,壮工在后,踏着铺满碎石的小路往上攀登。"走资派"的岁数比较大了,身体也肥胖一些,负重爬坡很是吃力。后面的壮工大概对"走资派"负有监督的责任,嫌"走资派"走得太慢,走着走着,突然往前拱了一下。这一拱不要紧,"走资派"一下子扑倒在地,粗木头杠子重重地压在背上,他再也没能爬起来。魏正方没见过周子敏的爸爸,只知道周子敏的爸爸参加革命很早,曾是全矿务局级别最高的高级干部。

　　魏正方对周子敏的遭遇很是同情,也能够理解周子敏的心情。他想,周子敏一定是考虑到自己是"走资派"的女儿,把自己的地位看得比较低。加上她爸爸离世时间不是很长,她的心情还沉重着,不愿到宣传队里唱歌跳舞。魏正方决定亲自出马,找周子敏谈一谈,把周子敏动员到宣传队里来。他听说周子敏在矿务局中学参加过宣传队,有一定的表演经验。在矿上的职工食堂,他也多次看见过周子敏,虽然没有和周子敏说过话,但能看出周子敏的形象和气质都不错。什么"走资派"不"走资派",魏正方才不管那么多呢。矿领导既然授权让他组建宣传队,他想挑哪个,就挑哪个。有周子敏这样的知青到宣传队里来,才能提高宣传队的档次和水平。魏正方相信,他一定能把周子敏请到宣传队里来。魏正方打听出来了,周子敏是1967年的高中毕业生,他是1967年的初中毕业生,周子敏的学历比他高,年龄比他大。尽管各方面都有差距,魏正方还是很自信。也许他的自信没什么来由,甚至有一些盲目,但他就是自信。自信是一种信念,也是一种能力,自信往往是有效的。不知魏正方是怎么跟周子敏谈的,也不知谈了哪些内容，反正魏正方成功了，周子敏答应了去宣传队。这让魏正方更加自信，好比在战争年代，农村可以包围城市，而在和平环境，农村人也可以领导城里人。

矿上备有一套锣鼓，那是每当上面有"最高指示"下达时，矿上的职工敲锣打鼓上街欢呼游行用的。锣鼓家伙一敲打起来，矿上的宣传队就算是宣告成立了。宣传队正式成立时，没举行什么仪式，郭组长没有发表讲话，魏正方也没提什么要求，他让全体队员排了一下队，点了一遍名，并对队员们作了一下分工，东风吹，战鼓擂，东风矿毛泽东思想文艺宣传队就开始运行了。

然而，宣传队没有吸收华春堂加入，这让自信的华春堂不可接受。

第五章　怎么可以没有我呢

华春堂眼观六路，耳听八方，矿上一打算成立宣传队，她就得到了消息。她觉得矿上成立一个宣传队挺好的，人要工作，要吃饭，要睡觉，还要找点儿乐子不是？矿上成立一个宣传队，每天闹出一些动静，就是一个乐子。别说人了，连那些麻雀子，除了衔草、搭窝、捉虫、孵蛋，也时不时地聚在一块儿叽叽喳喳，快乐一番。华春堂也想参加宣传队，她自我衡量了一下，觉得自己符合参加宣传队的条件。既然成立的是毛泽东思想文艺宣传队，既然成立宣传队是一项政治任务，就应当把政治条件放在第一位。什么是政治条件呢？当然是家庭成分。她的家庭成分是好的，根子是红的，苗子是正的，不存在任何政治问题。而据她所知，近年来到矿上参加工作的一些女工，大部分家庭成分是经不起审查的，不是有这问题，就是有那问题。比如陈秀明、张丽之，她们的家庭成分都不好。华春堂的个子是不高，但身是身，腰是腰，四肢匀称，属于小巧玲珑型。所有的矮树，都盼着往高里长。一个人个子不高，不见得心就不高。人有所短，也有所长。华春堂的长处是她的嗓子明亮，唱歌好听。不管是合唱，还是独唱，她都可以胜任。

和华春堂同在灯房上班的张丽之，被选拔到宣传队里去了。宣传队只白天排练，夜里不排练，张丽之不用再上夜班。宣传队是脱产，不用穿劳动布的工作服，穿上自己喜欢穿的衣服就可以了。当工人的，在上班期间不许化妆，谁化妆就是有资产阶级思想、修正主义思想。在宣传队里却可以化妆，搽油、抹粉、涂胭脂、描眉毛，都不会遭到指责。华春堂倒成了夜班，要半夜里爬起来到井口的灯房去上班。上班就要发灯、收灯，双手就要被矿灯上的煤尘染黑。灯房四个窗口，张丽之没去宣传队时，当班的四个女工每人把一个窗口。张丽之一去宣传队，就闸下一个窗口的铁板，关闭一个窗口。窗口关闭了一个，总的工作量并没有减少，张丽之的那一份工作量，只能由仍在灯房上班的华春堂她们三个分摊。有一个女工大概看出了华春堂的不悦，问她：你跟小张是同学，你也很年轻，你怎么不去宣传队呢？

华春堂不喜欢这样的问话，这样问好像揭了她的短似的，她反问：你希望我去宣传队吗？

问话的人看出华春堂更加不悦，不知如何回答。

华春堂说：我要是也去宣传队，四个人的活儿只能由你们两个承担。

和华春堂同住一间宿舍的陈秀明，也被选拔到宣传队去了。陈秀明像是受到了重用，并找到了最后的归宿，脸上写满了喜悦之情。陈秀明在食堂上班，每天的工作不是择菜、洗菜，就是站在卖饭窗口，掂着一把勺子卖饭。陈秀明对自己的工作显然不满意，一天到晚，她的脸拉的是"炊事"脸，身上散发的是"炊事"的味儿。当上了宣传队员的陈秀明，一夜之间，她的脸仿佛变成了"宣传"脸，身上开始散发"文艺"味儿。上夜班的华春堂，白天需要睡觉。陈秀明排练的地方离女工宿舍不太远，她一会儿出去了，一会儿进来了；她出去要开门，进来要关门，弄得门老是发出声音。陈秀明还把一张歌片拿回了宿舍，坐在床边哼哼叽叽地唱。虽说陈秀明唱的声音很小，跟蚊子的叫声差不多，可华春堂还是能听见。华春堂未免心烦。倘若陈秀明真是一只蚊子的话，她可以把"蚊子"拒之帐外，或找来一只蝇拍，一下子把"蚊子"拍死。而陈秀明不是一只真的蚊子，她就不好制止人家的哼唱。她要是不让陈秀明哼唱，陈秀明会理解成是她在嫉妒陈秀明。罢罢罢，忍了吧！她已经跟同宿舍的唐慧芳不对脸了，不能再和陈秀明闹翻。

华春堂的同班女同学，分到东风矿的，除了张丽之，后来又来了两个，一个叫王秋云，一个叫杨海平。王秋云被分到了洗衣房，杨海平被分到了理发室。这很好，她们两个确实分别去了应该去的地方，可以好好反思自己的行为，改造自己的思想。让华春堂实在忍无可忍的事情发生了，她们两个竟然也去了宣传队。太不像话了，这简直就是没有了是非，没有了公平，也没有了正义！华春堂想骂人。她已经骂了，只是没骂出声而已。她骂了政工组的郭组长，骂了组建宣传队的魏正方，还骂了王秋云和杨海平。她骂郭组长糊涂，不知道突出政治。她骂魏正方没水平，不会看人。她骂王秋云和杨海平骂得更难听，把她们骂得一钱不值。她们两个是什么人呢，都是作风有毛病的人，都是失过身的人，都是不干净的人。王秋云是跟她的班主任老师发生的那种事儿，而且还是在她上小学的时候。事情败露后，她的老师被判了九年有期徒刑，目前正在另一个矿的采煤队进行劳动改造。杨海平更恶心，跟她发生关系的男人竟是她的爸爸。杨海平的爸爸判刑判得更重，一直在郑州郊区的监狱里关着。

这些事都是私密事，也是丑事，是怎么暴露出来的呢？别人是怎么知道的呢？要是她们本人不说，老师不说，家长不说，别的人恐怕很难知晓。这是因为，前两年，全国在大力提倡"讲用"，人人都要"斗私批修"。所谓讲用，就是讲一讲自己是怎样活学活用毛主席著作的。"斗私批修"呢，就是斗自己私心的同时，批判修正主义。"斗私批修"还有许多另外的说法，比如"灵魂深处爆发革命""狠斗私字一闪念""早请示，晚汇报，表忠心""睡觉之前过电影，狠斗私心不过夜"等。说得简单一点，就是每个人都不许有自己的隐私，不管什么隐私，都得说出来，都得把自己变成透明的玻璃人。就是在这种大形势下，也是在别人的引导下，她们一斗私，一不小心，就把自己的隐私说了出来。同是斗私，也因人而异，王秋云的隐私是自己说出来的，而杨海平的隐私是她妈妈说出来的。杨海平的妈妈和爸爸长期闹矛盾，她妈妈在斗私时，斗她爸爸，一斗就斗漏了嘴，把她爸爸的丑事抖了出来。对于她这两个女同学的污点，华春堂早就知道了，还在学校时就知道。华春堂相信，她们一来到矿上，矿上的人也会知道。别看她们的污点没登过报纸，没上过广播，华春堂也没有特意跟别人说过，但大家还是很快就能知道。传播的渠道不知是什么，或许是风的渠道，或许是雨的渠道，或许是下水道的渠道，反正传播的速度很快，效果很好。矿上只要新进了女孩子，人们最感兴趣的，也是最愿意打听的，无非是她们的两个方面，一是政治方面，二是生活方面。政治方面，是家庭成分如何。生活方面，是作风如何。这样的打听和传播，像是为她们贴标签，她们一进矿，标签随即就给她们贴上了。标签虽说是隐形的，可人人似乎都看得见，而且在人们看来，标签是大于人本身的，有了标签，就只见标签不见人。两种标签相比，人们对贴有家庭成分不好的标签的女工，稍稍宽容一些，因为她们的成分是跟着祖父母和父母的成分走，是被动的，自己不能选择。而对于贴有"生活作风不好"的标签的女工，人们就有些鄙视，不大愿意原谅她们。生活作风嘛，总是由男女共同形成，男方有责任，女方也有责任。就拿王秋云和杨海平来说，难道她们一点儿责任都没有吗？男人都判了有期徒刑，她们心里一点儿都不负疚吗？

事情就这样以事实的面目摆到了华春堂面前，到东风矿参加工作的一共有四个同班女同学，那三个女同学都进了风风光光的宣传队，独独把她一个落下了。她个人认为，她的条件要比哪个同学都要好，矿上挑选宣传队员，她应该第一个被挑中。可是，但是，然而……他姐的，他妈的，他奶奶的……这不中，这不行，这不可以……她不能听之任之，要问一个为什么！

这天下了夜班，华春堂换下工作服，洗了脸，照了小镜子，拿上碗，正准备去食堂吃早饭，见张丽之吃完了早饭，刚从食堂回来，自己暂时不去吃早饭，站在女工宿舍大门口，跟张丽之说了几句话：张丽之，我看你现在很快乐呀！

张丽之说：瞎玩呗！

你们排什么节目？

宣传队里没人会拉京胡，移植不成京剧样板戏，只能排一些杂七杂八的小节目。

我听说王秋云、杨海平也到宣传队里去了？

张丽之说了"是呀"，才恍然大悟似的呀了一声：你怎么没去宣传队呢？咱这几个同学，要是去宣传队的话，你应该第一个去呀！怎么，你是不想去宣传队吗？

你们几个去宣传队挺好的，我去不去都行。没人通知我去，我总不能自己觍着脸去吧。去宣传队，他们要求的是什么条件？

张丽之说：我也不知道。

宣传队谁当家？

魏正方。

他是队长吗？

我们叫他魏队长，他不让叫，让我们叫他的名字就行了。听说魏正方挺有办法的，化验室的周子敏不想参加宣传队，魏正方找周子敏谈了一次话，周子敏就同意参加了。要不这样吧，我跟魏正方说一下，说你唱歌唱得很好，你也去参加宣传队吧，要玩咱们一块儿玩呗！

见王秋云从门外走过来，华春堂不想让王秋云听见她和张丽之的对话，就把这个话题打住了，问张丽之是不是吃过饭了，她还没吃呢，回头再说吧！说罢，丢下张丽之，拿着两只摞在一起的搪瓷碗和一把小勺，向矿上的大食堂走去。

矿工们吃饭，不再使用瓦碗。瓦碗是用泥巴烧成的，易碎。搪瓷碗是用铁片制成的，摔都摔不烂。碗的变化好像是一个象征，在没参加工作之前，象征着他们端的是"泥饭碗"，参加工作拿上工资呢，他们就端上了"铁饭碗"。虽说用的都是搪瓷碗，男矿工和女矿工的碗有所不同。男矿工用的都是大号，或特大号，跟俗称的海碗差不多。女矿工用的碗都是小号，一个用海碗的都没有。没人规定女矿工一定要用小碗，可能她们觉得大总是和傻相联系，小总是和巧相联系，她们愿意要"巧"，不愿意要"傻"，就不约而同地选择了小碗。她们使用小勺吃饭，不使用筷子吃饭，大约也是与男矿工相区别的意思。拿一双乌木筷子在碗里和嘴里别来别去，像挖煤一样，显得不够雅观。而用一只银色的小勺一点一点吃饭，一点一点喝汤，就雅致多了。

矿上的大食堂由两部分组成，里面是厨间，外面是餐厅。蒸饭、炒菜、烧汤，一切都在厨间里完成。就餐在餐厅里进行。隔开厨间和餐厅的是一面长长的墙壁，墙壁上开着一些小窗口。这样的建筑结构类似华春堂上班的灯房，只不过，矿工从灯房的窗口取走的是矿灯，是光明，而从食堂的窗口取走的是食物，是热能。餐厅的面积不算小，差不多有一个篮球场那么大。可是，餐厅里既没有桌子，也没有凳子，只有用水泥打成的地板，显得空空荡荡。矿工们吃饭，有的蹲在地上，有的靠在墙边，有的到外面阳光下去吃，还有的把饭端回宿舍里吃。有的矿工正吃着熬菜，或许吃得不大可口，或许吃出了一只青虫，骂了一句，就把菜倒到地上去了。还有的矿工正用一只大碗喝着稀饭，喝着喝着，大概不想喝了，"叭"的一下子，就把剩下的半碗稀稀饭泼到墙上去了，泼得墙上像淋蜡一样。这样一来，餐厅里的卫生状况显得不太好，引来了很多苍蝇。矿工去食堂吃饭，苍蝇也成群结队去食堂吃饭，从数量上讲，身着同样服装的男女苍蝇，似乎比矿工还多一些。在餐厅里负责打扫卫生的人是有的，只有一个女工。那个女工的智力不够健全，对她的底细比较了解的人，都叫她傻明。傻明不爱洗澡，不爱洗头，也不爱洗衣服，她自己都邋里邋遢，似乎分辨不出何为卫生、何为不卫生。

华春堂每次去食堂打饭，都能在餐厅里看到傻明。每看到傻明，她都感觉像看到一只大个头儿的苍蝇一样，不愿意多看。华春堂的办法是，当她用眼睛的余光扫到傻明时，当发现傻明正睁着大眼珠子看她时，她就赶紧把眼皮塌蒙下来，或干脆转过脸去，对傻明表示无视。华春堂听人说过，也是在"斗私批修"的热潮中，一些好弄风潮的人，把傻明也拉了进去。他们先是问傻明，看见过她爸她妈在床上干那种事儿没有？傻明说见过呀。那些人就让傻明表演一下，她爸她妈是怎么干的。傻明一开始有些扭捏，好像不知道怎样表演才到位。有人从裤子口袋里掏出一块用花纸裹着的硬糖，引诱她说，如果她表演得好，这块糖就给她吃。为了能吃到糖，傻明躺在地上就表演起来。她先是模仿她妈，肚皮朝上，一下一下往上颠簸。在观众的喝彩和要求下，她又模仿她爸，趴在地上，像用镐头刨煤一样，朝下做动作。傻明的这些动作，虽说给观众带来了一些趣味，赢得了阵阵欢呼，但跟"斗私批修"还挂不上钩儿，不能算政治成果。为了能够"上纲上线"，跟流行的"斗私批修"联系起来，有人继续对傻明进行启发和挖掘，问她爸爸跟她干过那事儿没有。傻明说有呀！好嘛，这就有了重大收获，有了爆炸性的新闻，是"斗私批修"取得的又一项胜利。把胜利成果汇报到上头，上头立即派人把傻明的爸爸逮了起来，进行隔离审查。傻明的爸爸是一位七级技术工人，平日里少言寡语，在工人中颇有威信。人家抓他时，他急得大呼冤枉，说：傻明是一个傻女子，她胡说八道，她的话怎么能当真呢！但"斗私批修"的潮流浩浩荡荡，人们都愿意跟着潮流走，谁愿意听一个挖煤工人的自我辩解呢！公家的人宁可相信傻明的话，不相信傻明爸爸的话；宁可信其有，不信其无，还是把傻明的爸爸判了七年有期徒刑。

傻明在餐厅里值班打扫卫生，除了拿一把笤帚、一个土簸箕，还备有一只铁桶。铁桶是盛剩菜剩饭用的，傻明的意思，是希望人家把剩菜剩饭倒进铁桶里，那样她就不用收拾打扫了。有人把傻明身边的铁桶说成是饭桶，顺便把傻明也看成了饭桶。他们才不愿意按"饭桶"的意思行事呢，还是把剩菜剩饭随处乱倒。有人也许把傻明也看成了剩菜剩饭，装作一不小心，把剩饭剩菜泼到"剩饭剩菜"身上去了。傻明不干，常常就咧着嘴哭起来，或骂起人来。傻明一哭一骂，大家都愿意看一看，没有一个人为傻明的哭和骂负责。

华春堂买的早饭很简单，一个馒头，一点咸菜，还有一碗面汤，总共才花了八分钱和三两粮票。买完饭后，她没有在餐厅里作任何停留，端着碗就回宿舍去了。她之所以不愿在餐厅里停留，自然因为不愿看见傻明、餐厅里纷飞的苍蝇太多，但更主要的原因是那里饥饿的眼睛太多。蹲在餐厅里地上吃饭的，多是从农村来的矿工。他们大概在农村的饭场吃饭吃惯了，从小就练出了一套蹲功，蹲在地上吃饭是"家常便饭"，不算什么难事。像华春堂这样在城里长大的孩子就不一样了，他们生有屁股，很早习惯了坐凳子，吃饭坐凳子，去幼儿园坐凳子，上学更要坐凳子。若让他们蹲着吃饭，屁股悬空，只靠两条腿和两只脚支撑，他们会觉得很不得劲，也很不雅观。特别是作为一个年轻的女工，要是张着两腿蹲在地上吃饭，那成什么体统！问题还在于，那些在餐厅吃饭的男工，他们吃着碗里的，还看着碗以外的；他们的嘴不闲着，眼睛也不闲着；他们的嘴下面有一个肚子，眼睛下面好像还有一个肚子；他们嘴下面的肚子可以吃饱，而眼睛下面的肚子老也吃不饱，似乎总是处在饥饿状态。见有年轻女工去食堂排队打饭，他们都会不失时机地把女工看一看，从正面看到背面，再从背面看到正面。通过紧追不舍的看，把自己饥饿的眼睛喂一喂。矿上是进了一些年轻女工，但比起众多的男工，女工还是太少了，从比例上看，平均二十个男工都摊不上一个女工啊！那些从农村招来的清一色的男工，大多是在老家结过婚的人，他们尝过女人的甜头，得到过女人的好处。他们来矿上当工人，他们的女人却不能来，这让他们不大好接受。好比小孩子正吃奶吃得好好的，却突然把奶给他们掐掉了，他们想奶，找奶，俨然嗷嗷待哺的样子。一个男人结没结过婚，看女性的目光是不一样的。在没结婚之前，男孩子看女孩子，一般只看女孩子的面容和眼睛，目光是羞怯的。结婚后的男人看女人，就不只是看女人的脸和眼了，他们能透过衣服看内里，目光是穿透性的，也是实用性的。华春堂对那些目光有所畏惧，也有所排斥，每次从餐厅里走出来，她都走得很快，逃跑一样，像是生怕被饥饿的眼睛吃掉。

宣传队的排练场里在敲锣打鼓，吹拉弹唱，声响一浪高过一浪。一天过去了，又一天过去了，张丽之没去华春堂的宿舍，没跟华春堂说情况。张丽之说过，她要跟管理宣传队的魏正方说一下，说华春堂唱歌唱得很好，让她也参加宣传队，不知张丽之跟魏正方说了没有？张丽之也许跟魏正方说了，也许没说。张丽之说推荐她加入宣传队时，她没有明确表态，把话岔开了。张丽之或许以为她对参加宣传队态度不积极，就没有对魏正方提及？张丽之建议她加入宣传队，或许只是虚头巴脑地那么一说，并不是真的想让她进宣传队？人都是这样，自己登上了一个高台，就不想让别人也登上高台；自己到了一个好地方，就不想让别人也去那个好地方。张丽之去了宣传队，要是她华春堂也去宣传队，她就跟张丽之一样了，就显不着张丽之了。

这天吃过晚饭，天还不黑，华春堂到张丽之的宿舍去了。华春堂已领到三副白线针织手套，她把三副手套都拆开了，缠成了一个皮球样的线团。别看一只手套七绕八绕，五指俱全，其实它是用一根棉线织成的。拆手套是从手脖那里拆起，找到一点线索，可以不断线地把一只手套拆完。把三副手套的棉线缠成一个线团后，华春堂不打算织线坎肩了，打算先钩一块装饰性的镂空被子盖布。她选择的花样是梅花，等把盖布钩织好，往叠成方块的被子上面一搭，被子上面霎时就像开满了梅花。华春堂看见，有的女工用手套线钩花时，并不把手套线缠成线团，而是直接边拆手套边钩花。一根棉线两头牵，一头装在口袋里，一头钩在钩针上，装在口袋里的是手套，到了钩针上就变成了花朵。那么干，直接是直接了，省事是省事了，但华春堂不那么干。她想到的是，国家发给你手套，是让你保护手的，你不把手套戴在手上，而是变成别的东西，就失去了劳保用品的本义。让负责发放劳保用品的干部看见了，干部一有意见，也许就不给工人发手套了。所以华春堂不但把手套拆开缠成了线团，还把线团放在一个不透明的提兜里。她边走边用钩针钩花，装作漫不经心的样子，走进了张丽之所住的宿舍。

女人总是爱针线，也爱花。张丽之一见华春堂在用钩针钩织梅花盖布，就很感兴趣。张丽之只会用棒针织毛衣、毛坎肩，还不会用钩针钩花布。棒针有用竹子做成的，也有用不锈钢做成的。钩针因为带钩儿，都是金属制品。用棒针织衣物，相对简单些，女孩子差不多都会织。而用钩针钩花布，要复杂得多，工艺技术难度较高，如果没有人教，靠自学很难学会。张丽之夸华春堂的手真巧，说她也想用手套线钩东西，问华春堂能不能教教她。华春堂当然不会拒绝教张丽之，她说可以呀，说着就坐在张丽之床边，一针一线、钩钩连连地为张丽之做起示范来。让张丽之看了一会儿，她就把针线交给张丽之，让张丽之上手钩一下试试。华春堂不是上门教张丽之钩花技术的，或者说教张丽之钩东西不是她此行的主题，她心中另有主题，主题肯定与宣传队有关。很多事情就是这样，有主题，却不能直奔主题，得绕一些弯子，做一些铺垫工作，慢慢向主题接近。张丽之的手指不是很灵巧，钩着钩着，线老是脱钩。张丽之说：哎呀，我看钩花儿挺难的。

华春堂说：没什么难的，我看比跳舞唱歌容易多了。华春堂这样说，等于向主题迈进了一步，离宣传队已经不远了。

张丽之没能领悟华春堂的意思，只管拿钩针和钩花儿说事儿。

华春堂问张丽之：你们最近在排练什么节目？

张丽之答：在排练一个集体舞，是学习《红色娘子军》里的斗笠舞，万泉河水清又清。

华春堂的用意已经很明显，是想问，她的事张丽之跟魏正方说了没有。华春堂的自尊心很强，她不会直接问，只能一步步启发张丽之。见张丽之仍未说出她想听的话，她只得进一步问：你们没有排合唱节目吗？

张丽之说没有。说到合唱，张丽之好像终于明白华春堂的意思了，才说：我跟魏正方说过了，说你唱歌唱得挺好的。

终于切入主题了，这才是华春堂想听的话。华春堂不说话，看着张丽之的嘴，让张丽之继续说。她要听听宣传队的当家人魏正方是怎么说的。

张丽之继续说出的话未免让华春堂失望，她说：魏正方什么话都没说。

既然魏正方什么话都没说，她也不必要再说什么，坚持着在张丽之屋里又坐了一会儿，就离开了。

不行，华春堂要亲自去找魏正方，她有这样的勇气。魏正方不就是一个从农村来的青年嘛，不就是一个井下的掘进工嘛，有什么了不起的！其实，华春堂对张丽之的说法有些怀疑，怀疑张丽之说的不是实话。张丽之要是跟魏正方说了她会唱歌，魏正方多多少少应该表一下态度，怎么可能什么话都没说呢！除非张丽之在魏正方面前根本就没提到她，所以魏正方才什么话都没说。华春堂要找魏正方求证一下，看看张丽之到底跟魏正方说过她唱歌唱得很好没有，要是张丽之编瞎话蒙她，那就别怪她对这个家庭成分不好的女同学不客气！

矿上给每间工人宿舍配有一把铁壶，是到茶炉房打开水用的。华春堂提着铁壶去打开水，在没打开水之前，先拐进了宣传队的排练场。

你方唱罢我登场，这里曾是会议室、阶级教育展览室、批斗室、乒乓球室等，如今又把乒乓球案子掀起贴墙靠边，变成了各种节目的排练场。排练场是三间通房，东边还有一个套间。魏正方一个人住在套间里。之前，他和掘进连的别的矿工一起，住在四人一间的宿舍里，想写点儿东西都找不到地方，只能趴在自己的床铺上写。矿上决定让他组建和管理宣传队之后，他就从工人宿舍里搬了出来，单独住进了套间。套间里有现成的床，还有一张桌子，条件好多了。魏正方不知道以前谁在这个套间里住。有一点可以肯定，住在套间里的人是矿上的一个干部。看来当干部就是好，一个人起码可以有一个独立的空间。魏正方要求自己一定要好好干，争取也能当上干部。路灯亮起来，排练场里静下来，魏正方开着排练场的门，开始打扫卫生。矿上的露天储煤场里有煤，风把细煤扬起来，各处都落有煤尘。排练场里人来人往，每天都带进去不少煤尘。排练场不是掘进窝头，也不是采煤工作面，魏正方不想让他的可爱的宣传队员们在排练场里把皮肤染黑，每天都把地打扫一遍。扫地前，他用洗脸盆从茶炉房里打来一盆凉水，先把地泼一下，把煤尘压制住。他要是不泼水就扫地，煤尘会扬起来，达不到扫地应有的效果。他以手撩水，正在轻轻泼地，华春堂拎着一只空水壶走了进来。华春堂一上来就叫了他一声魏正方。

让华春堂没想到的是，魏正方也叫出了她华春堂的名字。

华春堂稍稍有些惊奇，她问：你怎么知道我的名字？

魏正方说：你知道我的名字，我当然也知道你的名字。

华春堂说：广播里一广播，谁不知道东风矿有一个魏正方呢！这样吧，我帮你扫地吧。

魏正方说：不用，你去打水吧，我自己来。

华春堂眼睛一扫，就把放在门后面的一把笤帚找到了，并抓在手中，她说：男人只在学校值日的时候，才扫地。一出了校门，男生就很少扫地了。

魏正方说：你这么一说，我好像又回到了学生时代，在学校上学的时候，我确实不愿意扫地。

华春堂笤帚贴地，扫得不慌不忙、踏踏实实。魏正方看出来了，华春堂很会扫地，扫得不留死角、干干净净。不少人不会扫地，扫得东一耙、西一耙，扫走的灰尘还没有扬起的灰尘多。魏正方还看出来了，华春堂是个眼里有活儿的人，是个爱干活儿的人，还是个有家常心的人。有家常心，对于一个女孩子来说，是重要的。有家常心意味着有责任心，有持久的能量，将来会过日子。不是每个女孩子都有家常心，特别是有些在城里长大的女孩子，重视的是自己的头、自己的脚，对别人的头和脚看见跟没看见一样。她们对个人卫生很是讲究，至于公共卫生如何，就不大在意。就拿宣传队里那些女队员来说，她们天天来排练场排练，没有哪个队员会想到留下来，帮他打扫一下卫生。华春堂还不是宣传队的队员，她第一次走进排练场，就帮他把地扫上了。魏正方说：你扫地扫得不错，一看就是在家里和宿舍经常扫地的人。

华春堂应对的是一段毛主席语录："扫帚不到，灰尘照例不会自己跑掉。"

魏正方对华春堂说：张丽之跟我说了，说你唱歌唱得很好。我虽然还没听过你唱歌，但听你说话就能听出来，你的嗓音里有一种明亮的东西、举重若轻的东西。

华春堂听得心中一喜，看来张丽之确实在魏正方面前帮她说了好话，她差点错怪张丽之了。看来以后想人还是要多往好里想，不要轻易怀疑人家的好心。华春堂说：谢谢你！我在上小学时参加过学校里的少年合唱队。

魏正方说：那就对了，看来你有童子功啊！这样吧，我明天跟你们灯房的领导打个招呼，你来宣传队吧，咱们也排练一些合唱节目。

第六章 抽空回了一趟家

东风矿的职工每天至少都要参加两个会，一个是班前会，一个是班后会。班前会的主要内容，除了政治学习，还要讲一讲安全生产，敲一敲安全方面的警钟。班后会的内容就是政治学习，除了读毛主席著作，就是念报纸。两个会的时间各安排一个小时。这两个会职工必须参加，不参加就不记工，扣发当班的工资。下井的工人都不愿意开会，参加会的都是男工，互相没有一点儿吸引力，乏味得很。而在地面工作的工人，都不反对开会，参加会的既有男工，也有女工，正好可以借机互相吸引一下。在矿上洗澡总是很方便，下班后他们把自己洗得干干净净，头发梳得整整齐齐，换上得体的衣服，像是去赴一个约会。夏季天热，他们不一定在宿舍开会，更愿意到宿舍门口的院子里去开会。有的男工，搬一个小马扎，早早地就到会场里坐着去了。表面上，他们是热衷于政治学习，实际上，他们是期待女工的到来。

华春堂在灯房上班时，也是一个班两头学习。到了宣传队，魏正方不再安排班前学习，他认为排练本身就是学习，弦子一拉，扬琴一打，学习就开始了。每天排练结束后，魏正方也不组织学习，但要开一个总结会，把当天的排练情况总结一下，该表扬的表扬，该批评的批评。在这天的总结会上，魏正方对杨海平提出了表扬。魏正方对表扬是慎重的，在以往的总结会上，他也有过对队员们的表扬，但多是泛泛的表扬，不轻易表扬某一个具体的队员。他这天是特意表扬了杨海平。杨海平是跳舞队的队员，他说杨海平跳舞跳得刻苦、认真，是用心在跳，投入了自己的感情，每一个动作都做得很到位，富有表现力，值得大家学习。除了跟大家一起跳集体舞，在中间休息的时候，杨海平还单独为大家表演了劈叉和芭蕾舞。她不管地上有没有灰尘，一下子就把双腿劈到了地上，劈得直直的，成了一条直线。她收腿时手不用扶地，一收就能站起来。她跳芭蕾舞，是模仿舞剧《白毛女》中的喜儿。她脚上穿的是黑布鞋，竟能把脚尖跷起来。一跷起脚尖，使她的身材仿佛一下子高挑许多。她跳得很像那么回事，不管是快走、旋转、探海、撩腿，还是跳跃，都有模有样。不难想象，杨海平在背地里摔了多少跤，磨烂了多少鞋，流了多少汗水，下了多大的苦功，才能跳成这样。宣传队里没有需要劈叉的节目，更不可能移植难度极大的革命芭蕾舞剧《白毛女》，杨海平只能趁别人都休息的时候，为宣传队的队友们表演一下。

魏正方知道，平日里，很多人看不起杨海平，看她的目光甚至有些不怀好意。杨海平过的是屈辱的日子，在人前抬不起头的日子。杨海平到矿上的理发室当上理发员之后，日子更不好过。理发室里原来只有一个理发员，是满头白发的男师傅。杨海平当上理发员后，去理发室的人明显多了起来。别看杨海平理发的技术水平不如那位老师傅高，很多男人都愿意找杨海平为之理发。洗头时，杨海平的手指在他们头上挠来挠去，让他们觉得像挠痒痒一样，很是舒服。理发座椅前面有一面大镜子，在杨海平为矿工们剪头发时，他们可以近距离地看到杨海平姣好的脸庞，嗅到杨海平青春的气息。杨海平手持手动理发推子，在他们周围转来转去，有时还会碰一下他们的身体。这更让他们想入非非，心猿意马。有人把持不住自己，或许是早有预谋，从理发围布下面悄悄伸出手来，在杨海平的大腿上或别的部位摸一把。更有甚者，竟把爪子抓到杨海平的胸口去了。杨海平找矿上人事组的王科长去了，说她不想当理发员了，希望王科长能给她换一个工作，让她干最重的活儿都可以。王科长当然不会给她换工作，王科长只是笑，劝她要理解大家的心情。理发室对杨海平而言，简直像是一个苦海，她做梦都想跳出苦海。矿上能吸收她加入宣传队，一定出乎她的意料，让她大喜过望，好像一下子脱离了苦海，进了天堂一样。杨海平之所以在宣传队里表现得这么好，定是意识到机会难得，她要抓住这个机会，好好表现自己，争取改变自己的命运。

魏正方之所以愿意吸收杨海平加入宣传队，是因为他对杨海平的看法与别人不大一样。在他看来，就算杨海平出过那样的事，当时作为一个不谙人事的小孩子，杨海平也是被动的，是一个受害者。在男女的事情上，不少人习惯把害人者和受害者一勺烩，致使受害者害上加害、雪上加霜。杨海平的一系列遭遇就是如此。难得的是，杨海平的一双大眼睛是清澈的、纯洁的、无邪的，像一双童心未泯的小孩子的眼睛一样。杨海平大概很久没听到过人们对她的表扬了，也没有想到宣传队的负责人魏正方会在总结会上表扬她，听到表扬，她的眼睛里顿时涌满了泪水。

有表扬，还得有批评。表扬是必要的，批评也是必要的。有过在多个宣传队工作经历的魏正方深知，宣传队是情感之地，提供的是抒发情感的舞台。而宣传队里集中的多是青年男女，他们正处在青春年华，人人都有一腔饱满的感情，敏感而骚动，最容易出现男女方面的问题，一旦出现问题，宣传队的正常活动就很难维持。魏正方在公社宣传队搞宣传的时候，队里就出了一宗男女作风方面的问题。在移植革命样板戏《红灯记》的时候，一个复员退伍军人演鸠山，一个在县城上学的回乡知青演铁梅。在舞台上，鸠山和李铁梅互为敌人，在舞台下，"鸠山"和"李铁梅"却悄悄好上了。他们的私情败露之后，"鸠山"立即被宣传队开除，"李铁梅"则在精神方面出了毛病，闹得整个宣传队不欢而散。

魏正方很注意观察男女宣传队员之间的情感动向，极力避免出现类似"鸠山"和"李铁梅"那样的情感纠葛问题。他注意到了，一个叫王秋云的女队员，在开始跳舞前，总是先把自己腕子上的手表摘下来，包在手绢里，交由一个拉二胡的男队员替她保管。手表是宝贵东西，是奢侈品，宣传队里只有两个人戴手表，一个是周子敏，一个是王秋云。王秋云让二胡手帮她拿手表，表达的是对二胡手的信任。除了信任，传达的是不是还有别的信息呢？魏正方要在心里打一个问号了。魏正方还注意到，陈秀明老是跟打扬琴的张建中比个子高低。他们两个的个头都比较高，陈秀明是女队员中的第一高度，张建中是男队员中最高的，可他们两个不知谁更高一些，所以要比一比。比高度的建议不知是谁最先提出来的，也许是陈秀明，也许是张建中，也许是别的队员。反正他们都愿意比，别的队员也乐意看他们比。他们不是从正面比，要是正面比的话，头抵头，胸对胸，那就不好意思了。他们的办法，是背靠背，头把子对着头把子比。别人一看就能看出来，是张建中略高一点儿。在比的时候，陈秀明把脚后跟踮起了一点儿，两个人就有些不相上下。有人指出来陈秀明踮了脚跟，这次不算，下次再比。两个人愿意一再站在一起比个子，表明两个人水平相当，互有好感。倘若两个人互相反感的话，是不会近距离站在一起的。他们在人前背靠背，继续发展下去，说不定哪一天，在人后就有可能脸对脸。魏正方对他们要警惕了，在适当的时候，要不点名地对他们敲一下警钟。

王秋云让二胡手代为保管手表也好，陈秀明和张建中比个头高低也好，这些事情还都不能点名批评。好比都是一层窗户纸，有的适合捅破，有的不适合捅破。适合捅破的，在什么时候捅破，也有讲究。如果捅破得不是时候，事情一透明，弄得议论纷纷，有可能成为他们情感发展的推动力，犹豫变成索性，有距离变成无距离，那就适得其反了。宣传是一门艺术，管宣传也是一门艺术，批评更是一门艺术，魏正方必须掌握好批评的时机、内容和分寸。在又一次总结会上，魏正方不指名地对有些队员说话不够严肃提出了批评。近几天，宣传队里流行着一句像是开玩笑的话，队员之间动不动就说，咬你呢，咬你呢！男队员对女队员说咬你呢，女队员也对男队员说咬你呢！魏正方说：毛主席为中国人民抗日军政大学制定的校训是团结、紧张、严肃、活泼。这八个字，四项要求，我们都要遵照执行。比如严肃和活泼，我们该活泼的时候一定要活泼，该严肃的时候也一定要严肃。我听见有的同志之间互相说咬你，这种说法就不太严肃。咬你，用什么咬？咬，意味着什么？我想大家都清楚。我建议，大家以后要少说这样不严肃、不健康的话，让我们的宣传队更加团结、更加紧张，在宣传毛泽东思想的大路上阔步前进！

对于魏正方这样的批评，有的队员并不认同，他们私下里认为魏正方是神经过敏，过于保守，有农村人的封建思想。但自从魏正方提出批评之后，队里再也没人说过咬你呢！

　　华春堂对魏正方有些佩服，别看魏正方岁数不大，但他的心大，别看他个子不高，但他的水平高。魏正方身上好像有一种气，那种气叫正气。身有正气的魏正方，一开会，一讲话，就压得住场。魏正方讲起话来也很有一套，他讲得不慌不忙，有板有眼，句句在理。华春堂知道，开会讲话可是个难事。她也有不少同学，她的同学跟魏正方的岁数差不多，可没有一个人会正经讲话。别看他们在底下说闲话说得叽叽喳喳，一让他们上台面，一让他们说正经话，他们就害怕了，就哑巴了，一个比一个脖子缩得厉害。华春堂有些为魏正方感到可惜，这样一个青年，要是生在城市就好了，说不定会很有出息。魏正方是从农村来的，恐怕就差一点儿。谁知道呢，也许正是因为魏正方是从农村出来的，他才那么不服气，才那么争气。华春堂上面只有一个姐姐，没有哥哥。她姐姐是个不撑事的人，遇事还得让她帮着拿主意。魏正方是个有主意的人，她要是有魏正方这样一个哥哥就好了。

　　这天趁中场休息，魏正方到政工组开会，华春堂一个人溜进魏正方住的套间里去了。套间的门虚掩着，她一推门就进去了。跟华春堂预想的一样，套间里又乱又脏。床上的被子没有叠，就那么胡乱在床上扔着。床单也皱皱巴巴，一点儿也不展样。还有一些穿过的脏衣服，也在床头扔着。地上也不是很干净，有灰尘，也有纸屑。洗脸盆子里的半盆子水没有倒掉，就那么白浆浆地在盆子里剩着。这就是农村人的习惯，农村人的底细，在套间里都体现出来了。一扇门隔开两个世界，外面是城里人宣传队的排练场，里面是一个农村青年的栖息之地。华春堂动手把魏正方的被子叠了起来，叠得四角四正。华春堂把魏正方的床单拉了拉，抚了抚，使之平展些。农村来的人，一般都不带枕头。魏正方却带来了一只细布绣花枕头，枕头上绣的像是一串外语字母。华春堂把枕头摆得端正些，看不懂那些字母是什么意思。华春堂以洗脸盆里的水淋地，还把地打扫了一下。华春堂本来想把剩水倒掉，打来新水再淋地、再打扫。她不想让别的队员看见她在为魏正方打扫卫生，担心别人看到说闲话，就没去茶炉房打新水。

魏正方一回到套间，就发现了房间里的变化。他不用二猜，只一猜，就猜出是华春堂帮他整理的。魏正方的被子是一床粗布印花被子，他上中学在学校住宿时，盖的是这床被子；他去北京进行"革命大串联"时，带的是这床被子；到煤矿来参加工作，用的仍是这床被子。他的方格粗布床单稍新一些，也是母亲一线一线在织布机上织出来的。他的褥子总算是洋布做成的，褥子面和褥子里都是洋布，面儿是红底黄花，里儿是没染的白布。他的褥子薄薄的，也很窄，只有一幅布宽。他以前没有褥子，临参加工作，要出门远行，母亲才给他做了一床褥子。枕头上的字母，是他自己绣上去的。在老家的时候，有一段时间，他实在无聊，就用母亲和姐姐的绣花针和彩线，在枕头布面上绣开了字母。他在中学学的是俄语，他绣的是自己的俄语名字。魏正方长这么大，还从来没有一个女孩子为他叠过被子、整理过床单。他隐约记起，在某个古装戏的戏文里，似乎有"怎舍得你叠被铺床"这样的唱词。华春堂悄悄为他叠被子、抻床单，使他产生了异样的感觉。他是第一次有这样的感觉。他一时说不清这是什么样的感觉，很难用一句话、两句话，或三句话为前所未有的感觉命名。一句话说得不好，就可能会显得自己多情和轻薄。反正来说，华春堂这样做，不仅仅因为她眼里有活儿，爱干活儿，会干活儿，有过日子的家常心，恐怕还有对他的好感，甚至是对他的私心。至少，这一切表明，华春堂是一个懂得人情世故的人，是一个很会来事儿的女孩子。异样的感觉之后是警觉，这样不太好，让别的队员看见，会对他有看法，会影响他在宣传队的威信。他想应该找个机会跟华春堂说一说，要华春堂不要再为他整理床铺了。但这个话不太好说，一说是不是显得他对这个事情过于看重，有些小题大做，同时也可能让华春堂不高兴。出来进去，要是能把套间的门锁上就好了。套间门上本来有锁，可不知谁把锁拆掉了，原来安暗锁的地方，成了一个空洞。魏正方不会去找矿上管后勤的人，让人家再给他安一只暗锁，或自己花钱，买来一只便宜的明锁钉上，他决定保持原状。不能改变别人，就改变自己。魏正方的办法是，从第二天开始，他起床后，自己先把被子叠起来，把床单抻平，把地扫干净。他枕头上原来没有枕巾，他去买了一条枕巾，盖在枕头上面。人改变自己的生活习惯，需要一个契机，应该说这个契机是华春堂给予他的，他可能一辈子都会记住华春堂的名字。

趁宣传队星期天休息，华春堂回了一趟家。她在矿上参加宣传队的事儿，家里人还不知道。能参加宣传队，她觉得这是一件好事，一件荣光的事。有好吃的，要跟全家人共同分享。有了好消息呢，也不要忘记告诉家里人。

华春堂是星期六晚上回的家，一到家，她还没有来得及报告在矿上参加宣传队的事儿，家里已有好几件事儿等她处理了。妈妈、姐姐和弟弟都看着她，脸上都是"你终于回来了"的表情。华春堂在矿灯房上班，好比她是家里的唯一一盏矿灯，在她回家之前，家里是一团黑暗，只有她回来，才能给家里带来光明。

第一件，是弟弟华根成的事儿。华根成已经初中毕业，他不想再上学了，想参加工作。华根成读高中的机会是有的，只是矿务局没有高中，上高中要到郑州去上。矿区离郑州近百里，不可能天天来回跑，上高中就得住校。在他看来，就算住在学校，不是"斗批改"，就是学军、学工、学农，也学不到什么知识，还不如提前参加工作。因他还不满十八岁，不是成年人，担心矿务局不同意他参加工作，就想请二姐去局里帮他说一说。

华春堂说：我不管，要说，你自己去说。你都这么大了，已经是一个男子汉了，要学会自己对自己负责，自己的事情自己办！

华根成不说话了，神情木木的，眼神散散的，有些发呆。

华春堂很看不惯弟弟这种样子，觉得弟弟太老实、太内向，眼皮子一点儿都不活，甜话一句都不会说。华春堂又说：各人的路各人走，你长大了还要结婚，还要当爸爸，难道还要我管你吗？

这一次华根成说话了，他说：我不结婚，也不当爸爸。

这话华春堂不爱听：胡说，你不结婚，不当爸爸，难道想让咱爸爸这一门儿绝后吗？难道想让姓华的断根儿吗？爸爸这个称谓对他们姐弟是敏感的，说到"爸爸这一门儿"，有一种辛酸的东西往上顶了顶，华春堂的双眼一下子就湿了。

见二姐泪湿了眼，华根成低下了头，不敢再看二姐。不用说，一提到逝去的爸爸，华根成心里也不好受。

华春堂这才叹了一口气说：明天是星期天，矿务局的干部都不上班，你让我找谁去？过几天再说吧。

第二件，是姐姐华冬梅的事儿。华春堂一回到家，不等华春堂说，华冬梅就主动把小屋让了出来。但华冬梅跟华春堂说事儿的时候，还是招招手，两个人一块儿去小屋里说。华春堂一见姐姐面带羞涩的神秘样子，就料定姐姐有了男朋友，一定是要跟她说男朋友的事儿。进得小屋，不出华春堂所料，姐姐果然拿出了一个男青年的照片给她看。照片上了油彩，可以看出男青年穿的是草绿色的军装，还有红色的帽徽和领章。华春堂说：哟，你找了个军人哪，不错呀！

华冬梅说：不是，这个人叫王天民，是我们医院的一个男护士。

不是军人，怎么能穿着军装照相呢，怎么能装二郎神呢，这不太合适吧！华春堂把照片还给了华冬梅。

华冬梅解释说，王天民的哥哥是个现役军人，在部队里当军医，王天民是穿他哥哥的军装照的相。王天民是农村人，是他哥哥去矿务局找了军代表，军代表就给王天民安排了工作。王天民的工作本来是在矿上当掘进工，他干了一段时间，不想在井下干了，怕出工伤。他哥哥又找了军代表，就把他调到医院去了。他只是个初中毕业生，医疗方面的事儿他一点儿都不懂。好在医院的救护车老去矿上拉受伤的工人，需要年轻力壮的小伙子帮着抬担架，就让他当了男护士。

华春堂说：军医也算是军官，起码能证明他的家庭成分没什么问题，这一点是很重要的。华冬梅说，她也是这么看的，政治标准放在第一位。

华春堂问：你俩是怎么认识的？是别人介绍的吗？

华冬梅说：不是，是他给我写了信。说着华冬梅把信拿了出来，给华春堂看。华春堂摆手，说：不看，人家给你写的求爱信，里面不知写了多少甜言蜜语呢，你应该保密才是。

华冬梅摇摇头，说：没有，信里没什么甜言蜜语，一上来就抄了一段毛主席语录，革命得很。只管看看嘛，是我自己让你看的，你怕什么！

华春堂一看，果然，王天民的信一开头就引用了一段毛主席语录："我们都是来自五湖四海，为了一个共同的目标，走到一起来了……我们的干部要关心每一个战士，一切革命队伍的人都要互相关心，互相爱护，互相帮助。"这一段话算是活学活用，用得倒是很对路。她把信从头到尾浏览了一遍，真的没有看到情呀爱呀之类的话。实质性的内容，王天民说他看到华冬梅对工作认真负责，抓药一丝不苟，表示愿意向华冬梅学习，并希望能和华冬梅成为志同道合的亲密战友。亲密战友是一个大说法，这个说法全国人民都知道，华春堂当然也很熟悉。这个说法让华春堂不禁有些莞尔，王天民这小子，他哥哥是个军人，好像他也成了解放军战士，还没怎么着呢，就要拉姐姐当战友，而且还是亲密战友，是不是有点儿拉大旗作虎皮呢？既然姐姐这样信任她，华春堂还是说了她的看法。她说：照片是一张纸，看照片不等于看真人，有些照片和本人的差别很大。要真正了解一个人，还是要看看这个人的言谈举止、为人处世。她说：一封信也说明不了什么，这样的信谁都会写。自己要吃的药自己尝，自己要穿的鞋自己试，姐找对象的事儿还得靠姐自己拿主意，我确实帮不上你什么忙。

第三件，是隔壁邻居家的事儿。邻家的卡车司机，又把自己的老婆给打了。他发现了别的男人写给他老婆的信，问他老婆跟那个男人是什么关系。他老婆不说，他就拳脚伺候，打他老婆。这次他打老婆打得很厉害，不光用拳头把老婆的眼窝子捣成了"熊猫眼"，还把老婆的肋骨踹断了两根。见自己把老婆打得住进了医院，他就后悔了，赶紧放低姿态，百般对老婆道歉，向老婆讨好。

他给老婆买了烧鸡，还亲手包了老婆爱吃的馄饨，用保温手提饭盒送到医院，一勺一个馄饨喂给老婆吃。作为卡车司机，他把卡车的方向盘把握得还可以，但家庭生活的方向盘，他把握得差多了。他只顾照顾老婆，顾此失彼，孩子就顾不上管了。他家有两个孩子，一个女孩儿，一个男孩儿。女孩儿在上小学，男孩儿正上幼儿园。暑假期间，学校和幼儿园都放假，两个孩子就无处可去。在他们的妈妈没住院时，由妈妈管他们，给他们做饭吃。妈妈被爸爸打得住了医院，就没人给他们做饭了。这时，司机只好把两个孩子托给华春堂的妈妈暂管。司机把华春堂的妈妈叫华嫂：请华嫂帮我看着两个孩子吧，实在没办法了。

华春堂的妈妈对司机的家庭暴力早有看法，她趁机说了司机几句：老婆不是不能管，但不是这个管法。孩子的妈妈万一有个三长两短，你和孩子的日子怎么过！

司机承认他错了，说以后再也不打老婆了。

华春堂的妈妈说：这可是你说的话，我帮你记着。一个人说过的话，光靠别人记着不作数，自己记住才算真正记住了。

司机说他记住了，请华嫂放心。

华春堂从矿上回家的那天晚上，司机的两个孩子正在华春堂家里吃晚饭。两个孩子不是把华春堂的妈妈叫大妈，也不是叫奶奶，而是按当地的叫法，叫大大。大大问他们想吃什么饭，女孩子说想吃馄饨，男孩子说想吃烧鸡。他们可能看到了爸爸为妈妈包的馄饨、买的烧鸡，这两样好吃的他们都没吃到，就希望能在大大家里吃。大大没能满足他们的要求，只给他们烧了面汤，馏了馒头，用西红柿炒了两个鸡蛋。两个孩子不喜欢喝面汤，倒是很快就把鸡蛋挑着吃完了。

华冬梅认为司机不是一个善良人，不是一个好人，不想让妈妈管他们家的闲事。华冬梅还说，狼改不了吃羊，司机以后还会打他老婆，不信走着瞧。

见华春堂回来了，妈妈就让华春堂评评理：我帮邻居家一点儿忙，你姐姐埋怨我，给我脸子看，好像我犯了多大错误一样。春堂你说说，妈真的做错了吗？

这一次华春堂明确表态，完全站在妈妈的立场，一点儿都不支持姐姐的意见。华春堂说：妈，您做得对。远亲不如近邻，邻居家有了困难，帮帮他们是应该的。小孩子都是无辜的，咱权当是为着他们的孩子。

妈妈说：你瞧瞧，你瞧瞧，有心不在大小，还是春堂明理！

两个孩子吃完饭，姐姐领着弟弟回自己家去了。这时，华春堂才把参加矿上宣传队的事对家里人说了。她把这个事看得有些重，说出的话却比较轻，以免家里人有过度的反应。让华春堂没有料到的是，家里人对她所报告的消息，反应有些迟钝，还有些平淡，一点儿都不热烈。好像她有什么好事都是应该的，没有好事就不应该。家里没人夸奖她，更没人为她祝贺。停了一会儿，姐姐才问她：你们什么时候到局里演出？我一定去看。

华春堂有些不悦，她说：我也不知道。

第七章　照了一张集体合影

趁宣传队排练中间休息时，华春堂又到魏正方所住的套间去过一次，看到魏正方已经把被子叠起来了，床单抻展过了，枕头、枕巾摆放得整整齐齐，屋里的地也扫得干干净净。华春堂是个敏感的人，她低了一下眉，一下子就明白了，魏正方不想让她再为其整理床铺、打扫卫生。她甚至感到了一种拒绝，是魏正方拒绝她再走进魏正方的卧室。在关于铺床叠被的问题上，她没跟魏正方说过任何话，魏正方也没提起过，好像装作不知道是谁所为。他们是用行动在对话，用行动表明自己的态度。人有时用嘴对话，有时用行动对话。而用行动对话，似乎显得更有力量，几乎带有心灵较量的性质。通过这番"较量"，华春堂觉出来了，魏正方是一个很有心的人，心劲儿很大的人，很要强的人。华春堂觉得自己的心劲儿已经够大了，不承想这个从农村来的青年人比她的心劲儿还要大。华春堂除了要强，还很自尊。好像要强的人都很自尊，自尊的人方能要强，互为题中应有之义。华春堂把套间的门关上了，从此之后，她再也不会跨进这个套间。除非魏正方邀请她。

其实，在宣传队的所有队员中，华春堂最愿意接近的队员是周子敏。周子敏的爸爸原来是矿务局的党委书记，是全局的一把手。要不是她爸爸被打成"走资派"，并在劳动改造过程中突然离世，说不定周子敏早就远走高飞了，不是上大学，就是当兵；不是去北京，就是去郑州。由于家庭的变故，政治地位的下滑，周子敏才留在矿上当了工人。周子敏的家庭曾是高级干部家庭，而她华春堂的家庭是普通工人家庭，两下里相距十万八千里。要不是革命运动，把群众都发动起来，变成"英雄"，说不定她连周子敏的影子都追不上，哪能跟周子敏一块儿参加宣传队呢，哪能和周子敏一块儿唱歌跳舞呢！周子敏没有单独的节目，就是跟大家一块儿合唱，一块儿跳集体舞。该排练合唱了，她上去唱，该排练集体舞了，她跟大家一块儿跳。她很少说话，一天到晚难得听她说一句话。华春堂一看见沉默的周子敏，就想起周子敏的爸爸。华春堂见过周子敏的爸爸，那可是一个威严十足的人。不用说，周子敏心里还装着她爸爸，不愿意接受目前的现实。可严酷的现实摆在她面前，她不接受也没办法，只能压抑着自己。别看周子敏成天价不说话，华春堂知道，周子敏是真正有知识的人、有想法的人，也是有看法的人。要说知识青年的话，周子敏才是真正的知识青年，因为她是高中毕业生，差一点儿就上大学了。而华春堂他们这一届的初中毕业生呢，连中学都没好好上，只是小学文化程度而已。虽然他们也被说成是知识青年，"青年"倒是青年了，"知识"却是徒有虚名。

不排练节目的时候，华春堂愿意往周子敏身边凑，跟周子敏站在一起。有的男队员愿意选择性地往某个女队员身边凑，也有的女队员选择性地往某个男队员身边凑，互相传递一些有声和无声的信息。华春堂才不往那些男队员身边凑呢，包括魏正方在内，她只愿意跟周子敏站在一起。她感到周子敏身上有一种东西在吸引她，她说不清是什么东西，除了知识，恐怕还有自信、自重和矜持。这些东西合在一起，也许就是人们所说的气质吧！华春堂愿意向周子敏学习，希望自己将来也能养成和周子敏一样的气质。华春堂虽然很少主动跟周子敏说话，却给周子敏传递了信息：什么"走资派"不"走资派"，我才不管那么多呢，我才不会嫌弃你呢！周子敏大概接收到了华春堂向她传递的无声的信息，有时会对华春堂轻轻微笑一下。华春堂注意到了，周子敏脚上穿的鞋跟她的鞋一样，都是白色的网球鞋。不用说，她是在为爸爸穿孝，周子敏也是在为爸爸穿孝，在早早失去爸爸的事情上，她们两个是"同病相怜"的。有一次，华春堂跟周子敏讲了一个刷白色网球鞋的小窍门，说网球鞋用肥皂洗过之后，不能直接拿到太阳下面去晒，那样鞋面容易发黄。鞋刷好后，在鞋面上包一层卫生纸，再拿到外面去晒，鞋就不会发黄了。华春堂拿白鞋说事，周子敏领会到了另外的意思，她说：华春堂，你的情况我知道一些，你们家也挺不容易的。真是心有灵犀一点通，听周子敏这么一说，华春堂的眼圈一下子红了，她说：咱们都是一样的，以后我就叫你子敏姐！

有人建议，宣传队应该照一个集体合影，留作纪念。建议者的理由是，宣传队是临时性的，说不定哪天就解散了，要是解散了，大家再聚起来就不易了。不如趁宣传队目前还存在着，大家去照一个合影。这叫机不可失，时不再来。建议者还说了一个理由，宣传队也算是一个组织，在这个组织里工作过，有什么证明呢？什么证明都没有。若干年后，你说你在东风矿的宣传队里干过，因拿不出真凭实据，别的人不一定相信你，说不定还说你是胡吹。有一张合影就不一样了，你拿起照片，指认一下照片上的自己，谁都不敢否认。照片上如果再印上宣传队的名字，并注明照相的日期，那就更好了，恐怕跟一张证书差不多，可以永久保存。

同意不同意照相，决定权在魏正方。魏正方认为建议有一定道理。他回想了一下，在此之前，他已经参加过三个宣传队，可一个宣传队的集体合影都没有留下。在中学宣传队时，他和同班的一位女同学有过暗恋。在公社宣传队时，他和一位比他高一年级的女同学也互相产生过好感，留下了美好记忆。要是有一张中学宣传队的合影就好了，拿起合影，他就会看到他的初恋对象。同样的，要是有一张公社宣传队的合影就好了，拿起照片，看到女同学，就可以把美好的记忆重温一下。大队宣传队更不用说了。因为没有照片，一切像失去了依据，变得烟消云散，不可寻觅。三个宣传队之所以连一张照片都没有留下，客观原因是，公社没有照相馆，只有县城才有照相馆。公社离县城六七十里路，哪有可能跑那么远的路去照合影呢！目前的问题是，矿上宣传队的照相条件也不是很好。那么大一个东风矿，没有一台照相机。那么大一个矿务局，没有一个照相馆。据说县城里有一家照相馆，要照集体合影，只能到县城去照。从东风矿到县城，走大路将近二十里，走小路将近十里，这么多人，怎么去呢？魏正方把问题提了出来，交通问题怎么解决呢？

魏正方提出了交通问题，表明他已经同意大家去照合影，这让大多数宣传队员都很踊跃，纷纷建言献策。有人说，可以到公路边拦一辆拉煤的卡车，大家坐卡车去县城。有人建议，可以借一些自行车，骑车去县城，一辆自行车可以骑两个人。还有人说，步行最稳当，走小路一个来钟头就走到了，还可以一路走一路观风景。

魏正方把拦煤车的建议给否了，他说：大家把脸洗得干干净净的去照相，坐煤车脸上沾上煤尘就不好了，到时候洗出来一看，怎么人人都是包公呢！魏正方说得大家都笑了。魏正方做出决定，为安全起见，大家步行去县城照相。明天下午暂停排练半天，下午两点整，到排练场集合，一块儿出发。至于照相的费用，大家均摊，到时会发给每人一张照片。同意的请鼓掌！

一片掌声。

第二天下午两点，别的队员都到了，只差周子敏没到。平日里，周子敏是个很守时的人，每次排练，她都是提前到，或准时到，从没有迟到过。这次要去照相，不知她为何迟到。又等了一会儿，还不见周子敏，大家有些着急。季节到了初秋，树上的知了叫得一声赶一声，声音有些嘶哑。一阵风吹过，个别杨树叶子从高处掉了下来，摔在地上"叭"地响了一下，吓人一跳。华春堂说：我去喊喊她！说罢，小跑着向宿舍跑去。在宿舍里没找到周子敏，她又向化验室跑去，在化验室里才找到周子敏。她说：子敏姐，就差你一个人了，大家都等着你呢，快点儿去吧！

周子敏说：我身体有点儿不太舒服，今天就不去照相了，你们去吧！你替我向魏正方请个假。

华春堂很想和周子敏一块儿照相，她说：子敏姐，大家都去了，缺你一个人不太好，我看你还是去吧！华春堂小小地将了周子敏一军，说：你要是不去，别人还以为你看不起大家呢！

周子敏说：春堂说重了，只有别人看不起我，我哪里敢看不起别人呢！对不起，我实在因为身体不舒服。

华春堂回头把周子敏不能去照相的原因对魏正方说了，魏正方的眉头微皱了一下，说这不太合适，有困难稍微克服一下嘛！

魏正方对华春堂说：麻烦你再去喊她一次，就说我让你去的，你跟她说两个意思：第一，照集体合影，要有集体主义的精神；第二，是全体队员合影，如果缺一个队员，就说不上是全体，领导要是问起来，我不好跟领导解释。

这时，有些队员已等得不耐烦，对周子敏有所埋怨。有人说：她不去拉倒，她不去咱们去，少了谁，地球都照样转。那个在宣传队里负责敲边鼓的男队员说：不就是一个"走资派"的闺女嘛，有什么了不起的，她跟我们端什么架子！

这话华春堂不爱听。她对"敲边鼓"这个人一直看不惯。"敲边鼓"老是炫耀他爹是大队的支书，好像他也成了宣传队的支书，动不动就对别人说三道四。"敲边鼓"的话让华春堂有些反感，甚至有些生气，她说：话不能这样说，什么"走资派"不"走资派"，你不要动不动就上纲上线！

什么，我上纲上线？你敢说她爸爸不是"走资派"？

你算老几！你见过她爸爸长什么样吗？

别管我见过没见过，我也知道她爸爸是"走资派"。你还没见过蒋介石呢，你敢说蒋介石不是反动派！

她爸爸已经去世了！

去世怎么了，就算把人烧成灰，也摘不掉"走资派"的帽子！

你不讲理，我没见过你这样的老渣皮！

魏正方制止了他们的争吵，要华春堂去完成自己交给她的任务。

华春堂再次去找到周子敏，这一次不知她跟周子敏怎么说的，反正周子敏跟她一起走过来了。众人看见，周子敏一直低着头，塌着眼，眼角有一些湿。

宣传队一行出了东风矿的大门，向北，走过矿务局的办公大楼，再向西，走过矿务局的水厂、医院、学校等，才踏上了去金封县县城的小路。因要去照相，他们都再次洗了脸，梳了头，换上自以为最好最合适的衣服，重新整理了自己的形象。在大路上结队而行时，他们注意到，矿上的人都在看他们，像是在欣赏他们，羡慕他们。这让他们再次意识到，他们都是百里挑一的人，出类拔萃的人，人人都有些骄傲，也有些兴奋。有一支歌很对他们此时的心境："我们走在大路上，意气风发斗志昂扬。毛主席领导革命队伍，披荆斩棘奔向前方！"要是有人起头，说不定他们会大声唱起来。上了小路，因为路窄不能并排前行，他们才渐渐拉开距离，三三两两，自动分成一些小组。这里山峦起伏，沟壑纵横，地貌表情丰富。山坡上的庄稼已经成熟，高的是玉米，低的是红薯，不高不低的是谷子和大豆。玉米上面的红缨子已经打绺，变成了褐色。谷穗儿垂下了头，豆角鼓起了肚子。红薯的叶子也不像夏季那样墨绿，而是变成了微黄。有秋虫在红薯叶子下面吟唱，唱得断断续续，已形不成交响的乐章。宣传队的队员们自动分成小组，有着明显的地域支持，有开封知青小组、郑州知青小组、矿区子弟小组，还有农村子弟小组。魏正方本不想和那些农村子弟在一起，他想把自己从他们中择出来，超越一些。可包括"敲边鼓"在内的那两个农村子弟，自觉紧紧地跟定了他，似乎在对他表示拥戴，又似乎在对那些生在城里的队员们宣告：你们不要自以为了不起，最终还得由我们农村人领导你们！

队员中矿区子弟多一些。华春堂没跟张丽之、王秋云、杨海平她们走在一起，只跟周子敏走在一起。她和"子敏姐"走在队伍的最后。倘若周子敏的爸爸还当着矿务局的一把手，华春堂不会跟周子敏走这么近，那样的话，别人会说华春堂巴结周子敏。目前周子敏是这样的状况，她跟周子敏走得近一些，就不存在巴结的问题，顶多算是同情。同情就同情吧，反正她的家庭成分是四面光、八面净，她才不管别人说什么呢。天高风清，空气里有淡淡的秋意。二人走在小路上，总要找些话说。华春堂问周子敏，在化验室里做什么。周子敏说，就是每天去井口取一些刚采出来的原煤的煤样，在化验室里做一些煤质成分的分析。

华春堂问：原煤，什么是原煤？

周子敏答：亿万年前在地底下生成的煤，刚采出来，刚见天日，还没有经过任何加工，还保持亿万年前的原样儿，就叫原煤。

华春堂说：子敏姐，听你一说亿万年前我就有些害怕，亿万年前是多少年啊？那时候咱们在哪里呢？

周子敏说：那时候咱们当然不存在了。别说咱们了，整个地球上连人类都没有，只有一些被称为恐龙的爬行动物。

华春堂手捂胸口，说：哎呀，吓死我了，我的头都晕了。

周子敏说：你的感觉是对的，世界上时间是最可怕的。别看时间看不见、摸不着，但它比任何东西都可怕，不管是多么不可一世的人，最终都会在时间面前低下头来。

华春堂继续问：那你们在煤里分析到了什么呢？

周子敏说：煤的成分很复杂，里面包含的有碳、氢、氧、氮、硫等多种化学元素，还有一定的灰分。

华春堂感叹：子敏姐，你的学问太大了，咱们宣传队这么多人，我看都没有你的学问大。别看魏正方很自信的样子，他跟你比差远了。

周子敏马上摆摆手，让华春堂不要这么说，说据她观察，魏正方是个很有志向的人，组织和协调能力也可以，加上他会写文章，不会在矿上待很久，说不定很快就会调到局里去。

华春堂对魏正方的印象也不错，但她看人不如周子敏看得那么远。这时天上飞过一只鸟，华春堂抬头望鸟，心里把周子敏的话记住了。看人不是一个简单的事儿，她相信，周子敏在看人方面比她厉害。

华春堂觉得周子敏的工作挺好的，上班时穿着白大褂，跟在医院上班差不多，比在矿灯房上班强多了。她来矿上报到时，不知道矿上有这样的工作，要是事先知道，她一定会要求到化验室工作。她问了周子敏：子敏姐，你们化验室还需要人吗？

周子敏一听，就明白了华春堂的意思，她说：你是想调到化验室工作吗？

我不敢想，我是随便问问。华春堂的心机就在这里，她愿意跟周子敏接近，一个主要的心理动机，是想有朝一日能调到化验室工作。她也知道，宣传队虽好，但不是长久之计，等宣传队一解散，她还得回到灯房去上班。灯房那地方，让张丽之那样家庭成分不好的人回去吧，她可不愿意再回去。

你想去化验室，我可以帮你说说。不过这个事儿我说了不算，化验室进人的事儿主要是班长刘德玉说了算。

照完相回到矿上，政工组郭组长把魏正方叫到办公室，对魏正方进行了严肃批评。郭组长问：谁让你们外出照相的？

魏正方说：队员们有这个要求，我觉得没什么不妥，就同意了。

郭组长说：宣传队外出活动，你事先既不请示，回来也不汇报，这是无组织无纪律的行为，你知道不知道？必须对你提出严厉批评！

魏正方不悦，说只是到县城照了个集体合影，又不是外出演出，算什么活动！

郭组长说：你敢说外出照相不是活动？宣传队只要外出，只要有行动，就是活动。你们搞的这个活动，范主任也知道了，他认为你这个年轻人还是不够成熟，要我一定对你进行帮助。鉴于你们这次活动并没有造成什么不良后果，就不让你写检查了。我希望你一定要记住这次教训，不要再犯这样的错误！

魏正方拧了拧眉头，心生抵触，不愿承认自己犯了什么错误。魏正方对郭组长的来历知道一些。姓郭的原是矿务局小学的一个老师，因他岳父是矿务局的一个老干部，就把他调到东风矿政工组，当上了一名科级干部。他不会写文章，讲个话也哼啊嘿的，磕磕巴巴，既无条理，也不讲逻辑。魏正方看不惯靠裙带关系提上来的干部，对于这样的干部，不管他爬得多高，魏正方都不会服气。

郭组长批评了魏正方后，不管魏正方情绪如何，给他布置了两项任务。第一项任务是，晚上矿上要召开一个批判大会，在批判大会开始之前，宣传队给大家表演几个节目。宣传队排练这么长时间了，该在全矿职工面前亮亮相了，让大家检验一下演出效果如何。因为晚上开会的内容主要是批判，节目不宜多演，挑最精彩的，演两三个节目就可以了。第二项任务是，在批判大会上，魏正方要作一个发言，发言最好写成稿子。对于第一项任务，魏正方接受下来，他说演几个节目没问题。他在心里已很快挑好了三个节目。第二项任务，让魏正方有些为难，他不知道批判哪个，也不知道批判什么，不想发言。魏正方说，他马上回宣传队安排晚上演出的节目，没时间写批判稿，别让他发言了行不行。

郭组长说不行，让他发言，是政治工作组对他的信任。

魏正方这才问，让他批判什么。

郭组长说：矿上出这么大的事，难道你不知道吗？

魏正方摇头，说不知道。

郭组长说：年轻人还是要多关心政治，特别是咱们矿上的政治。郭组长把晚上开批判大会的内容，简单对魏正方讲了一下。最近，矿上揪出了一个三人反革命小集团，小集团的成员都是矿上的技术人员。发现小集团的反革命动向后，矿上成立了专案组，通过分头办学习班的办法，让他们交代反革命言论和罪行。他们背靠背互相揭发，并写成书面材料，矿上"革委会"已掌握了他们的犯罪事实。

魏正方隐隐约约听说过，矿上是揪出了一个反革命小集团。魏正方也看见过，在为反革命小集团成员办学习班期间，每个成员去食堂吃饭时，都有专案组的成员寸步不离地进行监视，以防止他们逃跑和自杀。但魏正方确实不知道他们反革命的事实是什么。要作批判发言，总得有一点儿针对性，总得讲一点儿事实，什么都不知道，让他批判什么呢？魏正方问郭组长，能不能给他提供一点儿反革命小集团的犯罪事实。

郭组长说，他们的犯罪事实并不复杂，主要是恶毒攻击毛主席的亲密战友和接班人，还有背后乱发议论，发泄对现实的不满。你发言时注意上纲上线，以阶级斗争和路线斗争的观点批判就行了。

矿上的宣传队要演节目了，消息一出，矿工们奔走相告，都有些兴奋。他们知道宣传队的队员们天天在排练，可还从没有演出过。好比待嫁的新娘子天天在梳洗打扮，可人们就是不见新娘子露面。今天晚上，"新娘子"终于要露面了，要揭下盖在头上的红盖头了，谁不想一睹"新娘子"的丰采呢！平日里，他们没什么可看的，下井，看煤，看石头；上井，看天，看云彩。走在路上，他们偶尔也会把那些女工看一看。但他们不敢多看，多看一眼，就会引起人家的警惕，甚至遭人家的白眼。那些女队员上台演出就不一样了，你上台，就是让人看的，一人演，千人观，谁看都可以，怎么看都可以。哪怕把自己的眼珠子看得鼓起来呢，也不会有人干涉。职工们接到的通知是，宣传队演出之后，接着还要开批判大会。好比宣传队的演出是一个戏帽儿，批判大会才是真正的重头戏。可是，大家感兴趣的不是重头戏，而是戏帽儿。什么重头戏不重头戏，不就是批判几个死头绵羊一样的半大老头子嘛，有什么可看的！

说是八点钟开大会，因宣传队的演出在前，还不到七点半，人们就争先恐后地去俱乐部里占座位，能容纳一千多人的俱乐部被挤得满满当当。住在家属区的一些家属和小孩子，闻讯也赶来了，也想看宣传队的演出。但俱乐部门口有把门的，不是矿上的职工，一律不得入内。进不了俱乐部，那些家属和小孩子舍不得走，就聚集在俱乐部门前的一块空地上，眼巴巴地向俱乐部张望。就算看不见宣传队的表演，能听听俱乐部里传出的声音也是好的。提前来到俱乐部的职工，有人抽烟，有人嗑瓜子，有人大声骂玩儿，气氛已经热气腾腾。

傻明跑到舞台上去了，从舞台的左边向右边跑。待她要从舞台右侧下来时，有人却张开臂膀拦着，不让她下台。傻明大概以为这个男人要拥抱她，吓得直往后退，说：俺不哩，俺不哩！

这时台下有人喊：傻明，来一个！傻明，跳一个！有人喊着喊着，就不喊傻明了，把傻明的明换成了别的字眼儿。那样的字眼儿似乎更符合傻明的身份，听起来也更刺激，一时间，那样的喊法得到了全场的呼应。

舞台不是谁想上就能上的，傻明有些害怕，只得从原路退回。不料左侧也有男人阻拦她，不让她往台下走。进退都行不通，傻明怎么办？傻人有傻人的办法，傻明嘴一咧哭了起来，一边哭一边骂人！

你不唱就不唱，不跳就不跳，哭什么哭！真是不识抬举，傻到家了，大煞风景！好弄笑话的人，没弄到什么笑话，反招了一顿骂，只好放傻明下台。

宣传队只演了三个节目：一个是男声独唱；一个是革命样板戏对唱；再一个是女队员的集体舞。男声独唱，是那个会拉手风琴的男队员自拉自唱，一曲"亚非拉人民要解放，反美怒火高万丈"，唱得高亢嘹亮，声情并茂，赢得了热烈的掌声。男女对唱，唱的是《沙家浜》里沙奶奶和指导员郭建光的一段，不过他们唱的不是京剧，而是移植成了豫剧。豫剧也不错，大家也很爱听。跳集体舞的是八个女队员，跳的是《红色娘子军》里的"万泉河水清又清，我编斗笠送红军。军爱民来民拥军，军民团结一家亲"。跳这个舞需要一个道具，斗笠。没有斗笠怎么办呢，她们只好用柳条编的矿工安全帽代替。这样也挺好，使原本发生在海岛上的舞蹈故事有了矿山的色彩，理解成我拿矿帽送红军也可以。女队员们身手矫健，且婀娜多姿，跳得当然很好看，让观众们大饱眼福。然而，集体舞前后左右穿插，总让人有些眼花缭乱，看时须锁定其中一个目标，才能看出比较好的效果。可惜，还没等他们把各自看好的目标锁定，舞蹈就结束了。

随着一声"把反革命分子押上来"的堂喝，批判大会就开始了。三个反革命分子，一个高一些，一个胖一些，一个瘦一些。他们头上没有戴高帽子，胸前也没有挂写有他们名字的牌子，革命群众不知道他们姓什么、叫什么。他们先一个一个自我交代，自我批判，然后再由群众代表对他们进行声讨。不少人对批判大会提不起兴趣，想溜号。但俱乐部门口有把门的，在批判大会没结束之前，谁都不许离开会场。

傻明却离开了会场。把门的问她干什么，她说她去撒尿。俱乐部里只有舞台，的确没有厕所，解手只能到外面的厕所去解。把门的说：不行，尿到裤子里！

傻明的表情往下走了一下，似乎真的要把肚子里的尿水尿到裤子里，但她说：尿太稠了，我尿不出来。

把门的让她再试试。

她还说尿不出来。

把门的说：你还是憋得不厉害，要是憋到了门口，自己就会流出来。把门的骂了她一句笨蛋，才放她出去了。

一些聪明人受到傻明的启发，也以解手为借口，来了个溜之大吉，一去不回。

当晚的演出没安排合唱，华春堂没能上台。这没什么，没上的节目多着呢，还有不少队员都没登台，以后会有机会。再说了，这又不是正式演出，只不过是为批判打打场子，招徕一下观众，上不上节目意义都不大。接下来的批判大会，华春堂没有产生离场的念头，一直坚持到会议结束。因为她听说魏正方有一个批判发言，她想听听魏正方讲些什么。在宣传队里，魏正方会写对口词，会编小豫剧，所有新编的节目，都是出自他的手。他为宣传队编的节目，都是文艺的内容、文艺的腔调。华春堂想听听，魏正方念起批判稿子来，会是一个什么调调。轮到魏正方发言时，华春堂听得很是认真，像是生怕漏掉了一句话、一个字。然而真是遗憾，华春堂听了后句，忘了前句，听一句，忘一句，连一句也记不住。一个人念一大篇子话，到头来，听众都不知道他说的是什么，这不能说不是一个本事。华春堂想起周子敏对魏正方的评价，说不定魏正方这个人真的很有前途呢。

第八章　调到了化验室

　　宣传队的所有队员，人人都怕宣传队解散。宣传队一解散，他们都得回到原单位，有的继续挖煤，有的继续做饭，有的继续洗衣服，有的继续发矿灯，有的继续给人理发，等等。在宣传队多好呀，风刮不着，雨淋不着，不用下力，不用流汗，更不用担什么危险，每天照样记工，到月底照样领工资。可以说，他们在宣传队里每天都过得快快乐乐。要是宣传队解散了呢，意味着他们的欢乐就到了头。倘若像矿上别的职工一样，从没有经历过宣传队的快乐生活，没有对比，他们也许不会有危机意识，不会担心宣传队有一天会走到尽头，便无所谓失落和痛苦。有了正过着的快乐生活，他们就希望快乐能够长一些，再长一些，不要很快结束。可是，好比每个人的生命都有终点，宣传队也不可避免会解散。他们估计，宣传队顶多能办到国庆节，国庆节一庆祝完，宣传队就得散伙。宣传队的主要任务，是参加矿务局组织的国庆汇演，汇演一完成，宣传队还有什么存在的必要呢？

　　华春堂可不愿意再回到矿灯房里去，她要抓紧时间活动，争取在宣传队解散之前调到化验室去工作。那天在路上碰见灯房的班长，班长问她，宣传队什么时候结束？华春堂说，她也不知道。班长说，因为她和张丽之参加了宣传队，另两个工人，一个人就得干两个人的活儿。多干活儿，又不多得一分钱工资，两个人都很有意见，成天价嘟嘟囔囔，摔东打西。有一个工人因服务态度不好，给一个采煤工的矿灯充电充得不足，还被那个采煤工骂了一顿。华春堂心说：你别指望我再回矿灯房，我回不回去还不一定呢！这个话她不能说出口，有些事情在没办成之前，需要保密，一旦漏了气，办成办不成就很难说。

理发室里那个满头白发的理发员，穿着白大褂，到宣传队的排练场去找杨海平，他招招手对杨海平说：小杨，你出来一下，我跟你说句话。

杨海平不愿意看到老师傅来宣传队的排练场找她，在宣传队这段时间，她似乎觉得自己已经脱离了理发室，并淡忘了自己的理发员身份，理发师傅一来找她，又把她和理发联系起来，并证实了她的理发员身份。杨海平脸上烦了一下，当然不愿意跟师傅出去，她问：有什么事儿吗？师傅说有点儿事儿。杨海平让师傅有什么事儿只管说。又说：好话不背人，背人没好话。

师傅没什么不好的话，他也想问问宣传队什么时候结束，去理发的人太多了，他一个人忙不过来。一天从早站到晚，把他的两条腿都站木了。师傅还说，有的年轻人嫌他理发理得不好，不是长了，就是短了，不是厚了，就是薄了，弄得他很伤脑筋。

杨海平说：好了，我知道了，你回去吧，我们该排练节目了。杨海平心里也有想说的话，她才不想再回理发室呢，不当理发员还好些，当了理发员，有的男人一让她理发就起坏心眼儿。过去没女的当理发员，看来是有道理的。

大概是因为杨海平当理发员，认识她的人较多，这天傍晚，杨海平身上又发生了一件事。她端着自己的洗脸盆，去女澡堂洗澡。快走到澡堂门口时，有一个刚升井的男人，突然从背后把她抱住了，并在她后脖颈上亲了一口。

杨海平吃惊不小，天还不黑，谁这么流氓！她问：谁？谁？扭过头想看看是谁。她一扭头不当紧，还没看清满脸煤黑的人的真面目，反而给人家提供了机会，人家趁势又在她嘴上亲了一口，不仅把她的脖子亲黑了，把她的嘴也亲黑了。人家亲过她之后，拔腿就跑，一头钻进了男澡堂。

杨海平不洗澡了，满腹委屈，黑着嘴去矿上的保卫组告状，说一个人在澡堂门口对她要流氓。

保卫组两个人，一个正组长，一个副组长，正组长是女的，副组长是男的。杨海平去告状时，只有副组长在办公室值班。副组长让她讲讲过程，最好讲得详细一些。

杨海平把她被要的过程讲了一遍，副组长问她：你被流氓亲了嘴，你有什么感觉呢？

杨海平说：没什么感觉，恶心！

副组长说：流氓亲了你，你觉得有什么损失吗？

杨海平皱眉，摇头，说不出有什么损失。

副组长说：情况已经清楚了，你接着去洗澡吧。

杨海平说：我希望矿上能把这个流氓查出来。

副组长说：那你看清流氓长什么样儿了吗？

杨海平说：没有，他一脸煤灰，像蒙了一层黑布一样，我哪里看得清！

副组长的意思是，查是要查的，但脸上抹把煤灰，谁都不认识谁，查起来恐怕有一定难度。

华春堂去矿上的人事组找王科长，要求调到化验室去工作。华春堂打听过了，化验室的工作是矿上的女工所从事的最轻松、最干净、技术含量最高的工作，想调到化验室，恐怕不是一件容易的事。她想，她去找王科长，不能空着手去，最好给王科长送点儿东西。东西也叫礼，送东西就是送礼。求人办事，送点儿礼是必要的，显得知情达理、有礼貌。可是，给王科长送什么好呢，这让华春堂颇费心思。她用脑子把家里所有的东西里里外外搜罗了一遍，竟找不到一样可以当作礼物送人的东西。是的，她家门口有一个煤棚子，煤棚子里盛了不少蜂窝煤，可总不能给王科长送蜂窝煤吧！她家厨房里有一口高高的水缸，水缸里盛了不少水，她总不能给王科长送水吧！还有，妈妈和弟弟养了两只兔子，她总不能抓一只兔子送给王科长吧。兔子活蹦乱跳，她用什么东西盛呢，怎么往王科长的办公室里拿呢！哎呀，这真是，不送礼时还不知自家穷，还不知缺东少西，连一样拿得出手的东西都没有。送礼是一个检验，要送礼了，翻了外屋翻里屋，翻了外囊翻内囊，才知道自己家里穷酸到什么程度。没错，国家供应了粮票，家里一天三顿都有饭吃，不至于饿肚子。国家也发布票，穿衣也不成问题，不至于赤身裸体。不过，也就这样了，年复一年，日复一日，只够维持基本生活而已，饿不死冻不死而已，而已而已。

华春堂突然想起来了，她家里还有一瓶芝麻油呢，那瓶芝麻油，是妈妈有一次回老家，从老家带回来的。芝麻油家里人平时舍不得吃，过年过节包饺子时，才往饺子馅里点那么一点点。别看芝麻籽小，榨出的油就是香。要是把芝麻油送给王科长，当是一样不错的礼物，居家过日子，谁家不吃油呢，谁不知道芝麻油最香呢！芝麻油被家里人吃过一些，瓶子里的油可能不那么满了。油不满心满，大概也没关系吧！华春堂又想了想，还是把给王科长送芝麻油的想法放弃了。倒不是因为芝麻油不够满满一瓶，怕人家挑礼。她想到的是，要取芝麻油，就得回家，她一回家取芝麻油，家里人就都知道了。家里人会想，别人办不成的事，难怪她华春堂能办成，原来她是靠给别人送礼，不是空手套白狼啊！她不想给家里人留下这个印象。不从家里拿一点儿东西，她也要把调动的事办成。

一个人的心思也叫心眼儿，华春堂的心眼儿就是多，她用钩针钩有一块罩被子的花布帘，她的心眼儿恐怕比布帘上的窟窿眼儿还多。她想来想去，决定送给王科长的儿子一个文具盒。王科长有了两个女儿之后，才有了一个儿子，王科长对自己的儿子一定很喜欢。王科长的儿子正在上小学，她送给王科长的儿子一个文具盒是合适的。文具盒是从矿务局的百货商店买来的，华春堂花的是自己的钱。她的工资很低，一个月才二十四块钱。因为她当工人还处在试用期，试用期半年之后，转成正式工人，方可拿到三十多块钱。她买的文具盒是用铁皮制成的，是彩色的。文具盒盖上印有闪着光芒的毛主席头像，还有毛主席语录：好好学习，天天向上。文具盒不算贵，才一块多钱。华春堂还顺便买了两支铅笔、一块橡皮，装进了文具盒。

来到王科长办公室，华春堂不把王科长叫王科长了，叫王叔。既然爸爸曾在这个矿工作过，既然爸爸在这里工作时，王科长也在这里工作，他们就是同辈人，她把王科长叫王叔就不算错。把王科长改叫王叔，意思就不一样了，好像成了王叔的晚辈，成了自家人，有了一层亲情关系。送礼在前，求人在后。她喊了王叔，就把文具盒从随身背的书包里掏了出来：我给你们家小弟弟买了一个文具盒，还买了两支铅笔和一块橡皮。说着把文具盒打开，将铅笔和橡皮给王叔看。

王叔笑逐颜开，一再说：好，好。夸小华想得真周到。王叔接过文具盒：那我就替小弟弟把文具盒收下了，还要替小弟弟谢谢你！他指着一个凳子让华春堂坐一会儿，又问华春堂喝不喝水。华春堂说不喝。王叔先找了一个话题，说他知道华春堂参加了矿上的宣传队，参加宣传队挺好的，谁能参加宣传队，说明谁有灵气，谁有艺术才华。他问华春堂：在宣传队感觉怎么样？是不是每天都很快乐？

华春堂说：还行吧！

王叔提到魏正方：你对魏正方看法怎么样？听矿上机关的人说，宣传队里的不少女孩子都喜欢魏正方，魏正方都快成了女孩子堆里的贾宝玉了，有这事吗？

华春堂心里惊了一下，脸上也不由得红了一下，问：贾宝玉是谁？

你没读过《红楼梦》吗？

华春堂摇头，说没有。

你没读过《红楼梦》，我就没法儿跟你说贾宝玉了，一会儿半会儿说不清。你听说过《红楼梦》吗？

华春堂眨眨眼皮，说：好像……

我想起来了，到了你们这一代人，就不许读《红楼梦》了，《红楼梦》成了毒害青少年的毒草，都被烧掉了。

华春堂说：王叔，等宣传队结束后，我不想回灯房上班了，你能给我调一个工作吗？

你在灯房上班不是很好嘛！你的同学，像王秋云、杨海平，她们都想去灯房，都没去成。安排你去灯房，已经对你很照顾了。

我觉得，怎么说呢，在灯房里学不到什么技术。

噢，你想学技术。你认为在哪里能学到技术呢？你不是想去化验室吧？

王叔真会替我着想，我还没说出来呢，王叔就知道了。华春堂笑了一下又说：王叔人这样好，这样替群众着想，我看您的职位还得往上升。

王叔笑起来了，他的皮肤比较白，一笑，脸上有些发红，他说：小华，你可不要给我戴高帽儿，高帽儿可不是好戴的。我是想到周子敏也在宣传队，你看到周子敏的工作不错，就也想去化验室工作。我说了你不要不高兴，你这个要求，可是给你王叔出了个难题，大难题。按照矿上的规定，要去化验室工作，文化程度至少得是高中毕业。现在化验室里一共是三个人，一个是大学毕业生，两个是高中毕业生。一个人心高可以，学历也得跟得上才行。再说了，别看我在矿上管工人的人事调配，也不是我想把人安排在哪里，就能顺利安排到哪里，有时也会遭到别人的反对和抵制，使安排搁浅。他给华春堂举了一个例子。掘进队有一个小伙子，也是初中毕业。小伙子通过当军官的哥哥，找到局里的军代表，希望能到化验室工作。军代表给范主任打了电话，跟他打了招呼，让他酌情给予安排。什么酌情不酌情，军代表来头那么大，牌子那么硬，范主任只有服从的份儿。让人没想到的是，小伙子去化验室报到，竟被化验室的班长给撵了出来。化验室的班长叫刘德玉，那人傲气十足，牛得很，他说，要是让小伙子进化验室，他就走人，他宁可到井下去挖煤。刘德玉爱学习，肯钻研，又在矿务局的化验室学习过，他做化验的技术水平最高，他要是离开化验室，化验室跟塌台差不多。矿上的领导舍不得让刘德玉走，只能让小伙子另想办法、另找出路。小伙子跟他哥哥说了情况，他哥再次找到军代表，军代表就把小伙子调到矿务局医院去了。

听了这个例子，华春堂想到了向姐姐写求爱信的王天民。王叔说的小伙子，是不是就是那个王天民呢？当军官的哥哥、军代表、从矿上调到了局医院，这几个条件都跟王天民对得上。华春堂只听姐姐说过，王天民是从矿上调到局医院的，姐姐没说是哪个矿。王天民要是在东风矿干过的话，王叔说的小伙子肯定是他。华春堂有心打听一下小伙子叫什么，却担心一打听话会说多，会跑题，就忍住了。华春堂的样子有些愁苦，几乎是要叹气的样子，她又叫了一声王叔，说：难道一点儿办法都没有了吗？

王叔说：我看够呛，有那个小伙子的例子在前，这个调令我是不敢给你开。开了恐怕也是白开。

话说到这个份儿上，等于王叔已经把路堵死了，前面已无路可走。华春堂怎么办呢？她还有什么话可说呢？华春堂不说话了，但她决不会就此放弃努力。她站起来了，走到王叔办公桌前，提起放在桌角地上的一只竹壳子暖瓶。

王叔说：好，渴了你自己倒水喝吧。

华春堂不是为自己倒水，是为王叔办公桌上的白色搪瓷茶缸子里续水。

王叔说：你是给我倒水呀，我自己来，自己来！王叔的茶缸子外面是白色的，里面是褐色的，结满了茶垢。王叔泡的茶是一些花茶的茶梗子，水一添进去，茶梗子就泛了上来，淡淡的茉莉花香也升了起来。给王叔添完了茶水，华春堂总该走了吧？没有，她退回原位，又坐下了。坐下后，她还是不说话，就那么眼巴巴地看着王叔。华春堂有这个能力，沉默的能力。有人有说话的能力，不一定有沉默的能力。华春堂既有说话的能力，也有沉默的能力。她的体会是，在有些时候，沉默的作用比说话的作用更大。她要用她的沉默打破王叔的沉默。

果然，王叔"哎呀"了，"哎呀"之后，王叔说：你这个小华呀，让我怎么说你好呢？要不这样吧，你直接去找刘德玉吧，你要是能把刘德玉那个别筋头的关节打通，告诉我一声，我这边没的说，马上给你开调令。

得了这话，华春堂才走了。她说：那好吧，我去找刘德玉。说走，她走得很干脆，一点儿都不拖泥带水。

华春堂找刘德玉去了。她谁都敢找。不管刘德玉多么傲、多么牛，她也敢找。都是人嘛，又不是狼，又不是老虎，有什么可怕的！她去化验室找刘德玉，没让周子敏陪她一块儿去，也没有装作去找周子敏，顺便找一下刘德玉，进庙拜神，她就是专门去找刘德玉。她把刘德玉叫刘师傅，说：刘师傅，你好啊！

刘德玉穿着白大褂，正在水池边刷一件玻璃器皿，他一手拿着长颈细口径的玻璃瓶子，一手拿着用绞丝钢丝做成的鬃毛刷子，刷得很是仔细。听见有人喊他，他停下了手中的动作，上来就叫出了华春堂的名字：华春堂，东风矿宣传队的女高音。说着，就笑了起来。

华春堂说：刘师傅，你不要笑话人家，我哪里是什么女高音，我是来向你学习的。

向我学习？我不学无术，一文不名，你向我学习什么！你该不是讽刺我吧？刘德玉说着，又笑了起来。他笑得哈哈的，甚是爽朗。人说刘德玉有傲气，他的笑正是他傲气的表现形式。傲气的表现形式多种多样，有的是板脸，有的是撇嘴，有的是目空，有的是不语。而刘德玉的表现形式是笑，好像他时刻准备着"开口便笑，笑天下可笑之人"。

华春堂听不懂刘德玉所说的一文不名是什么意思，但不学无术的意思她是懂的，她说：敢说自己不学无术的人，正是有学问有本事的人，不像有的人，一瓶子不满，半瓶子晃荡。

刘德玉手里正拿着一个瓶子，他把瓶底的一点儿水摇晃了一下，说：我连半瓶子水都没有，连晃荡都晃荡不起来。要说学习，你跟魏正方学习还差不多，那家伙可是多才多艺、才华横溢。

华春堂知道，刘德玉和魏正方是好朋友，他们都是口琴吹奏四人组的成员。四人当中，魏正方、张建中，还有一个开封知青张志国，都是初中毕业生，只有刘德玉是高中毕业。刘德玉的年龄当然也大一些，是他们兄弟中的老大。老大自有老大的道理，牵牛要牵牛鼻子。华春堂说：我不向别人学习，我只向刘师傅学习，我今天就是向您拜师来了。

刘德玉也有不笑的时候，他收住笑，突然变得严肃起来，说：华春堂，周子敏跟我说过你的想法，你一来找我，我就明白了。我只问你一个问题，你学过英语吗？

没有，连一个英语字母都没学过。华春堂如实回答。

那不就完了。化验所用的化学元素符号都是英语，你连英语字母都不认识，工作怎么做！不瞒你说，前一段有一个小子，拿着矿上开的调令来找我，说他是军代表安排的。我一听就急了，你不要拿军代表吓唬我，刘某人是吃五谷杂粮长大的，不是吓唬大的，我不吃吓唬那一套！三句话没说完，我就摆摆手让他走了。

华春堂说：我相信刘师傅不会撵我走。正是因为不懂英语，我才来向刘师傅学习。这个时候，华春堂提起了她爸爸。不管遇到什么难题，每到关键时刻，华春堂总会提起她爸爸。好像她爸爸的在天之灵一直在关注着她，她一提到爸爸，爸爸就会及时显灵，帮她解决难题。这成了她的一个经验，也是一个法宝，让她屡试不爽。有人办事，也会提到爸爸，使的是爸爸的势力。华春堂的爸爸已经死了，没有任何势力可言。但死人有死人的力量，华春堂利用的是死人的力量、痛苦的力量。她听周子敏说过，别看刘德玉表面上这也看不惯，那也看不上，自大得厉害，其实刘德玉内心善良，很有同情心。华春堂说：我爸爸活着的时候跟我说过，人一辈子总得学一门儿技术，要是一门儿技术都不懂，就算白活了。事情不到万不得已的时候，华春堂是不会提到爸爸的，一提到爸爸，仿佛爸爸真的来到了她跟前，在跟她说话。她低下了眉，情绪随之低沉下来。华春堂说得慢慢的，轻轻的，一点儿都不着急，声调一点儿都不高，只是稍稍有那么一点儿颤抖。但她吐字清晰，音质里似乎有一种直抵人心的力量。为了进一步推动自己的情感，华春堂也在心里跟爸爸说着话：爸爸呀，您为啥走那么早呢，孩子的事，您一点儿都不管了吗？现在不管办啥事儿，都得您闺女自己出头露面。您不知道，现在办点儿事儿有多难啊！话虽没说出口，但感情到了，她的眼角开始发湿，开始鼓泡儿，泪泡儿越鼓越大，眼看一珠子眼泪就要脱泡儿而出。

刘德玉把瓶子和刷子放下，不刷了，他有些搓手，说：华春堂，你不要这样，千万不要这样，我最怕的就是这个，最怕看见工亡矿工子女的眼泪。华春堂你不知道，我二舅就是一位工亡矿工，他是井下冒顶时被石头砸死的。一看见你，我就想起了二舅家的表妹，我表妹跟你大小差不多。

听刘德玉这么一说，华春堂泪泡儿里包着的眼泪还是禁不住流了出来。两个泪珠子都很硕大，很饱满，顺着鼻凹子骨碌骨碌往下流，一直流到嘴里。

刘德玉摇头，说：真没办法。华春堂，我要跟你说的是，你找错人了。工作调动的事儿，你得去找矿上人事组的王胖子。我只是化验室里的一个普通化验员，矿上有我一碗饭吃就得了。让谁来化验室，王胖子说了算。要是王胖子同意你来化验室，我没有意见，这行了吧！我听说王胖子很难说话，别看他见人笑得跟弥勒佛一样，其实他相当狡猾，你不往他嘴里抹油，他不会为你办事。

目的达到了，华春堂勾起手指，把两个眼角和两个鼻凹都擦了擦，说：谢谢刘师傅！她没有跟刘德玉说实话，没有说明是王科长让她来找的刘德玉，她说：那好吧，我去找王科长说说试试。

天空是蓝的，蓝得连一丝云彩都没有。有一群排成人字的大雁从高空飞过，飞得很远还看得见。黄黄的秋阳遍地照耀，照到哪里都是温暖。高高的井架上，有轮子在转，那样的轮子被称为天轮。天轮当然不是奔驰在土地上，而是奔驰在天空。在天空奔驰的还有什么呢，除了太阳，除了月亮，大概就只有煤矿的天轮吧！这么说来，天轮应该有着与太阳、月亮同样的光辉。汽笛一声长鸣，雄壮而嘹亮，像是穿越了历史，又穿越了现实。华春堂去找王科长，见王科长的办公室锁了门，王科长大概是外出开会去了。华春堂回宣传队排练场时，碰见张丽之出来找她，张丽之说：你到哪里去了？该排练小合唱了，魏正方让我来找你。

华春堂没告诉张丽之她去了哪里，只说外面秋高气爽，空气挺好的，她出来走走。

来到排练场，华春堂见几个男队员正在排练一个电钻舞，他们头戴矿帽，以一根木棍代替电煤钻，用"电煤钻"在"煤壁"上左打右打、上打下打，做奋勇采煤状。他们大概累得出汗了，一齐取下扎在脖子里的白毛巾，把"汗水"擦一擦，再接着舞扎。华春堂来到魏正方身边，意思是告诉魏正方，她回来了。

魏正方说：以后外出，要打个招呼。

华春堂说：我连矿上的大门口都没出，只是去化验室找了一下刘德玉。

你找刘德玉干什么，该不是想往化验室里调吧？

华春堂赶紧示意魏正方说话小点儿声，以免被别人听见。她的心里正高兴着，说：我正好向你请教一个问题，一文不名是啥意思？

魏正方说：一文不名是一个成语。你怎么想起问这个？

刘德玉说他不学无术，一文不名。我不懂一文不名是啥意思。

这老兄过于谦虚。谦虚过头，其实质是骄傲。

一文不名到底是啥意思嘛？

一文不名是指一个人非常贫穷，连一文钱都没有。

不至于吧，刘德玉每月都有工资，怎么会连一文钱都没有呢！

我估计他可能是望文生义，把文理解成文章的文，把名理解成名气大小的名了。

你这一讲我就明白了，怪不得刘德玉说你才华横溢呢，看来你真的很厉害。

你不要听他瞎说，他自己才才华横溢呢，才华都溢到化验室的水池里去了。哎，我刚才给你解释的话你不要再跟刘德玉说，他那个脾气、那个嘴，不知怎样挖苦我呢！

你放心，我知道你们四个是好朋友。可惜我不是男的，我要是男的，也希望和你们吹口琴，一块儿做朋友。

魏正方想说，你是女的，也可以和我们做朋友呀！因怕引起误会，又怕被别的队员听去，就没说出口。话虽未出口，他却看了华春堂一眼，这一眼不是一扫而过，而是有所停留。这一停留，意思就在里面了。

华春堂也在看魏正方。从魏正方停留的目光里，她看出了魏正方对她的友好，知道她曾为魏正方整理房间，魏正方心里还是认可的，还是感谢她的。目光会走，也会留，目光停留谁不会呢，你停留，我也停留。华春堂的目光在魏正方的眼睛上停留的时间更长些，直到魏正方把目光撤回了，并羞涩地笑了一下，华春堂的目光还没收回。

目光这一停留不要紧，他们之间像是达成了某种默契，也为今后的一些事情埋下了伏笔。

第九章　风云突变

　　这年的九月中旬，东风矿的气氛变得紧张起来。不是突然变紧张，而是像拧螺丝一样，是一丝一扣变紧张的，越来越紧张。如同暑天遇到了闷热天气，水塘里的泥鳅缺氧，会一下一下往上跳，跳出水面呼吸氧气。又如同暴风雨到来之前，蚂蚁要搬家，黑色或黄色的蚂蚁成群结队，拉家带口，搬得匆匆忙忙。泥鳅翻潭也好，蚂蚁搬家也罢，它们都是有原因的，都是天气的原因。而东风矿的气氛紧张，好像没有什么明确的原因，至少不是天气造成的。季节既然已经到了中秋，秋风渐凉，天气不再闷热。就算是下雨，也是淅淅沥沥的细雨，不会是狂风暴雨。那么，东风矿的气氛为何变得如此紧张呢？真是无来由的吗？不会的，无云不下雨，无风不起浪，来由肯定是有的，只是不晓得而已。天下没有不透风的墙，先知先觉的人也会有，但他们绝对不会说出来。有些话，该谁说谁说，不该说的人说出来，有可能会惹下大祸。知道了不说，不等于他们不紧张，越不说，越在肚子里憋着，就越紧张，他们紧张得腿都硬了，脸上的肌肉都僵了，头发都快支棱起来了。

紧张的气氛是有传染性的，一个人紧张，会一传十，十传百，百传千。好比山林里的动物，如果有一只动物发现了危险，感到了恐惧，别的动物都会跟着恐惧。有的人有些受不了，就向别人问：怎么了？出什么事了？被问的人或是眉头一皱，不予搭理，或是说：不要问我，我也不知道！动物遇到了危险，会跳，会跑，会躲藏。东风矿的人感到了紧张的气氛，他们往哪里去呢？没地方可去，只能在矿上待着，熬着，等着上边的人把盖子揭开，把真相释放出来。

　　对于气氛紧张的原因，魏正方、刘德玉他们几个人是知道的，但他们守口如瓶，守口如铁，半个字都不说。如果说事情牵涉到一个林字，他们连和林相关的山、树、草都不说。他们要是说了，上面会立即派人把他们抓走，审问他们消息是从哪里来的，说不定矿上又会揪出一个反革命集团。人是高级动物不假，人也是被最早驯化的动物。人类不是别的动物驯化出来的，是人类自己驯化了自己。长期驯化的结果，是人类可以自己管住自己，可以管住自己的手、自己的脚、自己的生殖器，还可以管住自己的嘴。在管住自己的嘴方面，既可以管住自己的嘴不要乱吃，还要管住自己的嘴不要乱说。还有两样是管不住的，就是人的梦和人的思想。梦信马由缰，自由散漫，不讲形式，没有逻辑，构不成什么意义，对什么梦都可以忽略不计。思想有方向性，也有意义，就不那么好玩了。不过，有思想也不要紧，只要你不表达出来，跟没有思想也差不多，不会造成什么危险。

　　宣传队的表现有些反常，一些队员老是在那里敲锣打鼓，把好几种节奏的鼓点都打了一遍。他们这么干，似乎要把紧张的气氛冲淡一些，搞出一些类似欢庆的气氛。不料，紧张的气氛不但没有被冲淡，反而如战鼓催征一样，更加紧张。

终于，矿上逐级下达通知，晚上要在俱乐部召开全体职工大会，传达中央重要文件精神。矿上的职工应到必到，一个都不许少。这次开大会，矿政工组没有安排宣传队演出节目，只要求全体宣传队员，以宣传队为单位，按时参加会议。很显然，矿上革命委员会的成员已经知道了会议要传达的内容，他们都板着脸，向下拉着嘴角，严肃得要命，已是同仇敌忾的样子。矿井下不让抽烟，俱乐部里却历来不禁烟。下井的矿工几乎每个人都是一支烟筒，他们可以在俱乐部里放开"烟筒"随便抽。这天他们很少说话，抽烟比以往抽得更多些。会议还没开始，俱乐部里仿佛已经充满了"硝烟"。范主任把麦克风敲了三下，宣布开会。

开会就是念文件，原原本本念红头文件。范主任宣布完开会，就开始大声念文件，念得一字一句。文件还没念完，大家已经大概知道了内容。知道内容后，大家应该有所释然，紧张的情绪应该有所缓解才对呀，可不知怎么回事，俱乐部的"火药味"似乎更浓了，人们的神经也似乎绷得更紧了。原来国家出大事了，出的事比天都要大。毛主席的"接班人"，急着抢班夺权，要谋害伟大领袖毛主席。谋害未成，阴谋败露，他带着老婆孩子往外国叛逃，结果飞机掉下来，摔死在蒙古国的温都尔汗。你看看，你看看，这事儿是怎么说的！他又是副统帅，又是"亲密战友"，又是"九大"规定的"接班人"，全国人民每天敬祝了毛主席万寿无疆之后，都要祝他身体健康、永远健康的。他怎么一下子就不"健康"了呢，也不"永远"了呢！这弯子是不是转得有些陡呢？人们一时好像还转不过弯儿来。他们的头有些晕眩，似乎也要从什么地方摔下来！

念完了文件，范主任开始带头批判"接班人"的滔天罪行，他的结论是，"接班人"罪该万死，死有余辜！范主任一个人批判是不够的，还要有革命群众代表站出来投入批判，这样，批判起来才有群众性，才能让群情激昂起来，掀起批判的高潮。这次批判发言，矿上指定的不是像魏正方那样的青年矿工，而是在旧社会就下过煤窑的、苦大仇深的老矿工。老矿工发言时可以忆苦，一忆苦感情就会带出来，仇恨就会调动起来，做到声泪俱下。让老矿工发言，发言时说什么，使用什么样的情绪和声调发言，都有专人分头对老矿工进行辅导。老矿工不识字，不会写稿子，让他们发言总是很难。好在这些年，他们都是从批判走资本主义道路的当权派"走"过来的，也批判过矿内的"走资派"和反革命分子，批判的程序和使用的语言，他们已基本掌握，批判起来不会太离谱，至少不会把批判弄成歌颂。在群众代表发言阶段，还是由范主任主持。他没有说现在由某某某发言，而是看着台下黑压压的群众说：现在由革命群众进行批判发言，发言要积极一些。哪个先打头一炮？

一个姓尚的老矿工，应声从人群中站了起来，他说他先发，他先打。他使用的还是批"当权派"那一套素材，上来先忆苦。他说在旧社会下煤窑，干的是牛马活儿，吃的是猪狗食，睡的是豆秸窝儿，穿的是叫花子衣。资本家只要煤，只要钱，根本不管工人死活。有的工人受伤了，还没死透，资本家就派人把工人拉到山沟里，喂了狗。有一次井下透了水，他和一帮子兄弟赶紧往井口跑。跑到井口往上一看，资本家不但不救他们，还把载人筐的绳子割断了，把绞人的辘轳搬走了，在井口盖上了碾盘。亏得那次透水透得不太厉害，他和弟兄们才没有被淹死。不然的话，他早就没命了，早就成了屈死的水鬼。是伟大领袖解放了他，使他成为工人阶级的一员，过上了好日子。现在有坏蛋要谋害毛主席，他是坚决不答应的，一千个不答应，一万个不答应！

会场有人喊打倒的口号，打倒野心家！打倒阴谋家！敌人不投降，就叫他灭亡！罪该万死，死有余辜！摔死活该，不死活埋！喊口号者每喊一声，全场的人都高举握紧的拳头，跟着喊一声，可谓一呼千应，喊声如雷。

接着发言的一位姓路的老矿工，人称路师傅。路师傅是矿上的资深发言人，每次重要的批判会，都少不了他的发言。他的发言总是很有特色，能给人留下深刻的印象。这天入场前，路师傅像是刻意打扮了一番，他上身穿了一件很破旧的、打补丁的工作服，腰间还系了一根稻草绳。他又不是宣传队员，又不是上台演出，干吗要装扮成一副旧社会窑花子的模样呢？这就是别出心裁的路师傅，他思想上忆苦，穿着上也是苦样子，要来个先"声"夺人。果然，他刚站起来，就吸引了全场观众的目光。他批判时说了好多话，大家不一定记得住，但是有一句话，有人记住了，可能一辈子都不会忘记。哪一句话呢？他先说，那个妄图谋害毛主席的坏家伙该死，死一千次、一万次，都是活该。让人难忘的是后面这句话，他大声说：他死了也不行，死了还有骨头哩！还有骨头哩！还有骨头，这是什么语言？什么意思？这意思怎么理解！很多人都蒙了，不知道还有骨头是什么意思。难道路师傅是说，"接班人"虽然被摔死了，被烧死了，但还有骨头存在着，并没有烧成骨灰。路师傅指出"还有骨头"，呼吁大家对"骨头"也要穷追猛打，决不轻饶。

对这样的话，华春堂他们可能听不明白，但刘德玉、魏正方他们，一听就明白了。听明白后，他们不禁莞尔，并记住了路师傅的理解。他们估计，路师傅一定是听别人反复说"死有余辜"这个词，不识字，听字只能听个音。他大概是把余辜的辜当成了骨头的骨，就结合实际，把死有余辜理解成人死了还有骨头哩！多少年后，还有年轻人拿这个话跟路师傅开玩笑，说：路师傅，还有骨头哩！路师傅大概仍不能理解别人说的死有余辜是什么意思，他以为别人是说他，就把肚子拍了拍说：老骨头了，没多少肉可啃了。

　　国家出了这么大的事，魏正方估计，矿务局在国庆期间不会再组织汇演了。如果取消了汇演，各基层单位的宣传队就没有继续存在的必要。魏正方难免想到他自己，要是宣传队解散了，他该何去何从呢？按他的愿望，他想到政工组去搞通讯报道，给矿务局广播站写稿子，或给省里的广播电台和报纸写稿子。他心里明白，他这个愿望很难实现。因为政工组归郭组长管，他跟郭组长的关系不是很好。人活一口气，他跟郭组长的气不相投。他在心里不大看得上郭组长，郭组长一定会有感觉，也会对他有不好的看法。严重的情况是，有一次他写了几句诗，被郭组长看见了。那天下午，窗外刮着秋风，飘着落叶，郭组长召集宣传队的几个骨干开会。郭组长讲着话时，魏正方听得无聊，就随手在一张纸上写了几句诗：秋风无情推窗开，蝉鸣有意冲耳来。充耳不闻独思慎，心事早飞云天外。写完后，魏正方觉得还对景，就顺手推给坐在他身旁的陈秀明看。不料郭组长眼观六路，发现了他们在底下做的小动作。郭组长停止了讲话，问写的什么，是否可以给他看看。陈秀明一听顿时有些紧张，紧张得脸都红了。她以为诗是魏正方写给她的，表达的是一些私人的情意，激动得有些不行不行的。她看完了诗，正要把纸叠起来，把诗收起来，这时郭组长提出要看，她该怎么办呢？她求救似的看着魏正方。

郭组长看出了陈秀明的脸红和窘迫，他说：怎么，有什么秘密吗？要是有秘密的话，我就不看了。

众目睽睽之下，魏正方写的东西如果不给郭组长看，恐怕说不过去。魏正方说：没什么秘密，随手涂着玩呢，你只管给郭组长看嘛！

陈秀明只好把诗递给了郭组长。

郭组长看罢，笑了一下，说不错嘛，很有才华嘛！不过，郭组长的脸很快就阴了起来，阴得像要下秋雨一样：充耳不闻，什么意思？散会！

事后，魏正方有些懊悔，想到了自己的年轻、卖弄、不成熟。任何卖弄都是要付出代价的。什么"无情""蝉鸣""充耳不闻"，这些针对郭组长的词句，郭组长一定会看得出来，并在心里画上重重的一道，而且是黑色的一道。就凭这"一道"，郭组长不整治他已算不错了，不可能再使用他。

从哪里来，到哪里去。魏正方只能再回到掘进队，回到井下。魏正方并不是一个怕苦怕累的人，但人往高处走，水往低处流，他不是水，实在不愿再往低处走。每天下井，见不到阳光不说，煤一身、汗一身、水一身不说，仅是每天换工作服，他就有些受不了。他的一身工作服已经穿了一年多，上面积累的汗酸味层层叠叠，已臭不可闻。每天换工作服时，他差不多要屏住呼吸，才能把工作服套在身上，才不至于熏得栽一个跟头。穿上工作服适应一会儿，他才能去灯房领灯。工作服臭成这样，洗一洗不行吗？行是行，下了班，早已饿得不行，困得不行，急着吃饭，急着睡觉，哪里还有时间和力气洗工作服呢？再说了，到哪里去洗呢？要把工作服洗干净，得洗出多少盆黑水啊。趁一次倒班，他倒是把工作服洗过一次，是用澡堂里洗过澡的剩水洗的。洗澡堂里的剩水已经很黑、很稠，水面上漂着一层五彩油，也很臭。他洗工作服的办法是，把工作服蘸水，一下一下在洗澡池的池沿上摔，摔得"啪啪"作响。这样的洗法，虽可以把工作服上积淀的煤尘去掉一些，臭味却并没有去掉。不但没去掉，臭味反而更浓郁、更复杂了。另外，他的工作服已破烂得有些不堪。由于矿灯盒里的硫酸漏液，他工作服的后背已烧出了一个大窟窿，露出了后背的皮肉。为了避免渗漏的硫酸直接烧到他的皮肉，他只好用炮线在工作服后面缝了一块废旧风筒布。风筒布上有一层胶质，不怕硫酸腐蚀。他缝得有些粗糙，几乎是捆绑式的，弄得风筒布不像一块补丁，更像一块绵羊盖，一走一呼塌。

新的工作服已经发下来，这第一身工作服原本可以淘汰。可他新工作服舍不得穿，旧工作服也舍不得淘汰。他的海蓝色新工作服，要留到回老家探亲时穿。回家穿上工作服，才能显示他是一个工人，才能得到别人的羡慕。深靿胶靴也是，新领的闪着漆皮光泽的胶靴也要等到回老家时才穿。回老家期间也许不下雨，不下雨他也要穿，穿上胶鞋才能让村里人看出他当工人的荣光。而下井穿衣服没有好歹，再新再好的工作服也是一滚一身煤，新衣服很快就成了旧衣服。下井随便穿件衣服，能遮住羞处就行了。其实，男人的羞处是相对女人而言的，在井下干活儿的都是清一色的男人，无所谓羞处不羞处。井下闷热无比，有时兄弟们干得兴起，把衣服脱下来往旁边一甩，赤身裸体，大干不误。魏正方不反对工友们脱光衣服干活儿，但他自己不会，哪怕淋漓的汗水把工作服全部湿透，他也要把工作服穿在身上。

他是多多少少读过一些书的人，他得按文化和文明的标准要求自己。魏正方不甘心长期待在井下，不甘心一辈子只做一个挖煤工人。他下井，是为了升井；他往下走，是为了往上走。矿上成立宣传队，给了他一个走出矿井向上走的机会。倘若宣传队解散，让他继续往下走，并回到原点，他实在不愿意接受。魏正方突然心烦意乱，变得焦虑起来。

这时"敲边鼓"试探性地问他：你估计宣传队还能办下去吗？

魏正方态度很不好，他说：这个问题你不要问我，要问只能去问郭组长。

"敲边鼓"又说：我的观点是够呛。

魏正方几乎是发了脾气：什么够呛不够呛，你不要胡说八道，扰乱军心！

魏正方这样说，他是存有侥幸心理的。他想，国家出了这么大的事，下一步一定会搞新的更大的政治运动。不管什么运动，都需要宣传工作的密切配合。在所有宣传工作中，宣传队的宣传，也是宣传工作的组成部分。而且，宣传队的宣传更生动活泼，更具有艺术性，更容易为群众所接受。在目前这样的形势下，矿务局政工组也许会按原计划，继续组织各基层单位的宣传队到局里参加汇演。要是那样的话，东风矿的毛泽东思想宣传队就不会解散。如果宣传队不解散，他作为宣传队的召集人，当然会带领可爱的队员们继续排练节目。

这天晚上，有一位女工到魏正方的房间，跟魏正方聊天。这位女工年龄大一些，魏正方叫她郑大姐。郑大姐是1966年高中毕业的郑州知青，下乡期间谈了个男朋友。男朋友是郑大姐的同学，他们两个一块儿被招到东风矿当了工人。魏正方知道，郑大姐跟男朋友的关系已经成熟，很快就要登记结婚。郑大姐是提着铁壶去茶炉房打水，打到水之后，顺便拐到魏正方的房间里聊一会儿。

郑大姐跟魏正方聊过多次了，魏正方不反对郑大姐走进他的房间。一来是，郑大姐比魏正方年龄大；二来是，郑大姐已经有了人所共知的男朋友，他们一块儿聊天不用避嫌，别人不会说三道四。他们聊的不是现实，多是小说中的人物和生活。郑大姐看过的小说，魏正方差不多都看过，他们一聊，就聊到一块儿去了，就找到了共同语言。在郑大姐看来，一个农村的青年，能看到《红岩》《青春之歌》《烈火金钢》《钢铁是怎样炼成的》等，就算不错，一般是看不到《红楼梦》的，也不看《红楼梦》的，魏正方怎么连《红楼梦》都看过呢！郑大姐在聊天中得知，魏正方不但看过《红楼梦》，还冒险把《红楼梦》带到矿上来了，这不能不让她对魏正方高看一眼。看来不只城里的人爱文学，农村人也爱文学；看来不光吃得饱穿得暖的人爱文学，吃不饱穿不暖的人也爱文学，也许更爱文学。小说总是离不开现实，郑大姐这天不跟魏正方聊小说了，聊的是现实。她把魏正方叫小魏，问：小魏找到对象了吗？

魏正方的回答是：还没有。又说：还没有考虑。

郑大姐说：我觉得你可以考虑了。这个事情迟早是要考虑的，晚考虑不如早考虑。花开堪折直须折嘛！

魏正方笑了一下，他知道，下一句是莫待无花空折枝。他没说出下一句，只说：谢谢大姐关心！

我知道你不好意思，这没什么不好意思的。宣传队那么多女孩子，你要是觉得哪一个还可以，悄悄告诉大姐，大姐给你介绍。

魏正方还没说话，郑大姐接着说：据我的观察，张丽之性格开朗，没什么毛病，人长得也不错，要模有模，要样有样，跟你挺般配的。你要是觉得合适，介绍的事包在我身上。

张丽之的形象在魏正方脑子里闪了几下，他没说合适不合适，只说：在宣传队里是不许谈恋爱的。

郑大姐哎了一声，说宣传队又不是铁打的，迟早会解散。等宣传队解散了，你们再正式谈也不晚嘛！

魏正方还想说，张丽之家的成分太高了。话到嘴边，他没有说出来。他想到了，郑大姐家的家庭成分也不好，是城里的小业主。他要是说出张丽之的家庭成分不好，拍到笸箩米动弹，郑大姐会联想到自己家的成分，会不高兴。他只说让他想想再说。

郑大姐走后，当晚，魏正方闭了灯，也躺到床上闭了眼，却老也睡不着。他以前睡觉是很好的，好像睡觉的开关就在他的枕头上，他一挨枕头，很快就睡着了。这晚不知怎么搞的，他的脑袋在枕头上滚来滚去，好像"开关"失灵了，越滚脑子越活跃。窗外有人走路，有人说话，还有人在大声骂人。魏正方起身把窗户关上了，还是睡不着。他主要倒不是想郑大姐给他介绍对象的事，也不是衡量张丽之如何。赶不走的念头，还是宣传队的出路如何，他个人的前途如何。念头在脑子里转来转去，都是无效的，仿佛离地的车轮在空转，一点儿都不能前进。隔着窗户，他又听见一个女人在哭，声音很大，像是傻明在哭。有人说傻子无痛苦，人越聪明，痛苦就越多，看来傻子也有傻子的痛苦。

魏正方不知道自己是什么时候睡着的，他一睡着，就开始做梦。他梦见矿务局如期举行了文艺汇演，汇报演出和比赛在矿务局的大礼堂进行，你方演罢我登场，演得赛得轰轰烈烈，那是相当热闹。比赛结果，东风矿自编自演的节目在全局获得了第一名。既然得了第一名，宣传队的队长就要代表宣传队发一个言，介绍一下经验。介绍经验，当然非魏正方莫属。上得台来，他先背诵了一段关于文艺为人民服务、为工农兵服务的毛主席语录，大大方方，一点儿都不怯场。他讲得既有理论，又有实际，口若悬河，头头是道。他甚至都有些佩服自己了，没想到自己还有这么好的口才。他似乎听见自己的声音也很好听，字正腔圆，铿锵有力，恐怕跟表演也差不多。他的发言，当然是赢得了全场热烈的掌声。是梦都有梦醒时。梦醒时分，魏正方来不及高兴和回味，心情迅速跌入低谷。完了，一切都完了。按他从小听来的对梦的解释方法，一切梦都是反着来，梦见失火，就是发财，梦见捡钱，就是破财；梦见好，就是坏，梦见坏，就是好；梦见死，就是生，梦见生，就是死。按这个解梦的逻辑推断，他的宣传队是走到尽头了，他的宣传队生活也该结束了。

魏正方心里还是没有底，还是存不住气，第二天早上，一到上班时间，他就到郭组长的办公室里去了，要探一下郭组长的口气。他没有问宣传队下一步怎么办，而是向郭组长提了一个建议，建议由宣传队近日为矿上的职工演一场节目。他说宣传队成立这么长时间了，只在那次批判会开始之前演过几个小节目，还没演过整场的。从宣传队目前的排练情况看，演上两个小时没问题。权当宣传队在去局里汇报演出之前，向矿上的领导和矿工们作一场汇报演出吧！

郭组长答复：好哇。是的，魏正方听得准确无误，郭组长的答复的确是这两个字。他心里未免有些欣喜，好像已经把郭组长的口气探出来了，矿上没有解散宣传队的打算。郭组长问：你们打算演什么节目？

魏正方把要演的节目说了一遍，有演奏，有舞蹈，有独唱，有合唱，还有表现煤矿模范人物的小豫剧。他重点把小豫剧介绍了一下，说该剧取材于煤矿，且为自编自演，比较精彩。这个节目要是去矿务局参加汇演的话，估计一定会受到观众的欢迎。这样说着，魏正方想起他昨晚做的梦，差点儿把梦中的情景说了出来。他虽然没有说梦，但觉得有些梦想不一定不能实现，梦想和现实不一定相悖。说来魏正方还是乐观得过早了，并不知道郭组长的城府到底有多深。郭组长问他：你认为还有必要吗？

魏正方一时不能理解郭组长的话意，他看着郭组长问：什么？

你说什么？

我不知道您指的是哪方面。

你不是很聪明吗？你不是自以为很了不起吗？

郭组长，您这样说，我可担不起。我从来没觉得自己聪明，更不敢认为自己有什么了不起。有什么话您就明说吧，您是说演节目没有必要吗？

何止演节目！

我明白了，您的意思是说，矿务局不再组织汇演了，是这样吗？

都什么时候了，军代表连自己都顾不上了，还搞什么汇演！

坏了，郭组长的优势这才毕露，原来郭组长一开始说的"好哇"是在耍他，这让他十分不悦，郁闷着不再说话。

郭组长说：你马上回去，宣布宣传队立即解散，人从哪里来，还回到哪里去！

怕鬼有鬼，怕虎来虎，失望之后，魏正方的犟劲又上来了，他说：要宣布你去宣布，宣传队解散，你总得去给大家讲讲话吧，总得说一下解散宣传队的理由吧！

没什么好讲的，解散就是解散。煤矿的任务是出煤，不是演戏。你们成天敲锣打鼓，矿上职工对你们早就有意见了。好了，你可以走了！

第十章　各奔东西

人，有聚有分。聚时，以为无限期，常常不知珍惜。分时，往往感到有些不期而然，才临别依依。一个群体散去，"好一似食尽鸟投林"，魏正方脑子里装有这样的句子，宣传队的解散，用得着这样的句子。不要说煤矿只有煤矿，没有树林。别忘了，煤矿的煤正是由亿万年前的森林变成的，那森林不知有多茂密呢，林子里不知生活着多少活蹦乱跳的俊鸟呢！宣传队一解散，男队员差不多都要重新回到井下，回到远古的"森林"中去，可不就是各投林嘛！女队员不会回到井下，但她们也要分散到全矿的多个单位，分得东一个、西一个。别看宣传队存在时，大家相聚很容易，一到排练时间，如五指收拢，男女宣传队员们会很快集中到排练场。宣传队一旦解散，大家再相聚，恐怕就难了。别看大家同属一个矿，彼此相距并不远。但人与人之间的聚散，不是距离的问题，而是理由的问题。有了理由，再远都不嫌远，都能相聚；没了理由，再近也是远，差不多变成陌路。

最让人怜惜的是那帮女队员，从陈秀明，到周子敏，从王秋云，到杨海平，等等，她们不是家庭成分不好，就是被人说成生活作风不好，除了华春堂，几乎每个人都有自己的隐痛。隐痛不隐，一走进矿上的社会，就变成了显痛。显痛为千夫所指，使她们倍感压抑，似乎每天都在煎熬之中，简直度日如年。宣传队成立时，成为宣传队员的她们，像是一下子改变了处境并改变了命运，每天又唱又跳，心情好多了。也许她们每个人都会产生错觉，以为宣传队会长期办下去，宣传工作会成为她们长期的工作。她们哪里会想到呢，今天，就在今天，国庆节还没到，汇演尚未开始，宣传队就要被宣布解散了。不难想象，那些热爱宣传队的女队员们，听到宣传队解散的消息，一定会吃惊，继而会伤心，说不定还会落泪。"嫁与东风春不管"，真是无可奈何！

郭组长不讲话，在宣传队解散时，魏正方还是要讲一讲的。不声不响地就把宣传队解散了，实在是说不过去，于情于理都说不过去。人的任何讲话，都有一个从哪里出发的问题，是从社会出发？他人出发？还是从个人出发？魏正方还是一个感性大于理性的人，他的习惯是从个人出发。事情已经不可改变，宣传队解散后，他要重新回到井下，回到掘进连，继续用电钻、炸药、雷管、斧头、铁锹等，搞他的掘进。煤矿的大致生产流程分为开拓、掘进、采煤、运输等环节。开拓是在岩层里打巷道，所打的巷道比较高、比较宽，断面比较大，称为大巷。掘进是在煤层里打巷道，所打的巷道相对低一些、窄一些，断面小一些，支护也不是像打大巷一样用石头砌碹，而是用木头护帮、打顶。掘进出来的巷道，被称为煤巷。采煤，是从工作面把煤采出来。运输呢，当然是把煤运出来。煤矿的井下，被称为地下城。如果和一座城市作比，井下的大巷，就好比是城市里的大街。煤巷呢，就好比是城市里的胡同，或者里弄。继续比下去，采煤好比城里人的日常劳动和日常生活，运输好比城里四通八达的交通。矿上有两个掘进连，魏正方所在连是掘进二连。他别无选择，要回只能回到掘进二连去。人得过好，不见得就好。魏正方要是没参加过宣传队就好了，他有可能会一直踏踏实实地在掘进连里打巷道。他是一个不惜力、不惜汗的人，说不定还能当上矿里的劳动模范呢！一参加宣传队，就把他的心弄乱了，也提高了，他就不想再走回头路了，不想再往下走了。不回也得回，他有一种类似犯错误的感觉，一种被下放的感觉，几乎有些委屈。

每个人的讲话，也都有一个情绪问题，情绪是高，还是低？是慷慨激昂、声如雷震，还是婉转低回、慢声细语？都是由讲话人的心情决定的。魏正方的心情不好，情绪当然也不会高。他说：同志们，这是宣传队召开的最后一个会。矿上决定，我们的宣传队从今天起就解散了，大家将各奔东西，回到自己的工作岗位。在宣传队期间，大家都表现出了很高的政治觉悟和文化艺术素养，并互相结下了深厚的革命友谊。一个人的生命周期是很短暂的，大家能在一块儿相处这么长时间，很不容易，我相信，每个人都会记住这一段难忘的时光，珍视在宣传队里结下的友谊。感谢你们对我工作的支持，我会把宣传队的每个人都记在心里，什么时候都不会忘记。我这个人水平不高，领导能力不强，心也不是很细，在宣传队期间，有对大家关照不够的地方，或有什么做错的地方，我在这里郑重地道一声对不起，请原谅！有人说我骄傲，我有什么可骄傲的呢？没什么可骄傲的。其实我的内心是自卑的，是悲观的，感情是很脆弱的。

说到感情脆弱，脆弱就来了，他的声音有些发哽，眼里也浸了泪。他以泪眼望去，见好几个女队员眼里都含了泪。这可不太好，如果他再"脆弱"下去，说不定杨海平、王秋云等女工会哭出来，造成不太好收拾的局面。魏正方把眼泪噙在眼里，抱歉似的笑了一下。他觉得应该跟大家说一个笑话了，让大家放松一下。他点了张丽之的名，说：张丽之，我明天就要回掘进连下井了，你可不要发给我一盏不亮的矿灯哟，那样的话，我到井下就两眼一抹黑了。在喊张丽之的时候，他想到了郑大姐说要给他介绍张丽之的事儿，说不定，这事儿张丽之也是知道的。

张丽之的脸一下子红透了，说：魏正方，你放心，我要挑一盏最亮的矿灯给你，让你的"眼睛"像孙悟空的火眼金睛一样！

魏正方没有跟华春堂说发矿灯的事儿，他知道，聪明的华春堂未雨绸缪，已提前调进了化验室。

宣传队解散后，陈秀明想回郑州的家里看看。在宣传队期间，她只给爸爸妈妈往家里写过信，却一次都没有回去过。在宣传队里，她每天唱着过、跳着过，过的是欢乐的日子，回家不回家都无所谓，她几乎把回家的事忘记了。欢乐的日子成了过去时，她心里一失落、一软弱，就有些想家、想亲人。可回郑州要请假，她不知道跟谁请假。去跟魏正方请假，显然不合适，因为宣传队的那棵树已经倒了，猢狲也散尽了。去找食堂的领导请假，也不合适，因为她还没有回食堂上班。有心不请假了，只管一走了之，她又不敢。不请假就走人，是违反纪律的，轻则挨批评，重则受处分。还有，她的工作衔接不上，谁给她记工呢，谁给她发工资呢！罢罢罢，还是先回食堂上班再说吧。人说好马不吃回头草，她不知道她算不算一匹好马，却实在不想回食堂去吃那口草了。参加宣传队之后，她感觉像从此脱离了食堂一样，再也没有走进过食堂的后厨，好像一进后厨，就会沾染一身泔水味，影响她作为一个宣传队员的形象。当然了，她每天买饭，还不得不去食堂。但她只走到餐厅卖饭的窗口那里，买完饭扭头就走。她以前就是站在窗口里边卖饭，看见卖饭的女炊事员，就像看到了自己，生怕再被卖饭窗口吸进去。卖饭的女炊事员都认识她，有的炊事员有时会喊出她的名字，夸她：现在可真漂亮呀，宣传队可真养人哪！她不愿意跟人家多说话，好像多说一句，就跟食堂发生了联系似的，就暴露了什么"前科"似的，说一句"漂亮什么，还那样儿"，就赶紧逃也似的走了，把饭菜端回宿舍去吃。

陈秀明重新穿上了当炊事员时穿的工作服，硬着头皮走进了食堂的后厨。事前，她把自己关在宿舍的蚊帐里，闭上眼睛，反复进行了自宽，反复调整自己的情绪。自宽的过程，是一种自我贬低的过程，把自己贬低，再贬低。既然躺在蚊帐里，她把自己贬低得像一只蚊子：你不就像是一只蚊子嘛，人家想拍死你，就拍死你；想药死你，就药死你，你千万不要觉得自己有什么了不起，不要扎了个小翅膀就想飞。调整情绪的过程，是一种给情绪定位的过程。好比拉弦子之前先定调，调子高了不行，太低了也不行，高低适中才算把调子定准。她给自己的情绪定位是"三要三不要"：不要拉脸子，不要不高兴，不要有任何哀怨；要平静，要正常，要做到像一块砖，哪里需要就往哪里搬。

唐慧芳不识趣，问陈秀明，宣传队是不是解散了？唐慧芳也买了蚊帐，她的蚊帐比陈秀明和华春堂的都要新。而且，她蚊帐的纱布比华春堂的还要细，隔离视线的效果很好，她要是躺在蚊帐里，外面看，只见蚊帐不见人。

陈秀明懒得搭理她。

唐慧芳不高兴了，说：陈秀明，我跟你说话呢！

陈秀明说：宣传队解散不解散，跟你有什么关系！听说宣传队解散了，你是不是很高兴？

唐慧芳哼了一声说：秋后的蚂蚱，我早就知道你们有蹦跶不动的这一天！

闻听此言，陈秀明还没发作，华春堂先不干了，把她们比作秋后的蚂蚱，这叫什么屁话！华春堂对唐慧芳说：唐慧芳，什么蚂蚱不蚂蚱，你会不会说人话，要是不会说人话，就找根草绳，把自己的长嘴扎起来，省得一张嘴满嘴冒的都是酸红薯味儿。

华春堂这样说话，唐慧芳也不爱听，说她满嘴都是酸红薯味儿，意思是笑话她是农村人。唐慧芳早就察觉出来了，一间宿舍住三个人，陈秀明和华春堂是城里人，她是农村人，陈华二人就合起伙来看不起她。她们两个都参加了宣传队，只有她自己不能参加，好像把她外出来了，使她感到很不舒服。听说宣传队解散了，她心里才稍稍平衡一些。她说：我就说蚂蚱，怎么着，我看你们两个就是一根草棍上拴的两只蚂蚱，蹦不了她，也蹦不了你！

陈秀明一撩蚊帐，从床上跳下来，对唐慧芳怒目而视：姓唐的，谁是蚂蚱？我看你自己才是蚂蚱呢，而且还是一只信口雌黄的母蝗虫！你再胡说八道，小心我对你不客气！

唐慧芳也不示弱，她说：怎么着，你想打架吗？实话告诉你，我家离少林寺不远，我跟少林寺的和尚练过武，你根本就不是我的对手。话虽这么说，她怕陈秀明和华春堂联起手来打她一个，她还是装出上班的样子，摔门而去。

陈秀明本来把情绪调整得不错了，唐慧芳节外生枝，一惹她生气，她的情绪就白调整了，走进食堂时，脸上还有些不高兴。她对食堂姓孙的班长说：我回来了！

孙班长说：你是谁？我不认识你呀！

孙班长别开玩笑了。

你不是来慰问演出的吧？

宣传队已经解散了。

不可能吧，我还以为你要在宣传队干一辈子呢！

陈秀明听出孙班长是在挖苦她。她事先就想到了，挖苦人的勺把子掌握在孙班长手里，孙班长一定会像挖苦瓜一样挖苦她。孙班长是从农村招工招来的复员军人，因他在部队时当过炊事兵，来到矿上就不用下井，顺理成章地当上了炊事员。食堂是矿上后勤连的一个排，一个排分三个班，孙班长是其中一个班的班长。陈秀明当炊事员时，孙班长曾私下里对陈秀明表示过，他对陈秀明印象不错。借工作之名，他拉过陈秀明的手，还悄悄对陈秀明许诺，只要陈秀明表现得乖一点儿，到年底评优时，他保证能让陈秀明当上先进工作者。陈秀明表现得不是很乖，跟孙班长配合得不是很好，连孙班长拉她的手，她都坚决拒绝似的把手从孙班长手中抽了出来。现如今，她又回到了孙班长手下，孙班长哪里会饶过她呢！人在屋檐下，不得不低头，陈秀明只能解释说，宣传队真的解散了，矿上要求，所有宣传队员都要回到自己原来的单位。连宣传队的负责人魏正方都回到井下去了。

孙班长说：你不要跟我提什么魏正方，别看我们是一个县的老乡，我最看不惯那小子了！他不是翘尾巴吗，这下不翘了吧？井下的石头夹着他的大腿，也夹着他的尾巴，他翘不起来了吧！亏得宣传队解散了，要是宣传队再办下去，我估计那小子非犯作风方面的错误不可，非吃家什不可！

陈秀明不想跟孙班长说那么多了，她发现，后厨的炊事员都在看着她，都在饶有兴致地听孙班长跟她说话。择菜的，不择了；和面的，不和了；切肉的，不切了；连正在窗口卖饭的炊事员也回过头看着她。好像她回来不是上班，真的像孙班长说的那样，是来慰问演出一样。这让她浑身都不自在，好像一个陌生人进了一个陌生世界一样。她问孙班长，她是不是还到窗口卖饭？

孙班长说，卖饭的人已经够了，至于陈秀明下一步干什么，他还要和食堂的领导研究一下再说。

陈秀明听出来了，她不想回食堂上班，食堂也不是那么好回的，孙班长还要拿捏她一下。所谓研究，被人们私下里按谐音说成"烟酒"，求人办事，握有权柄的人一说研究，就是暗示你送上一些烟和酒。陈秀明在肚子里把牙咬了一下，她才不会给孙班长送一分钱的东西呢！且看他怎样玩他的花鼓点子吧，不让她回食堂才好呢！她问：你们要研究多长时间呢？我在哪里等你的消息呢？

多长时间，这个我可说不好。民以食为天，食堂跟天堂也差不多，不是谁想走就走、想回就能回的。

时间不能确定，趁这个时间，我请三天假吧，回郑州看看我妈。陈秀明说。

孙班长一听就有些急眼，说：那可不成，你要是回家看你妈的话，食堂你就别回了，爱去哪儿去哪儿！

事情就这样僵住了，好比打稀饭打成一锅糨子，糨得搅都搅不开。陈秀明说到回郑州去看妈，脑子里就出现了妈妈的样子。每个人一辈子只能有一个妈妈，孩子与妈妈骨肉相连、心相连，妈妈是最可亲的。这么长时间不回家，她真的有点儿想妈妈了。人在谁的眼里是孩子呢，只有在妈妈眼里，才是一个孩子啊！陈秀明觉得心里酸了一下，鼻子里酸了一下，似乎还有热热的东西往眼角拱。她赶紧使劲掐了一下自己的手指，把往眼角拱的东西压制住了。她才不会让别人看见她的眼泪呢！

这时有一个女的副班长出来打圆场，她说：上一个满班，才能记一个工。陈秀明，先用拖把擦一下地吧！

食堂后厨的地上有水，有泥，有枯菜叶子，显得有些脏。陈秀明先用笤帚扫，再用拖把拖，拖了半上午，地面才露出水泥地的本色。到快该吃中午饭的时候，孙班长才从外面回来，告诉陈秀明，他跟有关领导研究过了，决定把陈秀明安排到面案上工作。陈秀明没什么可说的，班长安排她干什么，她只能干什么。面案上的活儿，主要就是和面、发面、蒸馍，比在窗口卖饭的活儿重多了。农村最重的活儿是和泥、脱坯，而和面与和泥差不多，做馍与脱坯差不多，是食堂里最重的活儿。陈秀明想，孙班长也许把她当成了一块面，要把她放到面案上，想怎么和就怎么和她，想怎么搓就怎么搓她，一步一步逼她就范。可惜孙班长看错人了，她不是一块面，是一块石头，想和她搓她不是那么容易，要小心被"石头"硌了手。陈秀明暗暗打定主意，她不能长期在食堂干，不能锅前头转到锅后头，当一辈子炊事员，得想办法调走。你看人家华春堂就调走了，而且调到那么好的地方。别看华春堂人长得那么瘦小，她的能耐可真大呀！陈秀明听人说过一句话，叫人小鬼大。这句话用在华春堂身上是合适的，她是典型的人小小的，鬼大大的。她不明白，人的身体和身体里的鬼是不是成反比呢？是不是人长得越高，吃得越胖，身体里的鬼就越小呢？是不是人的个头越低，身体越瘦小，寄居在身体里的鬼就越大呢？她跟华春堂住在同一间宿舍，在鬼的方面，她今后要向华春堂学习。

王秋云的心情比陈秀明还不好。让她重回洗衣房洗衣服，她真想大哭一场，可她哭不出来，只觉得心口堵得慌。是呀，你为什么要哭呢？你哭的原因是什么呢？你说说，你说说。她说不出来，所以就不敢哭。她小的时候，哭是自由的，想哭就哭，张嘴就来。现在她长大了，已经失去了哭的自由。堵在心口的东西像一团乱麻，乱得有一千个头、一万个绪，根本理不出头绪。堵在她心口的东西又像是一块石头，石头不是压在她心口就完了，石头忽地上去了，又忽地下来了，上又上不了天，落又落不了地，就那么在她心口折腾，折腾得她几乎喘不过气来。她妈妈就她这么一个女儿，妈妈对她是很疼爱的。她在家的时候，妈妈从不让她洗衣服，她的衣服都是妈妈洗。她万万没想到的是，参加工作后，矿上分配给她的工作竟是一天到晚洗衣服，而且洗的还是工作服。

一到洗衣房，她就知道了，她洗的工作服，并不是工人穿的。工人穿的工作服，上面煤擦煤、泥擦泥，每一件工作服差不多都成了一座煤矿，一年半年都不带洗一回的。谁的工作服谁穿，矿上的洗衣房才不给工人洗衣服呢。洗衣房只负责给干部们洗衣服。矿上的干部，每天都有人下井。矿务局机关离东风矿比较近，局里的干部或是下井检查工作，或是下井参加劳动，几乎每天都有人到东风矿下井。干部们有专门的澡堂，也有专门的更衣室。干部们下井，让他们穿脏污未洗的工作服可不行，他们穿的工作服，必须洗得干干净净，晾得干干爽爽，没什么酸臭味才行。工作服是用劳动布制成的，很硬，一沾水更硬。王秋云她们就那么往工作服上打肥皂，就着水池里的凉水，在搓衣板上反复搓洗。搓出一池黑水，放掉。再搓一池黑水，再放掉，直到池子里的水变成了清水，工作服才算洗干净了。

王秋云的手小小的，胖胖的，手背的关节处长有一个个酒窝似的小肉坑，是那种很好看的手。如果用油画把王秋云的手画下来，恐怕她的手跟西方油画中那些小天使的手差不多。有人说过，王秋云的一双手是有福的手。现在看来，她哪里有什么福！她的手简直就是一双受苦受难的手啊！长此以往，她的手不变形才怪，不变成鸡爪子才怪！

　　矿上把她分到洗衣房，把她变成一个洗衣女，她心里明白，这是对她的惩罚，跟劳动改造差不多。王秋云觉得很委屈，她稀里糊涂的，怎么就走到了今天这一步呢！在"斗私批修"时，由于别的老师的启发，她稀里糊涂地就把班主任老师说了出来。她接着稀里糊涂地被送到医院检查，就把班主任老师的罪名给坐定了。自从班主任老师被戴上手铐抓走，并被判了刑，人们看她的目光就不一样了，好像她成了一个罪人。当时她还是一个小学生啊，一切都还懵懵懂懂啊！可人们不管那些，只管对她指指戳戳，只管对她年少的心理进行着无情的伤害。不管她走到哪里，她身上像贴了被打入另册的标签一样，人们看她的目光，或是鄙视，或是猥亵，都在心理上虐待着她。王秋云有时候会想，要是没有"斗私批修"运动，要是她不把班主任老师说出来，谁都不知道啊，她的一切都好好的啊，说不定也能得到一份不错的工作啊！因为她爸爸是一个在旧社会就下煤窑的老矿工，家庭成分没有任何问题。你看人家华春堂，就是因为家庭成好，政治上有优势，才能挑到自己喜欢的工作啊！王秋云不能明白，人们对身体上的事怎么那样看重呢，怎么看得跟政治问题一样严重呢，难道每个人的身体跟政治也有关联吗？委屈之余，王秋云有时有些恨自己。人说一失足成千古恨，她是一失口成千古恨哪！

　　洗衣房只有一个班，班长姓曲，是一位上岁数的女师傅。曲师傅为人平和，能够理解王秋云的苦衷，对王秋云没什么歧视。曲师傅也有一个女儿，女儿得过小儿麻痹症，需要挂着一根拐棍才能走路。女儿初中毕业后，曲师傅希望矿上能给她女儿安排一份工作，可她求了好多次，矿上说她女儿不符合招工条件，就是不给安排，她女儿至今还在家里闲着。王秋云认识曲师傅的女儿小丽，小丽是比她高两届的同学。别看小丽挂着拐棍，她打乒乓球打得很好，不少同学都打不过她。听说小丽打算盘也很溜，当会计不成问题。就是因为小丽有残疾，她才被挡在了参加工作的大门外。跟小丽相比，她不知道自己的身体算不算有残疾，是身体上的残疾，还是精神上的残疾？也许两方面都有吧。曲师傅对王秋云说过，人一辈子，能有一份工作，能有一口饭吃，就可以了，还要求什么呢！回到离井口不远的洗衣房，王秋云对曲师傅说：我回来了。

曲师傅一点儿都不意外，仿佛早就料到王秋云一定会回来，她说：趁着宣传队解散，也没给你们放两天假吗？

王秋云说：没有，要求我们立即回来上班。

曲师傅说：你要是想回家看看你妈，就回去吧。别人问起来，我跟他们说一声就是了。不就是少记两天工嘛！

王秋云心里感动了一下，不是所有的人都歧视她，毕竟还有人关心着她，曲师傅也有妈妈一样的心肠啊！她不能抹了曲师傅的好意，说：谢谢曲师傅！

王秋云参加工作后，她爸爸给她买了手表。她所挣的工资，还买不起手表，是爸爸用自己的工资给她买的手表。另外，爸爸买的一辆自行车，也让给她骑了。当时衡量一个家庭生活条件是否优裕，要看这个家庭是否拥有"三转一响"。所谓"三转"，指的是自行车、手表和缝纫机。"一响"呢，指的是收音机。"三转一响"，王秋云家里都有了。而"三转"中"两转"都归王秋云使用。从这些硬件来讲，矿上的很多女工，包括华春堂、陈秀明等在内，都比不上她。只是爸爸的自行车是加重型的，是男式不是女式的，她骑上去显得有些高，还有些笨。

她的家在另一个矿，过去叫米庄矿，现在叫反修矿。她骑上自行车，一路向北，再向西。穿过金封县的县城，继续往西，向反修矿骑去。从东风矿到反修矿，不通公共汽车，她回反修矿，要么步行，要么骑自行车。东风矿离反修矿四十多里路，要是步行的话，她得走一上午或一下午才能走到。骑上自行车就快多了，两个多钟头就可以到家。出了县城，路面变得坎坎坷坷，坑坑洼洼，很是不平。原来路面是平的，据说下面埋藏的煤给掏空了，地层一层一层下陷，一直波及地面，路面就变成了这样。她的自行车有些跳，跳得跟蚂蚱一样。为避免摔倒，她只能双手紧握车把，眼睛瞅着地面，慢慢骑。

有一辆拉煤的卡车从后面开过来，仅从卡车轮子在布满坎坷的路上乱蹦乱跳的声音，王秋云就判断出卡车是一辆空车，大概要去反修矿装煤。她赶紧靠路边骑，为卡车让路。可是，她越是往路边骑，身后隆隆的卡车越是往路边开，像是在利用卡车庞大的身躯挤她。王秋云听人说过，一些卡车司机总是很色，他们如果发现有女的单独步行或骑车，女的又比较年轻，腰身比较丰盈，就会想方设法把女人逼停，或别倒，把女的邀请到驾驶室里去，进行抚慰和调戏。王秋云绝不会上他们的当，不会让任何一个司机的阴谋诡计得逞。过去的事，已经使她背上了沉重的包袱，压得她几乎抬不起头来，她不能再背上新的包袱。在这方面，她对自己要求得十分严格，对任何男人都保持着警惕和距离。路边是一块玉米地，玉米棵子上的棒子都已被掰走，树林一样的玉米棵子还在地里长着。眼看卡车司机把她挤得无路可走，她只得赶紧从自行车上跳下来，差点儿跌倒在玉米地里。很明显，司机在故意欺负她，她很是生气，气得脸都红了。司机停下车来，却在驾驶室里对她笑：小美妞儿，把自行车搬到车上来吧，你想去哪儿，我都可以送你。

王秋云不会上他的车，她想骂人，把司机骂成是流氓。但她不敢骂，这里前不着村，后不着店，一边是卡车，一边是玉米地，她所处的是一个危险的境地。她要是骂了司机，把司机惹恼了，司机从车上跳下来，真的对她要起流氓来，那麻烦可就大了。她只把表示厌恶的眉头皱了又皱，把对抗的脖颈子梗了又梗，推着自行车，从玉米地的地头走出来。社会上流传着几句顺口溜：听诊器、方向盘、物资采购、营业员。这几句顺口溜说的是四种最吃香的工作。方向盘是其中一种，指的就是手握方向盘的司机的工作。司机的工作吃香，就想利用吃香的优势，在别的方面也吃香。王秋云才不会被他们"吃"到呢。

司机大概看出了"小美妞儿"坚决拒绝的态度，轰了两下油门，荡起两股烟尘，开起车走了。等卡车走远了，王秋云才重新骑上自行车。她一路都在想，当一个女孩子太难了，从小就难，长大还是难。人要是有下一辈子的话，她再也不托生成女的了。

王秋云家住的是两间平房，一间是外间，一间是套间。爸爸妈妈在套间里住。中午时分，王秋云回到家，只看见妈妈，没看见爸爸和哥哥。不用问，爸爸又是正在套间里睡觉。从她记事起就是这样，爸爸老是白天在家里睡觉，夜晚到地球的肚子里下井。

爸爸好像把黑白弄颠倒了，把白天当成了黑夜，把黑夜当成了白天。哥哥也当上了采煤工，在另外一个矿下井，吃住都在那个矿，很少回家。妈妈见女儿回来，很是亲热，把王秋云叫成小云，问：小云中午想吃点儿什么，妈马上给你去做。王秋云问妈吃的什么，妈说她吃了点剩馍。王秋云知道，在爸爸中午睡觉不吃午饭的情况下，妈妈从来不给自己生火做饭，都是随便吃一口剩饭就把自己打发了。妈妈没有正式工作，在矿上的幼儿园帮人家看孩子，挣钱很少。在这个家，妈妈从来都是以爸爸为主，这一辈子好像都是为爸爸而活着。在爸爸需要吃饭的时候，她总是想着点子给爸爸做好吃的。在爸爸睡觉的时候，她哄一下自己的肚子就完了。王秋云说算了，她不太饿，不吃饭也可以。妈妈说：那可不行，骑车骑了这么远的路，不吃口热乎饭怎么能行呢！我给你做你爱吃的猪油葱花面条吧。妈妈做饭快得很，面条马上就得。

在妈妈擀面条的时候，王秋云想撩开套间的布帘子看爸爸一眼，但她没敢看。爸爸在睡觉时，习惯把衣服脱得光光的，不愿让孩子看见他光着身子睡觉的样子。王秋云对爸爸的感情是复杂的，她常常觉得爸爸是个值得同情的人。爸爸不是哥哥和她的生父，他们的亲生父亲是爸爸的一个工友。爸爸在井下挖煤时受过伤，伤到了下体的要害部位，失去了生育能力。是爸爸的工友帮助爸爸生了两个孩子。这个秘密，她和哥哥以前都不知道。爸爸对她和哥哥都很好，似乎比亲生父亲对他们还要亲。也是因为"斗私批修"，有人逼迫妈妈说出了实情。幸亏爸爸的工友在井下的一次透水事故中被淹死了，不然的话，那个工友不会有好果子吃，不治罪也得遭批斗。真相被曝光后，爸爸仍然视她和哥哥如亲生，一如既往地对他们好。爸爸这个人哪，他天天在阴暗的地方挖煤，他自己不就是一块实实在在的煤嘛，他燃烧的是自己，把光亮和温暖都给了别人。

所谓猪油葱花捞面条，是切一些葱花，挖一块熟猪油，放点儿细盐，用开水一烫，做成浇头，浇到刚从锅里捞出的面条上。这样的面条，虽没有过水，却跟换汤面条差不多，吃起来格外清爽、可口。因妈妈已提前吃了一口剩馍，做的面条就尽着女儿吃，她只是象征性地陪女儿吃一点点。吃着面条，妈妈跟女儿找些话说。上次女儿回家来，她知道女儿参加了矿上的宣传队，很是高兴了一阵子。见着邻居和幼儿园的阿姨，她都愿意把好消息向他们报告一下。这次女儿回来，还没有告诉她宣传队业已解散，她以为宣传队仍然存在，就问女儿小云：你们的宣传队什么时候到矿务局汇报演出呢？

此时，如果王秋云向妈妈实话实说，说宣传队解散了，妈妈失望归失望，后面的话就不会再问了。然而，许多实话不那么容易说，因为人的虚荣心总是很活跃，愿意抢风头，在某些时候总能占据上风。王秋云含糊其词，说她也不知道。她这样说，起码没有否认宣传队的存在。

那么，妈妈接着就问：你们的宣传队会不会来反修矿演出一次呢？要是能来反修矿演出，那就太好了！

妈妈的这第二个问题，才使王秋云清醒地意识到了，她刚才没有对妈妈说实话。实在说来，王秋云对宣传队是太看重了，能参加宣传队，仿佛一下子把她从被人看不起的泥潭里拽了出来，使她对生活和前途的信心提高了不少。以前，她老是觉得在人前抬不起头来。宣传队，仿佛给了她一个提携和鼓舞，使她认识到自己还行，并不是一点儿地位都没有、一点儿用处都没有。她的精神为之一振，每天去宣传队排练都很积极主动，从以前在人前抬不起头来，到渐渐开始抬起了头。王秋云像押宝一样，把自己的今后都押在了宣传队身上，希望宣传队的事业能让她重打锣鼓另开张，从此走上新的道路，开始新的生活。人活着，需要有理想，需要对生活抱有希望。而许多事情往往就是这样，你抱的希望越大，失望就越大，受到的打击就越惨重。人受到打击后，总是想念亲人，渴望能得到亲人的同情和安慰。王秋云回家看妈妈的初衷，恐怕也是想得到妈妈的安慰。但她有些自欺，还不愿承认宣传队的解散，不愿承认自己的跌落，同时，她也是为妈妈着想，不想让妈妈为她失望，不知不觉地，她就把宣传队解散的事隐瞒了下来。她的第一句没说实话，第二句就不大好纠正，还得把不实的话继续说下去。就像书上说的那样，你前面说了一句谎言，后面就得有一万句谎言，为你前面的谎言保驾护航。王秋云就是这样，她前面说了她也不知道，妈妈再问她，她还是只能说她也不知道，宣传队能不能到反修矿演出，恐怕得听从矿上的安排。王秋云心里想的是，妈妈最好不要再问她关于宣传队的事了。

第十一章　找对象的事最重要

　　杨海平没有回家看妈妈，妈妈伤害了她，女儿对妈妈心有怨恨。杨海平跟王秋云差不多，对小时候的事也有些稀里糊涂。她甚至不能确定，爸爸是否真的伤害过她。都是因为妈妈和爸爸不和，要打压他，就在政治运动中揭露了爸爸，把他送进了监狱。要说伤害，真正伤害她的是她妈妈。妈妈把她的心伤透了，恐怕这一辈子都难以缓解。不见面还好些，她会暂时忘却那让人伤心的事；一旦见面，妈妈好像是一只提醒钟，顿时就会把她所受的伤害唤醒。妈妈在前进矿工作，也是当理发员。妈妈先当理发员，她后当理发员，她步的是妈妈的后尘。也许正是因为她妈妈是理发员，东风矿才安排她也当了理发员。看人理过三百个头，不会理发也会偷，门里出师，女承母业，顺理成章嘛！不止于此，更让杨海平不能容忍的是，妈妈自身并不检点，趁爸爸下井时，她偷偷跟矿上别的男人好。杨海平亲眼看见过妈妈往家里领别的男人。妈妈一领别的男人进家，就让她带着弟弟到外面别的地方去玩。爸爸因此骂过妈妈，打过妈妈，还哭过，可妈妈这毛病就是改不掉。现在爸爸再也没办法管妈妈了，她想怎样就怎样吧。她不想妈妈，妈妈也不会想她，她权当自己没有这个妈妈。

井下的石头总是多，煤总是少。矿上的男人总是多，女人总是少。杨海平一回到理发室，去理发的男人就多了起来。有人原本一个月理一次发，见杨海平回到了理发室，提前半个月就到理发室来了。有人头发并不长，但心里的头发似乎已经长长了，长得还有些乱，需要杨海平帮他理一理。有人长了胡子，以前都是用刮胡子刀片自己刮，现在他们不自己刮了，留给杨海平用剃刀为他们刮。杨海平用毛刷子在胡子上涂上白色的肥皂沫，刮得贴皮贴肉，那是相当舒服，恐怕比猫娃子的舌头舔得还要舒服。理发室只有一间屋，屋里除了摆有两张理发者所坐的理发椅，靠墙还放有一张用木条制作的连椅。一张连椅上并排可以坐四个人，那是给排队等候理发的顾客预备的。在杨海平没有回理发室之前，连椅上常常会空下一半，能有一两个人候理就算不错。杨海平一回来就不一样了，连椅上坐得满满当当不算完，连连椅的尾部都站着排了不少人。如果把连椅尾部站的人说成是连椅长出的尾巴，那连椅的"尾巴"比连椅本身还要长，几乎甩到了门外。

有的人来理发室，意不在理发，意在看杨海平的面貌，闻杨海平的气息。杨海平长很好看，怎么说呢，宣传队那么多女孩子，数杨海平长得最好看。周子敏、陈秀明、张丽之等，也长得不错，堪称漂亮。但她们和杨海平一比，杨海平就把她们比下去了。一般来说，相貌差不多的女孩子，都不愿意承认别人的漂亮，好像一承认别人漂亮，自己就不漂亮了。宣传队的那些女孩子，却愿意承认杨海平的漂亮。不是她们无私，是不得不承认。当然了，承认之后，她们会说杨海平的漂亮可惜了，白搭了，杨海平有那样的名声，还不够让人恶心的呢！然而，杨海平糟糕的名声，似乎并不影响那些欲火中烧的男人对她进行围观。事情或许正相反，正因为杨海平名声扫地，是揉碎的花、打破的壶，围观起来才更方便，更肆无忌惮。杨海平参加宣传队之后，他们大都以为杨海平不一定再回理发室了，他们再看杨海平就不那么容易了。还好，杨海平又回来了，可以继续拿杨海平喂眼睛。在他们看来，在宣传队里跳过舞的杨海平，身上似乎又增添了一些艺术性，比以前更具有可看性。他们看杨海平的眼睛、眉毛、鼻子、嘴巴，还看杨海平的耳朵、脖颈、前胸、后背、大腿等，无处不看到。他们的目光是穿透性的，仿佛能从外而里，穿透杨海平的衣服，看到杨海平身体的内部。杨海平的身体挺诱人的，什么时候能把杨海平的身体用一下就好了。他们的鼻翅子都张开着，嗅到了杨海平身上散发的气息。那种气息看不见、摸不着，但他们的确嗅到了。在嗅女人的气息方面，他们的鼻子恐怕跟狗的鼻子有一拼。那种气息像是芝麻开花的气息，有些甜丝丝的。又像是芝麻榨成香油的气息，一滴子香油就可以香一锅饭。

那些男人除了动眼、动鼻子，还动嘴，跟杨海平找些话说。有人说：杨海平，我还以为你去了宣传队，就不再回理发室了呢！

杨海平正用手动理发推子给一个人推头发，那个人的头发又粗又黑又密，杨海平得把推子握好几下，才能推下一推子头发。她把推下的头发像用木杈搂麦草一样搂到地上。她说：宣传队解散了，我不回理发室去哪儿呢！我倒是想下井呢，可人家不让我下呀！

你要是能下井，那可太好了。你下井根本不用干活儿，只动动嘴，给我们加加油，我敢保证，煤炭产量能提高一倍。

你真会说笑话，我有那么厉害吗？

你当然厉害了，你的厉害只是自己不知道而已。凡是厉害的人，都不知道自己的厉害。只有不厉害的人，才假装厉害。

反正我没觉得我厉害，我要是厉害的话，就不会再回来当理发员了。

又有人问：杨海平，你的同学都调到化验室当化验员去了，你怎么不去化验室呢？

我怎么能跟华春堂比呢，华春堂是高级人儿，人家的小嘴多甜哪，人家多会来事儿呀！

华春堂一把攥住，两头儿不露，她算什么高级人儿，比你差远了。依我看，你才是高级人儿呢！

你可不敢这么说，要是让华春堂知道了，她会生气的。

我才不管她生气不生气呢，她生气怎么着，她给我提鞋我都不要她！我还不了解华春堂，她仗着她爸爸是工亡，就跟矿上讲条件，让矿上照顾她。

关于爸爸的话题是敏感的，杨海平不再说话。她已把那个人的头发推掉了一半，头发一半深、一半浅。

还有人说：杨海平，老也不见你回来理发，把我的脖子都急硬了。

杨海平还没说话，这回那位白头发的老师傅先插话了。别看老师傅不怎么说话，他的耳朵并没有闲着，脑子似乎也很活跃，一插话就很幽默，他说：我看你不光是脖子硬吧！

关于还有哪儿发硬的问题，老师傅虽没说出来，在场的人都猜得出来，一时间，接话的一个接一个，气氛顿时热烈起来。

这个说：你下面的东西比你的脖子还硬。

那个说：你裤裆里都支起了帐篷。

这个对那个说：大哥别说二哥，我看你们一个比一个硬。

那个对这个说：支帐篷不可怕，只要别把自己的家伙变成喷泉就行。

他们这样说着笑话，无不联想到自己的下面，下面对他们嘴里的笑话都有强有力的支撑。

外面天气很好，天蓝得很高，云彩极白，蓝天是一整块，白云是东一朵、西一朵。蓝天不动，白云也一动不动。秋阳从高天洒下来，洒到哪里都发黄，有着镀金的效果。理发室门口有一棵杨树，杨树的叶子几乎黄透了，每片叶子都像是金铂做成的，几乎变成了传说中的摇钱树。理发室里笑语喧哗，似乎成了全矿最快乐的地方。宣传队解散了，因宣传队的队员之一回到了理发室，他们就围绕着杨海平，把理发室变成了新的俱乐部。

对于这些人所说的"下三路"的话，杨海平都懂。她也知道，不少话都是因她而起，也是说给她听的，是拿她寻开心。有一个人，趁着脸上罩有一层煤灰，曾搂过她，亲过她的脖子，还亲过她的嘴，把她的脖子和嘴都亲黑了。她向矿上的保卫组报告过，保卫组的人说调查，至今毫无结果。此时，那个人也许就坐在理发室里，继续对她心怀不轨。因为那个人洗去了脸上的煤灰，也换上了干净衣服，她不可能认出那个人是谁。听别人争着乱说话，她或者微微一笑，或者不笑，不敢随便开口说话。这些人的思路都在"下三路"的套路里转悠，不管她说什么话，这些人都会与"下三路"的话联系起来，把"下三路"变成"下三滥""下三流"。哪怕她说到一根头发、一片树叶，或一只小鸟，别人也会节外生枝，无中生有，说出不好听的话来。可是呢，她不说话，别人又着急，好像她是整个"俱乐部"的主角，而且是唯一的一个女主角，她不开口，总是少点儿什么。

那个正被杨海平推头发的人说：杨海平，你怎么不说话呢？他们说话跟驴叫一样，一点儿都不好听，只有你的声音最好听，比百灵鸟的叫声都好听。

杨海平说：你这样说，让我想起一个寓言。

什么寓言？

杨海平没说是什么寓言，只是说：我又不是乌鸦，我嘴里又没有叼着肉，你老让我开口干什么！她这样说，等于把让她说话的人比成了狐狸，说着不由得笑了一下，并笑嘻嘻地出了声。

被推头发的人很是得意，像是取得了很大的胜利，他说：好，你笑了，你笑的比别人唱的都好听。

杨海平遂把笑声收了回去，说：你们别拿我当笑料，人贵有自知之明，我是最稀松平常的一个人。

得，她说的稀松的松字，马上被人家抓住了，挑出来了，并钻了松的空子。一个人说：杨海平，你太谦虚了，你说自己松，我觉得你一点儿都不松……

这话有点儿太那个了，越说越不像话。杨海平恼也不是，不恼也不是，难堪得难过起来，差点儿掉了眼泪。

这时，老师傅出来收场，他严肃地哎了一声，要求大家说话注意点儿分寸。

比起理发室里的一地头发、满屋喧哗，华春堂所在的工作场所是洁净的，也是清静的。世界上凡是好的工作、高级的工作，对工作场所的清洁度，都有比较高的要求，甚至有一定的封闭性。井下采煤工作面的工作，一天到晚煤尘飞扬，怎么也谈不上是高级工作，只能是低端的工作。化验室里一共四个工作人员，除了刘德玉、周子敏、新来的华春堂，还有一个是女右派分子。据说女右派分子是大学毕业生，原来在郑州工作。她被打成右派后，丈夫和她离了婚，她就一个人带着儿子到矿区来了。女右派性格比较古怪，喜欢穿裙子，戴小帽儿。她这样的穿戴，被人说成有资产阶级思想，是小资产阶级知识分子的做派，于是，就给她戴上了右派分子的帽子。戴上右派帽子后，她的爱好和生活习惯，好像并没有多大改变，她该穿裙子还是穿，该戴小帽儿还是戴。全矿所有的女工，有年轻的，也有年老的，穿裙子的只有她一个。她里边穿裙子，外边再罩上白大褂。矿上别的女工也有戴帽子的，戴的是劳动布做成的工作帽。而女右派戴的是自己独有的小帽儿，她的小帽儿五颜六色，类似西方贵妇人所戴的那种折檐儿花边帽儿。女右派有一个很大的本事，就是沉默。她跟谁都很少说话，可以一天到晚不说一句话。她的另一个爱好是爱干净，爱干净几乎到了有洁癖的程度。每天来到化验室，除了取来煤样做化验工作，剩下的时间，她就用来打扫化验室的卫生。她用一块白毛巾做成的抹布，擦桌子，擦工作台，擦窗台，擦玻璃，无处不擦到。有时上午擦了，她下午还要擦一遍。华春堂刚到化验室时，想着打扫卫生的工作应该由她这个新人来做，就跟女右派抢着擦这擦那。也许是女右派嫌她擦得不够干净，在华春堂擦过之后，女右派又擦了一遍。既然如此，华春堂何必费那个劲呢，让女右派一个人打扫卫生就是了。有女右派在，化验室在什么时候都是全矿的卫生先进单位。

在洁净的同时，化验室里的清静程度也很高。如同好的工作，环境总是洁净的；优越的工作，氛围也总是清静的。高端的工作，大都是脑力劳动，而不是体力劳动。体力劳动是外部劳动、肢体劳动，难免会弄出一些动静。脑力劳动是内部劳动、思维性劳动，重要的条件就是安静。化验室门口虽说没有挂什么重地之类的牌子，却跟重地差不多，一般人很少走进。调到化验室工作，使华春堂觉得自己的地位和身份都提高了不少。是呀，别的宣传队的队员都被打回了原地，连被人看好的魏正方都重新回到了掘进队，只有她一个人调换到了新的工作岗位。"一"总是好的，而且还是"唯一"，一个人的能耐和价值，就是通过唯一性突出出来的。如果说宣传队给所有队员的身价增过值，宣传队一解散，队员们马上贬值，身价比没参加宣传队时还要低。而华春堂的自我感觉是，她的身价是增值的，在一直往上走。水落才能石出，别人都贬值了，正好突显出她的增值。

去井口采取煤样，刘德玉在前面走，华春堂手提一只玩具样的白色小桶，在后面跟。她注意到了，刘德玉的个头也不高，虽比她高一些，但也高不了多少。她跟刘德玉走在一起是合适的，她的身高和刘德玉的身高不会构成太大的反差。意识到自己的身材低，华春堂不管是在化验室里坐着，还是在往井口的路上走着，都把脖子和腰杆挺得直直的，像是在使劲往上拉伸，绝不允许自己低头哈腰。她观察过拉曲胡的人和拉板胡的人。因曲胡的琴杆比较长，拉琴的人须挺直腰杆，手指才能够到琴弦最上端的音位。久而久之，凡拉曲胡的琴师，腰杆都挺得像琴杆一样直。拉板胡的人就不一样了，因板胡的琴杆比较低，拉琴的人，不知不觉就有些哈腰、低头。时间长了，拉板胡的似乎都直不起腰来，甚至有些驼背。华春堂在心里向拉曲胡的人看齐，要始终保持自己的腰杆挺直。华春堂看到了巨幅的天蓝色的天幕，看到了映在天幕上的不停旋转的天轮，还有井架上方飘扬的红旗。不知为何，华春堂看到的是红旗，却想到了《红楼梦》，《红楼梦》好像是她心中的一个悬念，她问刘德玉：您有《红楼梦》吗？

刘德玉说：我哪里有《红楼梦》，我连"黑楼梦"都没有。只有像魏正方那样感情丰富、喜欢儿女情长的家伙才喜欢《红楼梦》。你如果想看《红楼梦》，可以找魏正方去借。我说一句话，你也许不爱听，《红楼梦》你不一定看得进去。

为什么？您是说我文化水平不高，看不懂吗？

那倒不是。我认为你是一个实用主义者，《红楼梦》就是一场梦，一点儿都不实用。

什么是实用主义者？

哎呀，怎么说呢？这么说吧，没用的话不说，没用的事不做，就是实用主义者。做一个实用主义者挺好的。

那您呢，您是实用主义者吗？

我不行，我是个空想主义者。打住，我们怎么讨论起哲学的问题来了。

华春堂听周子敏说过，刘德玉已结婚，刘德玉的妻子在农村老家。因刘德玉和妻子的关系不是很和谐，刘德玉很少回家，其妻子也从未到矿上来过，所以他们还没有孩子。华春堂不知刘德玉的妻子长得如何，很想看一看，曾对刘德玉建议，什么时候让嫂子来矿上看看呗。只要一提刘德玉的妻子，刘德玉马上脸红，说让她来干什么，她是一个冥顽不化的人。刘德玉嘴里的词儿总是很多，冥顽不化，对华春堂来说又是一个新词儿，她不懂这个词儿的意思是什么。有心问一问刘德玉，让刘德玉跟她解释一下，担心刘德玉嫌她问题太多，就没问。

每个人，一辈子，总是要找对象，总是要结婚，这是自然的安排，也是老天爷的安排，是天意。找对象可是一件大事，天大的事，天意不可违。如果说人的出生是第一件大事的话，找对象结婚，就是人生的第二件大事。这两件大事相辅相成，同等重要。可以说，第一件大事是为第二件大事预备的，是为第二件大事打基础，那么，第二件大事就是第一件大事的延续和补充，是在第一件大事的基础上搞建筑。还可以说，第一件大事关乎生，关乎新生，第二件大事也关乎生，关乎再生。一个人能不能再生，就看找的对象如何了。华春堂觉得到时候了，该把自己找对象的事提到日程上来了。华春堂把自己的条件反复衡量过了，以为自己在哪方面都没有问题。首先，在政治上，她的家庭成分是好的。其次，她的生活作风是干净的，没有任何污点。再次，她现在得到了一份好工作。这三个条件都是过硬的，在全矿所有的青年女工中，同时拥有这三个过硬条件的女工不是很多。比如陈秀明、张丽之、王秋云、杨海平等，包括周子敏，她们不是有这个问题，就是有那个问题，都经不起挑剔。而她，华春堂，你挑吧，随便挑，谁都挑不出她有什么毛病。她的身材是低一些，树总是有高有低，花朵总是有大有小，树低一点儿能算毛病吗？不算吧！花朵小一点儿能算不完美吗？也不算吧！

找对象，除了上述这些条件，还有一个时机问题。韭菜论茬，人论代，一代人找一代人。华春堂找对象，要趁自己年轻，也要趁同代人年轻。说得通俗一点儿，找对象的事，是一个萝卜一个坑。要趁"萝卜"还没找到"坑"，"坑"还没找到"萝卜"，就得赶快物色，赶快下手，找到属于自己的"萝卜"，或是自己的"坑"。时不我待，等年龄差不多的男男女女，互相把"坑"占住了，也把"萝卜"占住了，再找合适的对象就难了。

在找对象的事情上，华春堂不打算等别人给她介绍，她要自己找。等别人介绍，总是被动的。只有自己主动出击，才能把找对象的主动权掌握在自己手里。在对象人选的顺序上，华春堂把从郑州来的知青放在第一位。郑州是省会城市，省会的人见多识广，底气会足一些，素养会高一些。放在第二位的，是从开封来的知青。开封虽说现在不是省会了，但它曾是大宋朝的国都，也就是戏里所唱的汴梁。在开封城里长大的知青，神情总是有些骄傲，颇有些架子不倒的气派。每个开封知青，都有一股子文化劲儿，他们的文化劲儿像是开封古城赋予他们的，与生俱来。如果从郑州和开封来的知青里没找到合适的，退而求其次，她再从同学里和矿区的青年里找一下试试，只能把这些人排在第三位。至于从农村来的青年嘛，目前在她眼里还排不上队。农村人都是土里刨食，土里才能刨出多少食呢！所以，一说是农村人，就意味着贫穷。农村青年从农村来到矿上，虽然从土里刨食变成了从煤里刨食，还是改变不了家里贫穷的现状。水深了，才能养大鱼，地肥了，苗才能壮，家里穷哈哈的，对孩子的成长也会有影响。那些从农村来的文盲和半文盲就不说了，他们走路耷拉着膀子，站下膀子还是耷拉着，连一句囫囵话都不会说，根本不值得一提。拿魏正方、刘德玉、张建中等，那些拔尖的人来说，是因为他们读了书，才显得有些教养，并有了自尊。而在华春堂看来，他们的自尊不太自然，有些过头，像是有意为之。

这天傍晚下班后，华春堂梳了头，洗了脸，搽了香脂，照了镜子，收拾得利利索索，背上自己的黄挎包，从女工宿舍的月洞门里走了出来。太阳正在下落，红霞已经铺满天际，像是用红地毯欢迎太阳回归。不管是月亮、星星、太阳，还是霞光，在夏天时，它们总是不那么亮，到了深秋，或初冬，它们才像被擦拭过一样，重新焕发出光彩。红霞映在华春堂脸上，使她搽了香脂的脸庞像是又抹了一层胭脂。华春堂到哪里去呢？她是要回家吗？不是，她是到掘进连的单身宿舍去找魏正方。她找魏正方干什么呢，难道她对魏正方有什么想法吗？也不是，她是找魏正方借书来了。是刘德玉告诉她的，魏正方从老家带来了《红楼梦》，她想借来看一看。正如刘德玉所指出的，华春堂并不是一个爱看书的人，她去找魏正方借书，同时也是一个借口，她想借机看望一下魏正方。在宣传队时，那些女队员和男队员都围绕在魏正方身边，魏正方指挥一切，调动一切，想表扬谁，就表扬谁，想批评谁，就批评谁，那是何等风光。据华春堂观察，魏正方是一个心气很高的人，一心想往高处走。事与愿违，他重新回到了井下搞掘进，等于又回到了低处。不用说，魏正方一定很失落，心里一定很难过。自从宣传队解散，她再也没看见过魏正方，连去食堂买饭，都没有碰见过魏正方，好像魏正方失踪了一样。华春堂想，魏正方是不是故意在回避什么呢？是不是在和谁赌气呢？是不是有些自暴自弃呢？相比之下，由于调到了矿上的技术单位化验室，她的地位上升了不少，与魏正方拉开了距离，显出了优势。她以借书的名义去看魏正方，并不是故意显摆自己的优势，主要是安慰一下魏正方，让魏正方知道，她是一个懂得人情世故的人，不是宣传队解散了，所有的人都把魏正方忘记了，不再搭理魏正方了。

　　魏正方上的是夜班，夜里零点上班，干到早上八点下班。下班后，吃了早饭，十点左右睡觉，一直睡到下午四点左右。吃过晚饭，再接着睡觉，睡到夜里十一点，起床，开班前会，下井。魏正方所住的宿舍是一间平房，宿舍里支四张床板，住四个人。华春堂打听着来到魏正方的宿舍时，见魏正方正坐在一只马扎上，趴在自己的床铺上写东西。魏正方的自尊还保持着，对华春堂的造访，他并没有显得很惊奇，更没有流露出什么感动的表情，从小马扎上站起来，只叫了一声华春堂，就没了下文。

华春堂说：魏正方，干什么呢？写东西呢？

睡醒了，没啥事儿，写着玩呢。

华春堂见魏正方的脸色有些发白，像是近来没见到阳光所致。魏正方眼睑上黑色的煤油也没洗干净，如上台演出的人卸妆没卸干净一样。

华春堂说：魏正方，你的路还长着呢，下井一定要注意安全。

谢谢你！我会注意的。

华春堂的目光把魏正方的宿舍扫了一遍，见狭小的空间里又乱又脏，还有一股子说不分明的臭味，卫生状况比她们的女工宿舍差远了，判若两个世界。在宣传队时，魏正方一个人住一个套间，套间的卫生状况虽说也一般，但比现在的四人间好多了。在这样的房间里还能写东西，可见魏正方是于心不死、于志不灭。宿舍里除了魏正方的床，还有三张床。一张床是空的，被子胡乱在床上扔着，人不知到哪里去了。一张床上，一个工友正用红红绿绿的炮线编小篮子。还有一张床上，一个工友正在睡觉。睡觉的工友没盖好被子，一条腿露到了被子外面。魏正方大概觉得这样不太好，让华春堂看见不太雅观，就走过去，替工友拉被子把腿盖上了。魏正方说：你看，屋里连个坐的地方都没有，要坐，只能坐在马扎上。华春堂，你找我有什么事吗？

华春堂把那个正编小篮子的工友看了一眼，见那个工友手上虽编着东西，两个耳朵却支棱着，在听他们说话。她知道，《红楼梦》被列为封建主义的大毒草，不可以公开看。要是看了，并被别人知道了，看书的人就有可能受到批判。

魏正方看出了华春堂的顾虑和犹豫，他说：没事的，有事你只管说。

华春堂这才说：我听刘德玉说，你从老家带来不少书，我想借一本看看。

你想看什么书呢？

华春堂不得不说出了《红楼梦》的书名。

真是不巧，《红楼梦》被别人借去了。这样吧，等别人把书还回来的时候，我给你留着，再借给你看。

第十二章　看准了只管追求

　　姐姐华冬梅，骑着自行车，到矿上找华春堂来了。华春堂一看姐姐的神情，就猜出姐姐找她有事要说，没事姐姐是不会找她的。会是什么事呢？不会是妈妈的事，妈妈身体健康，心情稳定，是全家最无事的人。弟弟根成要求参加工作的事，华春堂已找到矿务局管人事的领导，千言万语，千诉万求，一再提起工亡的爸爸，总算把弟弟安排到矿务局下属的机械修理厂，当上了一名学徒工。弟弟一当上学徒工，就住到机修厂里去了。有事，可能是姐姐自己的事，说不定还是找对象的事。

　　陈秀明、唐慧芳都在宿舍里，宿舍里不是说家事的地方，华春堂没让姐姐在宿舍里停留，就让姐姐推着自行车，和她向矿上的大门外走去。出了大门往南走，是农村的一片庄稼地。地里的庄稼收完了，已经种上了小麦。麦芽刚出土不久，黄毛丫头一样，显得有些瘦弱。麦田地头有一条小路，路的另一侧是一个苹果园。苹果园四周都搭上了泥墙，墙头上还扎了刺棵子，以免偷果子的小偷翻墙而入。走到小路中段，前后无人，华春堂才停下了脚步，问弟弟根成怎么样。姐姐说，根成挺好的，虽说是学徒工，也领到了一副用牛皮做成的电工工具包，根成对工具包喜欢得不得了，天天像尾巴一样把工具包背在身上，又像尾巴一样，跟着老师傅。华春堂说，那挺好的，那她就放心了。找她有什么事，华春堂让姐姐说说。姐姐看着华春堂，欲言又止，像是难以启齿的样子。

华春堂说：你不说我也知道，是不是又是王天民的事。

你都知道了？

我知道什么了？

我还以为你都知道了呢！

你还啥都没跟我说呢，我能知道什么。

我都不好意思跟你说。姐叹了一口气。

不想说，就别说。人都爱听家里人的好事、喜事，糟心的事我也不想听。

大路上有拉煤的卡车开过，车开得很快，激起一路烟尘。

姐姐说：算了，那我就不说了。

姐姐不说，华春堂又不干了，有些吵人的样子，说：大老远地过来，该说的话又不说，那是何苦呢！

姐姐这才把心里的话对华春堂说了出来，跟华春堂预料的一样，姐姐说的正是找对象的事，正是那个穿着军装照相的王天民的事。姐姐说，王天民强行拥抱了在医院病房值班的一个女护士，护士一气之下，吃了毒药，差点丧命。亏得人在医院，抢救及时，护士才保住了一条命。这件事闹得满城风雨，影响恶劣，医院就把王天民开除了，不让他继续在医院工作。王天民赶紧再次找到他哥，他哥再次找到军代表，希望军代表帮王天民说话，让王天民继续留在医院工作。不料军代表已经失势，不像以前那样说话管用。军代表不能改变医院的决定，只能把王天民调到前进矿，继续当矿工。前进矿的领导知道了王天民所犯的错误，对王天民也不是很欢迎。矿领导为了改造王天民的思想，就把王天民安排到采煤队挖煤去了。

听了姐姐华冬梅的叙述，华春堂认为这不是什么坏事，而是好事。王天民为人不老实，医院对他做出了处分，是他应得的下场。其实，矿务局应该把王天民一撸到底，把他打回老家去，连采煤工都不应该让他再当。能让他继续当工人，已经便宜他了。华春堂说，自从姐姐让她看了王天民冒充军人的照片，她就觉得王天民在弄虚作假，不是一个老实人。人不老实，早晚会露出马脚。看看，他的马脚露出来了吧。这样挺好，不用姐姐出面，医院方面就把那个小丑儿一样的人赶走了。

天上有飞鸟飞过，姐姐不说话了。

怎么，你对他还有什么留恋吗？

留恋说不上。他到矿上老给我写信，说他一时糊涂，做了错事，请求我原谅他。他还在我的名字上做文章，把我比成这梅花那梅花的，肉麻得很。

那你给他回过信吗？

我当然不会搭理他，你姐再傻，也不会傻到好坏不分的程度。他还说要送给根成一顶军帽，谁稀罕他的军帽！

他怎么知道根成，难道他去过咱家吗？

去过两次。他调到前进矿后，又到咱们家去过一次，又是给咱妈送苹果，又是帮咱家提水。

华春堂一听，眉头拧成了疙瘩，顿时警惕起来。姐姐之所以来矿上找她，可能主要是来跟她说这个情况。她说：那可不行，他这样做，不是在纠缠你嘛，不是在要赖皮嘛！她不免对姐姐有些埋怨：还没怎么着呢，你让他登咱的家门干什么，你这不是引狼入室嘛！

姐姐解释说：我并没有让他去，是他自己打听着找到咱家的。他第一次去咱们家的时候，我没有在家，他穿着医院的白大褂，说他是我的同事，妈妈才让他进的家。姐姐说着，样子像是有些歉疚，还有些委屈，鼻子抽了两抽。

事情既然到了这一步，下一步要坚决禁止他再到我们家去。只有把家里的篱笆扎得紧紧的，狐狸才没有空子可钻。你回家跟妈表明你的态度，就说王天民是一个骗子、一个流氓，你根本就不想认识他。等哪天回家，我也要跟妈说说，让她提高警惕，擦亮眼睛，不要对什么人都当老好人。

那你什么时候回家？

说不准，也许是下个星期天吧。

该说的话都说了，姐姐见天色已晚，说她要回去。往回走的路上，姐姐问华春堂：咱妈让我问问你，你找对象了吗？姐姐问得小心翼翼，或许是她自己想问，却不敢问，就托妈的意思来问。

不知为何，华春堂一听就有些急，她说：你们各人管好自己的事情就行了，谁都不要管我！我自己的事，自己操心，自己负责。对象能找到就找，找不到就不找！

华春堂已经看好了一个青年，这个青年是从郑州来的知青，名字叫李玉清。处在正要找对象的青春期，华春堂对矿上的每一位适龄年轻人都很敏感。她敏感得像是一台灵敏度极高的感应器，对每一个男青年都有感应。是的，对于年龄相仿的女青年，她的"感应器"或许不怎么发动，可一遇到男青年，她的"感应器"像装有自动开关一样，即时发动并运转起来。感应之后，她又像一台接收器，把每一个男青年的信息都接收下来，包括身体信息、相貌信息、步态信息、语言信息，等等。矿上二十几岁的男青年有几十个、上百个，她做到了一个不落，把所有男青年的信息都接收了下来。她的本事还在于，在信息接收下来后，她可以躺在床上，闭上眼睛，像过电影一样，把男青年一个一个在脑子里"过"。在"过电影"过程中，如果哪个男青年的影像需要停顿一下，或稍作放大，她都可以随时随意调控。同时，华春堂又像是一台过滤器，经过过滤，该保留的，就保留下来；不该保留的，就过滤掉了。她这种过滤，类似于电影制片过程中的胶片剪辑，对于表现电影主题有用的，就留下来，无用的，就剪掉了。如刘德玉、张建中这样的男青年，虽说他们人都很好，也很有才华，因为他们都结过婚了，只好把他们过滤掉。经过反复筛选、过滤和剪辑，目前她脑子里给李玉清的镜头是一个特写和定格。

她多次看见过李玉清，在灯房上班时，她曾给李玉清发过矿灯，也从李玉清手里收过矿灯，但他们并没有交谈过。李玉清中等身材，不高也不低。李玉清相貌一般，往人堆里一站，一点儿都不出众。李玉清不爱说话，大概属于那种内向型的性格。有的不爱说话的人爱哼哼歌，或哼哼戏，通过哼哼歌或哼哼戏，把内心的情感发泄一下。李玉清什么都不哼哼，像一只尚未开瓢的葫芦一样。就连领矿灯和交矿灯的时候，李玉清也极少说话，只说一句领灯或交灯，就完了。不爱说话的人，容易构成一道谜语。而人们总愿意把谜语猜一猜。华春堂对李玉清这道"谜语"作过猜测，她的猜测是从个人出发，难免带有一定的主观性、局限性。据她猜测，李玉清的家境可能不一定很好，李玉清穿的衣服有些旧，连一件像样的新衣服都没有。李玉清家的兄弟姐妹可能比较多，他在家里受冷落受惯了，出来就不怕受冷落。她甚至猜想，李玉清也许跟她一样，也是早早失去了爸爸，缺失了父爱，才形成了这种内向的性格。但当她后来了解到李玉清家的情况时，不禁暗自笑了。她是自己笑话自己。怎么的呢，原来李玉清的实际情况与她的猜测大不相同，是径庭之差。她是从哪里得知李玉清的情况呢？难道她跟李玉清交谈过了？还是通过当时流行的"外围调查"的方式，向别人打听过了？没有，这两种方式华春堂都没有采用。华春堂相信，想了解一个人，不必着急，只要做一个有心人就行了，你的心要是有准备的心，那个人的情况就会跑到你的耳朵眼儿里去，再也跑不掉。

　　华春堂是从郑大姐嘴里知道了李玉清的情况。因年龄大一些，学历高一些，郑大姐是所有郑州知青的大姐。既然是大姐，她对每位郑州来的"弟弟""妹妹"的情况都知道一些。郑大姐不光是郑州知青的大姐，女工宿舍里所有女工，不管是从城里来的、矿区来的、还是农村来的，都愿意叫她大姐。加上郑大姐爱说话，又会说话，一说话就跟讲故事一样，讲得头头是道，生动翔实，很是好听。有事无事，那些女工都会来到郑大姐的宿舍里，听郑大姐"讲故事"。有时候，郑大姐会搬个小凳子，到女工宿舍门前的院子里坐一会儿。不一会儿，这个那个房间的女工就纷纷出来，在郑大姐身旁坐一圈，把她围在了核心。郑大姐说到李玉清时，是按无用的话说的。华春堂呢，是按有用的话听的。郑大姐说：你们别看李玉清那小子成天价不哼不哈，不显山，不露水，他家可是知识分子家庭。他爸爸是省报的副总编辑，他妈妈也是报社的记者。要不是赶上了"文革"，要不是让知识青年都上山下乡，李玉清肯定能上大学，大学毕业后，也能去报社工作。现在让李玉清来矿上下井，真是屈了他的材料子。

郑大姐说这番话时，是在院子里。天黑了，月亮升起来了，有些清冷的月光洒了一地。煤矿上有的是煤，有人提前把宿舍里的火炉生起了煤火，空气里弥漫着燃煤的香味。远处传来矿车在矸石山上倾倒矸石的哗哗声，还有拉煤火车重重的喘息。

正说话的郑大姐突然压低了声音，说：哎，我给你们说点儿李玉清家里的事，你们千万别说是我说的。一听郑大姐的口气，华春堂、陈秀明、王秋云、张丽之等那帮女工，马上意识到，郑大姐会说出一些有趣的秘密，遂把头和耳朵更倾向郑大姐一些，眼睛亮得像星子一样。特别是华春堂，她专注得似乎有些紧张，想听郑大姐说李玉清家里的秘密，又害怕郑大姐说出什么不好的秘密。李玉清给她留下的印象不错，她对李玉清已经有了一些私心，她觉得，郑大姐前面说到的李玉清的父母都是知识分子，这就够了，再说就有可能说多，可能会对李玉清的形象造成不利的影响。就算郑大姐把秘密说出来，她华春堂一个人听见就行了，这么多人都在听，人多耳杂，人多嘴杂，就不太好。可是，华春堂没有理由阻止郑大姐把话说下去。郑大姐像一个说书人一样，正说到分解的部分，高潮的部分，不让她说，恐怕挡都挡不住。

郑大姐说出的李玉清家里的秘密，不但没影响到华春堂对李玉清的看法，反而让华春堂对李玉清的看法更家常，也更有生活气息了。郑大姐说，李玉清的爸爸原来是农村人，在农村娶了老婆，还生有一个女儿。李玉清的爸爸大学毕业到报社工作后，就与农村的老婆离了婚，跟现在的城里老婆结了婚。城里的老婆只生了一个儿子，就是李玉清。郑大姐还说，与李玉清同父异母的姐姐，也在金宝矿务局工作，是在机械修理厂当车工。李玉清的姐姐是农村户口，跟煤矿没有一点儿关系，本来没有资格参加工作，因李玉清的爸爸利用职务之便，找了矿务局的领导，走了后门，才把李玉清的姐姐招为工人，并安排了可以学到技术的工作。郑大姐最后还说：李玉清可是好小伙儿，你们谁要是看上他了，赶快下手把他抓住。不然的话，过了这个桩子就没有这匹马了。你们当中谁要是有这个意思，又不好意思说，就悄悄告诉我，我来给你牵线搭桥。

郑大姐这么说，使华春堂觉得事情变得有些紧迫。她认为李玉清不错，别的女工也可能觉得不错，她把李玉清列为一个可以考虑的对象，别的女工也可能会把李玉清列为一个可以追求的目标。这样一来，就有可能形成一个竞争的态势。郑大姐的话，像是一个动员令，在动员她们尽早尽快下手。通常的说法是，过了这个村，就没这个店了。郑大姐不爱说现成的话，她把李玉清比成一匹马，说过了这个桩子，就找不到李玉清这匹马了。郑大姐的说法更生动，也更具动员力，仿佛李玉清真的变成了一匹马，如果不及时把李玉清抓住，李玉清就会撒开蹄子跑掉。

华春堂把自己的家庭与李玉清的家庭作了比较，她的家在矿区，李玉清的家在省会；她出身于工人家庭，李玉清出身于知识分子家庭，这中间是有一定差距的，她要是追求李玉清，等于在门第上攀高，不知李玉清会不会拒绝她。好在从目前个人的情况来看，李玉清在井下当机运工，处在低位，她在井上当化验工，处在高位，她还是有一些优势的。还有一点，华春堂也知道了，别看李玉清的家庭是知识分子家庭，但他的家庭成分却是地主。这是一个很现实的问题，怎样对待和处理这个问题，华春堂需要深谋远虑，好好权衡一下利害才行。她设想，如果她追求李玉清成功了，她就会成为地主家的儿媳妇，这需要做出妥协，付出牺牲。

知识分子家庭，地主成分，这真是一对矛盾，这对矛盾就在李玉清家里统一了起来。也就是说，她选择知识分子家庭，同时也就选择了地主成分家庭，这真是一个两难的选择呀！思来想去，华春堂还是下定了决心，要对李玉清发起攻势。是呀，上学是需要花钱的，在旧社会，哪个贫下中农的孩子能上得起学，能学成知识分子呢？只有地主富农家的孩子才有钱读书，才有可能上大学。不要轻易说知识无用，更不要说知识越多越反动，好多事情，离开知识是不行的，是玩不转的。拿李玉清的爸爸来说，要是没有知识的话，他能办报纸吗，能当副总编吗？拿李玉清的妈妈来说，要是没有知识，她能当编辑吗，能当记者吗？华春堂还有一个感觉，觉得知识分子家庭，对地主成分的家庭，似乎有一个遮蔽作用。好比知识分子家庭是一块牌子，地主成分也是一块牌子，前面的牌子大于后面的牌子，一把前面的牌子举起来，就把后面的牌子遮住了。比如郑大姐在介绍李玉清的时候，只说李玉清的家庭是知识分子家庭，只字未提李玉清的家庭成分是地主成分，把地主成分的事完全忽略掉了。

世上万难事，莫过人追人。不管是男人追女人，还是女人追男人。人追人是一种感性，也是一种理性；是一种本能，也是一种智慧；是一个过程，也是一门学问；是一个阶段的事，也是一辈子的事。在男女互相追逐的事情上，一般来说，是男性追女性多一些，男性也愿意承认这一点。女性追男性，总是少一些。就算是女性追了男性，碍于面子，女性也不愿承认。拿华春堂和李玉清来说，是女性看中了男性，男性还不知情。女性要把自己的心意传达给男性，无疑就是女性追求男性。那么，华春堂用什么样的智慧和策略，实现她的能够决定她一生命运的追求呢？郑大姐说过，谁要是看上了李玉清，她可以当介绍人。华春堂托郑大姐给她介绍一下李玉清，不是正好吗？然而，华春堂没有托郑大姐当媒人。心眼儿多、智商高的人，总是互不服气，彼此甚至有些排斥。华春堂觉出来了，郑大姐对她不是很看好，不愿意跟她多说话。华春堂听人说过郑大姐私下里对她的评价，郑大姐说她为人太精明了，简直就是一个小精豆儿。想想看，郑大姐对她有这样的看法，她要是把如此重大的事情托付给郑大姐，郑大姐能真心实意地帮她说好话吗？倘若郑大姐不给她添好言，事情岂不是一开始就会砸锅。华春堂还听人说过，郑大姐曾给张丽之介绍过魏正方，介绍得还很热心。可事情怎么样呢？魏正方没说同意，也没说不同意，事情一直没有明确的下文。从这个事情来判断，别看郑大姐很自信，郑大姐不一定适合当媒人，她给人介绍对象，不一定能取得成功。所以嘛，她的事情还是别劳驾郑大姐好一些。

矿上这么多人，还有什么人可以请托呢？华春堂想来想去，想到了刘德玉。刘德玉是化验室的负责人，是她的领导，把事情托给刘德玉，也算是顺理成章吧。刘德玉虽说不是从城里来的知青，因他文化水平高，为人正直，敢说实话，在知青中还是有一定威信的。刘德玉和李玉清都是男知青，他们说话也方便一些。人世间的媒婆多一些，媒汉少而又少。媒汉少，不等于男人就不能说媒，男人出来说媒，也许更有说服力，成功率更高。华春堂是谨慎的，她一上来，并没有明确说出她的想法，而是试探性地对刘德玉提到了李玉清。她说：刘师傅，您知道吗，咱们矿有一个工人叫李玉清，听说他的父母都在报社工作。

刘德玉没说他知道不知道李玉清，反应却有些强烈。他之所以有如此反应，是因为华春堂提到了报社，他说：现在的报纸除了口号，还是口号，都成了口号报了，有什么可看的。十天不看一个样，一百天不看，还是一个样，我早就不看报纸了。依我看，天天出报纸，就是浪费纸张，浪费森林。森林没变成煤之前，要是都出成报纸，现在就无煤可采了！

任何人听别人说话，都是有选择性地听，发表看法也有一定的选择性。刘德玉选择的是报社、是报纸，对于华春堂提到的李玉清，以及李玉清的父母，似乎都没听到耳朵里去。但从刘德玉的话里可以听出，他对在报社工作的人并不看好。既然如此，华春堂就不便再提李玉清，更不宜对李玉清父母的工作加以辩护，托刘德玉当介绍人的事只好告吹。

求人不如求己，华春堂可以给李玉清写一封信嘛。把信写好，当面交给李玉清，或通过邮局寄给李玉清，都是可以的。给心仪的人写信、传书，是传统的方式、便捷的方式，也是有效的方式。信为心声，信也是信物，通过写信表达和传递爱意，成就了天下多少美好姻缘，谱写了多少让人荡气回肠的爱情故事啊！不说别人，王天民就是用写信的方式向姐姐求爱，差一点儿让姐姐动了心。华春堂确实想过，给李玉清写一封信，可她没有付诸行动。想想，放下了；又想想，又放下了。她说话可以说得很好，让她坐下来，提起笔，写一封信，实在有一些难度。不错，说话，是用语言，写信，也是用语言，然而，这两种语言之间，像是隔着什么障碍，华春堂打不通中间的障碍。这跟她上学时不喜欢写作文的感觉是一样的，老师一让写作文，她就很发愁，能不写，就不写，能抄别人的作文，就抄别人的。记得老师曾经说过，在学校学习写作文是很重要的，学好了写作文，将来到社会上就会写信、写文章。如果在学校老是抄同学的作文，走上社会就会抓瞎，可能连一封恋爱信都不会写，连一个对象都找不到。这样的话，同学们当时都是当笑话听，华春堂也没往心里去。现在回头想想，老师的话，语是重的，心是长的，是经验之谈、肺腑之言。求爱当前，华春堂就遇到了不会写恋爱信的问题，真是愁死人了。写信，不能只写大白话，得使用一些文词才行。那些文词最好是一些柔软的词，不能是生硬的词。难就难在，华春堂脑子里装的大都是一些硬词，不是阶级，就是斗争；不是打倒，就是批判；不是革命，就是专政，或是再踏上一只脚，叫他永世不得翻身，等等。这些词儿和句儿，一个比一个硬，一个比一个硌心，倘若给李玉清写信，恐怕一个都用不上啊！李玉清的父母都是文化人，李玉清在家时耳濡目染，对文词儿恐怕也很敏感、很挑剔。华春堂要是一个词用不好，李玉清就有可能会笑话她，不愿意搭理她。算了，人干什么事儿，得学会扬长避短，还是不给李玉清写信为好。

车有车路，马有马路，在接近李玉清的事情上，华春堂决定走自己的路。矿上只有一个大食堂，李玉清每天必定要去食堂吃饭，去食堂的路，是李玉清的必经之路，华春堂要在路上等李玉清的到来。有一天早上，天下着小雨，华春堂终于把李玉清等到了。李玉清拿着碗筷在前面走，华春堂拿着碗筷在后面跟。机会不错，走在华春堂前面的，只有李玉清一个人。李玉清没有打伞，走得比较快。华春堂几乎需要小跑，才能跟上李玉清的步伐。她在后面喊了一声李玉清，李玉清大概没有听见，脚步没停下来。华春堂只得提高声音，再喊了一声，李玉清才听见了，停下来回头问她：你是叫我吗？

华春堂反问：你是叫李玉清吗？

是呀。

那我叫你，你为啥不理我？你的架子好大呀！

架子？开玩笑，我哪里有什么架子！哎，你怎么知道我的名字？

你大名鼎鼎，全东风矿的人，谁不知道你李玉清呢！华春堂说着，走到了李玉清身边，站得离李玉清很近，表示欣赏似的看着李玉清。

李玉清显得有些不自在，笑了一下说：你的玩笑越开越大，笑话人也不是这样的笑话法儿吧！

雨点儿的密度比刚才大了一点儿，地皮也变得湿漉漉的。有去食堂打饭的人，从他们身边走过，回过头看他们，仿佛在说，这两个人，站在雨地里干什么！这时华春堂说了两句话，很微妙地对李玉清传递了一些信息，她说：李玉清，我发现有人在看我们两个呢，咱们边走边说吧。

李玉清只走不说，他不知道说什么。

话还是由华春堂说，她准备的话恐怕有一大锅。她一口一个李玉清，说：我想跟你借点儿书看。

什么？跟我借书？借什么书？

什么书都可以，只要你看过的，我都想看。

我什么书都没有。

那不可能。我听说你爸爸妈妈都在报社工作，都是高级知识分子，家里的书一定很多。你是不是嫌我文化水平低，看不懂你的书啊？

李玉清连说：不是不是，我真的没有什么书，我来矿上的时候，我妈只让我带一本《毛主席语录》，别的什么书都不让我带。

我不信，哪天我去你的宿舍看看，要是发现你在看别的书，看你还有什么话说！华春堂曾设想过去李玉清的宿舍找李玉清，因担心没有铺垫，显得唐突，就没有去。借这个机会，她装作赌气的样子，把去李玉清宿舍的话说了出来。

李玉清向华春堂推荐了一个人，他说：我听说魏正方从老家带来一些书，你可以找他去借。哎，我想起来了，你也在矿上的宣传队干过，你的名字叫华春堂，对不对？李玉清说着，禁不住用筷子把华春堂指了一下。

华春堂难免有一些欣喜，她与李玉清第一次交谈，就取得了如此不错的进展。要是托人介绍的话，要是给李玉清写信的话，得搭多少人情，绕多少弯子，才能取得这样的效果啊！天下有小路，更有大路；有弯路，更有直路，个人的事，还是自己出面好一些，还是直截了当好一些。华春堂说：好你个李玉清，幸亏你还知道我的名字。我是个凡人，我还以为你不把任何凡人放在眼里呢！

李玉清说：华春堂，我发现你挺会说话的，听你说话，我都接不上了，都不知道说啥好了。

我哪里会说什么话，你说别人笑话人，我看你才会笑话人呢！我说的有什么不合适的地方，还希望你今后多多指教。

惭愧惭愧，不敢不敢！

买饭的人在排队，李玉清本来排在华春堂前面，他像是意识到了什么，说了一句不对，遂退后一步，让华春堂排到他前面去。

华春堂没有谦让，微笑着对李玉清点点头，排到了李玉清前面。华春堂对李玉清的表现很满意，到底是知识分子家庭走出来的人，就是有教养，懂礼，懂事。她一定要把李玉清抓住，一点儿都不能放松。

第十三章　掀起恋爱高潮

　　郑大姐结婚了，从女工宿舍搬了出去。她反复找了矿上管房子的人，人家在家属房批给她一间平房，她就跟一块儿来矿上工作的同学结了婚。郑大姐结婚结得无声无息，既没有举行什么婚礼，也没有请客吃饭，两个人搬到一块儿住就完了。他们也没有置办什么新的结婚用品，郑大姐从女工宿舍里卷走她的被褥，提走她的一只带拉锁的帆布提包，丈夫从男工宿舍里抱走他的被褥，提走他的提包，二人到婚房里集合，就算实现了"合二为一"。按照当时提倡的结婚标准衡量，他们达到了"革命化"的标准。

　　作为矿上新招收的一批年轻女工，郑大姐是第一个从女工宿舍搬出去的人。郑大姐一搬走，女工宿舍里就没有了公共的"大姐"，没有了说话像讲故事一样的人，大家对郑大姐似有些不舍。郑大姐理解大家的心情，她买了一些喜糖，装在小挎包里，走遍每一间宿舍，给每人发了两块喜糖。她这样做，是知会的意思、同喜的意思，也是和女工宿舍告别的意思。她的这一礼节性举动，让女工们觉得更不好意思，郑大姐结婚，大家应该凑点儿份子，给大姐送上贺礼才是呀，一分钱的贺礼都没送，怎么好意思接受郑大姐的喜糖呢！而郑大姐笑意盈盈，表现得非常轻松，她说：你们谁都不要不好意思，在不久的将来，你们一个一个，都会成为人家的新娘，都会从这里搬出去的。

自然规律和铁的规律差不多，有铁的规律在那里规定着，郑大姐的预言大抵不会错。在郑大姐还没有搬走时，女工宿舍已经有一些男工进进出出，在对女工们进行分化拉拢。那些能够走进女工宿舍的男工，并不是乱飞乱闯的无头苍蝇，他们有"头脑"，也有"翅膀"；有的有目标，有的有内应。他们的"头脑"指引着他们，奔向既定的目标。他们的"翅膀"一飞一飞，就飞到了内应那里。

去女工宿舍找陈秀明的，是开封知青王东江。矿上的宣传队解散了，篮球队却成立起来了，王东江是篮球队的一员。王东江的个子不是很高，不是主力球员，只是一个替补，也叫板凳球员。可王东江长得不错，板板正正，白白净净，人本分，老实，没有狂言狂语。陈秀明不反对王东江到宿舍里去找她，但对王东江也不是很热情。之所以不反对王东江去找她，是她看来看去，比较来比较去，觉得王东江还行，全矿那么多男知青，身材长相能比得上王东江的很少。没解散时的宣传队里有一个张建中，长得也很好，人也有情致，只是张建中已结婚成家，必须把他排除在外。她之所以对王东江不是很热情，除了王东江的成分也不够好，是她看不出王东江有什么上进心，也看不到王东江有什么发展前程。她的意思是，跟王东江谈谈看，谈得拢，就谈；谈不拢，就散。王东江来到她的宿舍，常常是，陈秀明在床边坐着，王东江在床前的一个矮凳上坐着，一个高一些，一个低一些。陈秀明手上在编织一样东西，王东江两手空空，什么都没有。天冷了，蚊子已经没有了，可陈秀明床上的蚊帐尚未撤去，罩着蚊帐的床铺像一间小屋。这样一来，陈秀明像坐在屋内，王东江像坐在屋外，二人还没有做到"同屋而语"。好在王东江可以在宿舍里找点儿活儿干。唐慧芳的木箱子从煤火炉上搬下来了，煤火炉子生起了火。别看他们在煤矿，守着大堆小堆的煤，可他们烧起煤来，一点儿都不挥霍。他们不烧成块的煤，只烧煤末。烧煤末时，他们还要在煤末里掺一些黄土，和成煤泥，才往炉子里添。晚间不需要烧大火，他们就用黏糊糊的煤泥把炉口封上，中间只用火锥扎一个小洞，让火炉透气、呼吸。熄灭灯后，只有煤火炉的小洞那里是蓝莹莹的，冒出一支温情的火苗。白天需要烧大火时，他们就把火锥插在小洞里，几摇几晃，煤泥烤成的煤块，噼噼啪啪一阵脆响，冒起一片灿烂的火星，煤火就熊熊燃烧起来。王东江所干的活儿，是用铁锨把掺了黄土兑了水的煤末和成煤泥。王东江和煤泥和得非常有耐心，也非常细致，似乎有些乐此不疲，让他和一辈子煤泥，他都乐意。他已经把煤、土、水三者和得你中有我，我中有你，完全融为一体，连陈秀明都说可以了，他仍不停手，还在和来和去。陈秀明不得不对他提出夸奖，说：王东江，我看你像个会干活儿的人。

王东江受到夸奖，很高兴，说：这不算什么，我还会蒸米饭、擀面条儿呢！

真的？

当然是真的，我们插队在知青点做饭时，擀面条儿差不多都是我擀，连有的女生都不如我擀得薄。王东江说着，眼睛在宿舍里瞅，宿舍里要是有案板、擀面杖和白面的话，他马上就可以表演给陈秀明看。

陈秀明没有继续夸奖王东江。她在食堂里的面案上天天和面打交道，早就烦了，不想提起有关面和面条儿的话题。再者，作为一个男人，还是应该刚一些，和和煤泥也就罢了，如果再热衷于和面，人就显得有些"面"。

李玉清一开始没去华春堂的宿舍，都是华春堂到他的宿舍去。华春堂的心是日常的心，世俗的心，也是懂事的心，她每次去李玉清的宿舍都不空手。她背的那只小挎包，挎包里常放一把糖，或一把炒花生，或一个苹果。糖是甜的，花生是香的，苹果是脆的，让李玉清感觉不错。在家的时候，妈妈备有零食，他可以吃到。来到矿上，他就吃不到零食了。现在有华春堂给他送，他又有了零食可吃，几乎有了回家的感觉。华春堂每次去给李玉清送好吃的，都使李玉清同宿舍的工友们眼馋、嘴馋。李玉清不小气，不吃独食，华春堂走后，他就把糖果和花生分给工友们吃。跟李玉清同宿舍的工友多是从农村来的工人，他们把糖吃到肚子里去了，嘴还是甜的；他们把嚼碎的花生咽下去了，齿缝还是香的。几天不见华春堂给李玉清送好吃的，有人就问：李玉清，你的女朋友该来了吧？李玉清没有否认华春堂是他的女朋友，他颇有几分得意，问他的工友：你们看这个姓华的小姑娘怎么样？工友们投的都是赞成票，说这个小姑娘很好，一点儿架子都没有。找老婆就要找这样的，知道心疼男人。

在这种情况下，李玉清才走进了华春堂的宿舍。华春堂不像陈秀明对待王东江那样，只让李玉清坐在床前的矮脚凳子上，她给予李玉清的是高待遇，上来就让李玉清坐在她床上。华春堂的床整理得干干净净，被子叠得整整齐齐，李玉清不好意思就座。趁陈秀明和唐慧芳都不在宿舍，华春堂说：哎呀，李玉清，到我这里你还客气什么！她的表现是亲人式的不由分说，双手把李玉清推了一下，让李玉清只管在床上坐下。

她问李玉清吃饭没有，要是没吃的话，她马上去食堂给李玉清打。李玉清说吃过了。这会儿她宿舍里没有糖，没有花生，没有苹果，什么好吃的东西都没有，拿什么招待一下登门来找她的李玉清呢？要是在家里的话，她会马上安排妈妈给李玉清包饺子吃，不管李玉清吃没吃过饭。在她看来，妈妈包的饺子最好吃。在街上，在农场，在食堂，她也吃过饺子，哪里的饺子都比不上妈妈包的，她一定要让李玉清尝尝她妈包的饺子。华春堂听大人说闲话的时候说过，要想拉住一个男人，最有效的方法，不是拉住男人的胳膊，也不是拉住男人的手，而是拉住男人的嘴，拉住男人的胃。男人的嘴和胃，就是拴住一个男人的绳子，把"绳子"拉紧了，男人就会乖乖地跟你走。从前一段的情况看，她多次去李玉清的宿舍给李玉清送好吃的，已经初步把李玉清拉住了，不然的话，李玉清不会主动到她的宿舍里来。华春堂想起来了，唐慧芳的床下放有一只网兜，网兜里放有一些红薯。那些红薯都是今年的红薯，新鲜，红艳，块头匀溜。一个从农村来的工人，为了讨唐慧芳的好，就给唐慧芳送来了不少红薯。这些红薯并不是那个工人花钱买来的，而是趁半夜下班时，到附近农村的地里偷扒来的。唐慧芳在煤火炉上烤红薯吃，烤得满屋子都是红薯的香气。这么多红薯，唐慧芳一个人吃不完，她跟陈秀明和华春堂说过，她们想烤红薯只管自己取。那么，华春堂就对李玉清说：你来得正好，你好好坐一会儿，我给你烤红薯吃。说着，她不管李玉清同意不同意，便从唐慧芳床下的网兜里取出两块红薯，放在炉台上面的火边烤起来。

红薯从生到熟，有一个缓慢的过程，这个过程，不是一会儿半会儿就能完成的。这样很好，趁红薯从生到熟的烧烤过程，华春堂正好可以留李玉清多待一会儿，可以和李玉清谈谈。谈恋爱嘛，谈是需要的。她问李玉清：你姐来咱矿看过你吗？

来过。

那我怎么没看见你姐来呢？

你又不认识我姐，她来不来，你怎么会知道呢！

也是。你姐给你这个弟弟送什么好吃的呢？

有糖、花生，还有苹果。

哟，怎么跟我送给你的东西一样呢？那，你去机修厂看过你姐吗？

没去过。

这就是你的不对了，你姐来看你，你怎么不去看你姐呢？

我妈不喜欢我姐。

华春堂装作什么都不知道，正好试试李玉清跟她说不说实话，她说：哟，那为什么？

因为我姐不是我妈亲生的，是我爸的前妻生的。

华春堂一试就试出来了，李玉清跟她说的是实话。这些实话，属于李玉清家的隐私，李玉清可以不告诉她。可是，李玉清还是告诉她了，李玉清真是一个实诚人，她找李玉清真是找对了。华春堂说：不至于吧。就算你姐不是你妈亲生的，总还是你爸爸的亲闺女吧。为着你爸爸，你也应该去看一下你姐。

华春堂你不知道，我姐傻得很，谈对象谈了一个右派的儿子。我姐在机修厂当车工，那个右派的儿子也在机修厂当车工，车来车去，他们就谈上了。

是吗，还有这事儿，你不说我还真不知道。

你不知道的多着呢，我不说你不知道，我一说你就知道了。一般来说，右派的儿子，都是爸爸是右派。那个右派的儿子，是他妈妈是右派。他妈妈不是别人，就是你们化验室的那个右派。

华春堂一听，禁不住呀了一声。山不转水转，树不转鸟转，她万万没有想到，由李玉清牵出李玉清的姐姐，由李玉清的姐姐牵出右派的儿子，由右派的儿子牵出了女右派，女右派竟然是天天跟她在一块儿上班的同事。以前，她对女右派保持着警惕，也保持着距离，顶多就一个同事关系。听李玉清这么一说，情况就不一样了。如果她和李玉清的恋爱关系确定下来，李玉清的姐姐和右派儿子的恋爱关系也确定下来，扯扯捞捞，拐弯抹角，她就得把女右派叫一点儿什么，她们之间的关系就连带上了亲戚关系。这意味着，在她华春堂的社会关系里，就有了一个"地、富、反、坏、右"中的右派分子。虽说右派分子在她将来的社会关系中不是直系，而是旁系，八竿子都打不着，但说起来，却是一种不容否认的黑色关系存在。华春堂说：这的确是一个问题。听你这么一说，你妈妈对你姐的态度就不难理解了。这不仅仅是亲生不亲生的问题，还有阶级阵线的问题。

李玉清说：所以，不但我妈坚决反对我姐姐与右派的儿子谈恋爱，我爸爸也不同意。可我姐姐鬼迷了心窍，非要跟右派的儿子谈下去，我姐说，谁要是把她和她的对象拆开，她就不活了。

放在炉台上的红薯，半边烤熟了，红薯皮已经烤得有些发黑，另半边还生着。华春堂把红薯翻了一下，把生的一面对着火炉，继续烤。华春堂说：你爸你妈不仅在为你姐着想，也是在为你的前途着想，你是他们唯一的儿子，他们不想让一个右派的儿子成为你的姐夫。

我倒无所谓。

华春堂严肃起来：李玉清，你可不能这么说，这么说是对自己不负责，也是对别人不负责。你以后也要成家，也会有孩子，不考虑社会关系怎么能行呢！我跟你说过了，我们家的社会关系可是四面清、八面净，连一星一点的问题都没有。

李玉清不说话了。

你是不是不高兴了？

李玉清说没有。但他站起来了，说他该走了。

红薯马上就烤熟了，等红薯烤熟了，你吃了红薯再走。

不吃了。

华春堂的劲头上来了，说：那不行，红薯是专门为你烤的，你必须吃完红薯再走。你要是不吃，就说明你生气了。一个男人家，不能这么心眼小，不能这样容易生气。好了，坐下吧，别再提你姐的事了。

有理不在声高，强势不在人大人小。李玉清感到了"小姑娘"的强势，他只得又坐下了。

看上张丽之的是一个郑州知青，姓郭，代号203。他使用的矿灯号是203，现代京剧《智取威虎山》中的解放军首长少剑波也是203号，他觉得这个号码不错，就自称203。到灯房的窗口取灯，他大声自报：我是203，拿灯来！张丽之一听，203，怎么有些耳熟呢？她是看过《林海雪原》的人，想起来了，少剑波的代号是203。她往外一看，这个自称203的人，没穿军装，没戴领章帽徽，穿的是一身脏兮兮的工作服，跟那个203毫无共同之处，不禁笑了一下。矿上的203看到了张丽之的笑，觉得自称203初见成效，很是开心，嘴角差点乐到了耳门。203在采煤连挖煤，他手大脚大，身体健壮，很有一把子力气。人有力气，还得不惜力才行，有的人，连放个屁都怕走了身子，力气再大也是白搭。而别看203是城里长大的青年，他却是不惜力的人，干起活儿来舍得扑下身子。从工作面运送支护用的木头柱子，需要从"下山"拖到"上山"。有的人拖一根木头柱子，就累得呼哧大喘。203两个胳膊窝里各夹一根木头柱子，"噌噌噌"就拖到了"上山"的工作面。在工作面采煤，一般是两个人为一个组合，一个为主，负责架棚、护顶；另一个为辅，负责攉煤、清底。一开始，203在二人组合中担负的是辅助的角色，干过一段时间后，二人的分工就打了颠倒，203变辅为主，上升到主要角色。不仅如此，203还很快当上了采煤班的班长。

世界上十全十美的人总是很少，连五全五美的人也不是很多。203干起活儿来虽说是一把好手，但在其他方面实在让人不敢恭维。他走起路来，一蹿跶，一蹿跶，就不用说了。他一站下来呢，也没有一点儿正形，不是手动，就是脚动；不是眼动，就是嘴动，似乎连一分钟都不能安静。更让人不能接受的是，他不能开口说话，一开口就是粗口，必带脏字儿。有一个鸡字儿，还有一个巴字儿，这两个字儿好像一直挂在他舌头上，一张口就出来。203这样的表现，有一些流里流气，跟一个小流氓差不多，别说和英气逼人的少剑波相比了，和魏正方相比，他都差得很远很远啊！203是他使用的矿灯的号码，从某种意义上说，他连一盏矿灯都不如。矿灯的灯盒板板正正，连一句废话都没有，更不要说脏话了。然而，203在追求女孩子方面却有一套，既有自信，也有勇气。这天下班后，他喊了203交灯，并没有马上离去，还黑着脸，白着牙，站在窗口，跟张丽之聊了几句。他问张丽之：你知道小白鸽儿是谁吗?

对于小白鸽儿,张丽之是知道的,但面对窗口站着自称是203的"203",她装作不知道,说小白鸽儿是谁,没听说过。

连小白鸽儿都不知道,你不就是一只小白鸽儿嘛!

这个挖煤的人,自称是203,却把她说成书中的人物小白鸽儿,用意未免也太明显了吧、太露骨了吧!张丽之脸上红了一下,说:你不要瞎说,我才不是小白鸽儿呢!

203乐得脸上的煤直掉渣儿,把张丽之一指说:还说不知道小白鸽儿是谁,原来你是假装的呀,原来你比小白鸽儿还小白鸽儿呀!小白鸽儿,你的小样儿真可爱!

张丽之把脸子一拉说:你再胡说,我就生气了!

生吧,生吧,我看看你生气怎么生。不怕小白鸽儿生气,就怕小白鸽儿不生气,一生气就有戏。

张丽之身子一扭,躲到窗子一侧的墙后面藏了起来。

203想把头探进窗口,继续跟张丽之说话,可惜窗口太小,他的头太大,探不进去。他一着急,又说了脏话。脏话说过,他不再把张丽之叫小白鸽儿了,像是把张丽之当成了一块煤,说:你是跑不掉的,我早晚得把你挖到我手里。

在井下挖煤,需要执着和手段。谈恋爱,更需要执着和手段。不知203使用了怎样的手段,有一天傍晚,他竟把张丽之从宿舍里喊了出来,两个人一块儿到东风矿外面去了。时至初冬,树上的叶子落光了,地里的麦苗普遍长了出来。白天变短了,天说黑就黑。黑夜变长了,黑暗好像从矿井下跑了出来,与井上的黑夜相衔接。运煤的铁轨被抬高的路基推举着,一直伸向远方。偶尔有蒸汽机车开过来,火车喷出的白气很快变成白霜。不知203和张丽之去了什么地方，亦不知他们在外面做了什么，反正等他们回矿的时候，矿上的大铁门已经关闭。矿还是要回的，不能走大门，他们只好翻墙而入。第二天，矿上就有了传说，说是203把张丽之抱起来，推举到墙头上，然后再攀上墙头，拉着张丽之的双手，把张丽之放至墙内的地面。大家感兴趣的是203对张丽之的搂抱，以搂抱为生发点，就可以进行丰富的想象。在他们的想象里，张丽之不仅是小白鸽儿的问题，恐怕已经变成了一只母鸽子。

至此，人们认为，矿上已经有三对男女青年确定了恋爱关系，他们分别是王东江和陈秀明、李玉清和华春堂、203和张丽之。也许还有人的恋爱在秘密进行当中，尚未被人发现。王秋云和杨海平也不是无人问津，只是试图接近她们的人，多是一些结过婚的人，在男女方面有经验的人，那些人想与她们逢场作戏，占一占她们的便宜。这让她们有一些伤心，还有一些着急。

矿上的女性资源毕竟有限，有的男知青目光向矿外拓展，打起了在校女中学生的主意。有一个开封知青和一个郑州知青，他们就各盯上了一个女中学生。一个女中学生是矿"革委会"副主任的女儿，另一个是矿生产组组长的女儿。两个男知青的做法是预备性的，打的是提前量。这样做的好处是，趁花儿还没有开放，还是花骨朵时他们就把花骨朵瞄上了，作为追求目标。如果晚了，出现像王秋云、杨海平那样的情况，那就不好了。当工人的追求女中学生，具有一定的优势。他们的优势不在于他们比较成熟，会说一些花言巧语，主要在于他们手里握有工资。他们可以给女学生买钢笔、日记本、文具盒等学习文具，还可以买高粱饴、巧克力、烧鸡等好吃的。学校还没放学，他们就到学校门口等着。等女中学生一走出校门，他们就把女中学生接走了。女中学生的情窦似开未开，对爱情上的事还似懂非懂，但她们都有虚荣心，都喜欢有男青年喜欢她们。有男青年在放学的路上陪伴她们，害羞的同时，她们心里美美的，神情也有些得意。更主要的，她们正处在嘴馋的年龄段和发育期，都爱吃好吃的东西，有人把甜的香的食物送到她们嘴边，她们很难拒绝。加上在学校里不是斗，就是批；不是到矿上学工，就是到农村学农，也学不到什么东西，还不如直接跟喜欢她们的"工人阶级"学习呢！从目前那个开封知青和那个郑州知青追求矿中女中学生的情况看，他们成功的可能性很大，说不定到今年寒假，或明年暑假，他们就会把女学生领到开封看龙亭去了，或领到郑州看二七纪念塔去了。

第十四章　下淋冰

北方来了冷空气，冷空气一路袭来，变成了寒风。寒风呼呼地刮了半夜，第二天一早，天就下起了冻雨。是的，下的还不是雪，既不是雪花儿，也不是雪粒子，而是冻雨。下冻雨也叫下淋冰，在天空时还是雨，落在地上就成了冰。俗话说天上下雨地上流，此时俗话不管用了，天上下雨，地上不再流，由液体变成了固体。一层冻雨一层冰，冰面闪着诡异的青光，是很滑的，恐怕比玻璃还要滑。有人骑着自行车去上班，一不小心，自行车就滑倒了，哧溜一下子，连车带人，从路中央滑到了路基下面。当他把自行车扶起来时，自行车的车圈龙了，车链子也掉了，推都推不动了，只能把自行车扛在肩上走。白头发的老理发员往理发室走，小心着，小心着，脚下一滑，还是摔了个屁股蹲儿。他摔倒以后，就站不起来了。人们把他送到矿上的医院，初步诊断为股骨头骨裂，需卧床休息。不能因为路滑就不上班，路还是要走的。人在冰上走，跟平常的姿态不大一样，有些蹑手蹑脚，像是猫在捕鼠前的预备性动作。这样的动作构成了一种变异性的景观，几乎有些好看。于是，有的人就站在屋檐下观看。他们袖手旁观的目的，是希望过路的人摔倒一个，再摔倒一个。特别是那些腰肢婀娜的女工，如果摔得仰面朝天，恐怕就更好看。每当有女工走过的时候，他们心里说的是，倒呀，倒呀！不见女工摔倒，他们未免有些失望。

"斗私批修"的话说得比较少了，变成了批林批孔。姓林的生在当代，姓孔的生在春秋，两者相距两千多年，八不挨，九不连，怎么把他们捆绑在一起批呢？却原来，林接受了不少孔的说法和思想，要把林批透，批到根子上，就得把林和孔一勺烩。比如孔子说过：克己复礼为仁。一日克己复礼，天下归仁焉。林接过孔子的话，也要克己复礼，搞资本主义复辟，所以必须把他们放在一块儿批。

不管什么批判，空对空是不行的，必须上挂下联，联系本单位的实际，才能收到批林批孔的实效，并收到抓革命促生产的效果。在"斗私批修"运动中，东风吹，战鼓擂，东风矿曾揪出了一个三人反革命小集团，在全矿进行了反复批判，受到了矿务局的表扬。在批林批孔运动中，在联系本矿实际的批判过程中，要收到新的成果才行。有人向矿上的政工组反映，发现刘德玉、魏正方、张建中、张志国四人经常在一块儿活动。他们不仅在矿上活动，还一块儿去县城照相。他们不仅白天在一块儿活动，夜里还在一块儿活动，常常活动到深夜。他们在一块儿，不再是吹口琴，而是听收音机。他们听了收音机，就一块儿发议论，保不齐，他们所发的议论，有可能是反动的。从这些迹象来分析，他们四人很可能是新的反革命小集团，值得对他们保持革命警惕。此反映事关阶级斗争和路线斗争，并关系到在批林批孔运动中如何联系本单位的实际，郭组长很重视革命群众反映的问题，立即向"革委会"作了汇报。

阶级斗争一点儿都不能放松，"革委会"领导对此事也很重视，同意立即抽调精干力量，对这四个人进行调查。抽调的精干力量，最好是从农村招工招来的复员转业军人。一来他们的家庭成分都没问题，政治上是可靠的。二来他们经过解放军革命洪炉的锻炼，警惕性比较高，斗争性比较强。三来他们的文化程度都不太高，对刘德玉、魏正方他们早就有些嫉妒。调查人员采取各个击破的办法，所找的第一个调查对象是张志国，问他是什么时候听到的林彪被摔死的消息。

张志国有些紧张，老是笑。

调查人员要他不要笑，严肃点儿。

张志国笑得不知不觉，他是想通过笑，缓解一下紧张。人家不让他笑，他就更紧张，说：你们问这个干什么？你们什么时候听到的，我也是什么时候听到的。

你是通过什么渠道听到的？

什么叫渠道，这个话我不明白。

你是不是有一台收音机？

这个张志国不可否认，他确实有一台收音机，他点点头。

你是不是在收音机里听到的消息？

这个这个，收音机的新闻节目里好像是播送过。

你回忆一下，是哪一天、什么时候听到的消息？

张志国摇头，说这个我可记不住。

调查人员点题：你是不是通过外国的广播电台收到的？

张志国一听吓坏了，脸顿时有些变色。外国的广播电台，统称敌台。谁如果胆敢偷听敌台，那可是反革命行为，是犯罪行为，是要被治罪的。自从从开封家里带来了这台质量不错的收音机，它仿佛是放在张志国身边的一颗定时炸弹，似乎随时都会爆炸。调查人员这样问他，无疑是要把"定时炸弹"引爆，张志国必须小心谨慎，步步为营，不可有一点儿粗心大意。他说：外国的广播电台？我从来没听说过。

看来你的态度很不老实。你直截了当回答我的问题：你的收音机到底能不能收到外国广播电台的广播？

张志国意识到，这个问题是一个陷阱，是人家把陷阱挖好，在引诱他往里跳。不管他回答能还是不能，都有可能掉进陷阱里。他要是回答能，人家一定会说他一定听过。他要是回答说不能，人家会问他怎么知道的不能。一句话说不好，一旦掉进陷阱里，再想爬出来就难了。他说：对不起，我认为你这个问题有问题，我的收音机是国产的，怎么可能收到外国广播电台的广播呢！

调查人员大概不曾拥有过收音机，对收音机并不熟悉，就说：把你的收音机拿来吧，我们要检查一下。

检查是不能拒绝的，但张志国说：我的收音机是我妈给我买的，你们检查可以，我希望你们不要打开收音机的后盖，不要给我弄坏。

调查人员调查刘德玉时，刘德玉气哼哼的，情绪十分抵触，他一再问干什么，干什么！声称他也是革命群众，不要对他有任何怀疑。

调查人员没有先问关于收音机的事，而是问了一个在刘德玉看来十分可笑的问题，问题是：为什么老是你们四个人在一起，不跟别人在一起？

刘德玉笑了，笑得哈哈的，说：这个问题你不要问我，最好问天上飞过的大雁。你问问大雁，为什么不单飞？为什么要和别的大雁成群结队一起飞？要是大雁认为你的问题可笑，不愿意搭理你，你也可以问问你自己，难道你没有朋友吗？难道你都是一个人自己玩吗？这叫物以类聚，人以群分，你知道不知道！

你们在一起，都是干什么？

这个有必要告诉你吗！

当然有必要，对于你们的一举一动，矿上的"革委会"都有权力掌握。

我们一块儿吃饭，一块儿吹口琴，还一块儿撒尿。你们掌握这些有意思吗？

还有呢？

还有就是喷空儿。

什么叫喷空儿？

连喷空儿你都不懂吗？喷空儿就是喷空气，不管说什么话，都是废话，跟没说一样。我认为咱们现在所说的话，就是喷空儿的性质。这下你明白了吧？

不是吧，不止这些吧，据我所知，你还隐瞒了一些事情，很可能是故意隐瞒。

明人不做暗事，我没什么可隐瞒的。

调查人员这才提到了收音机：据群众反映，你们四个经常在一块儿听收音机，而且一听就是半夜，你们都在听什么？

这还用问吗？当然是听新闻，听革命歌曲，还有样板戏。

还有呢？

你想让我听什么？

不是我想让你听什么，你听了什么，就如实交代。

什么叫交代？你怎么说话呢？你把我当成什么人了？我拒绝回答！刘德玉急了，起身愤然离去。

调查人员命他站住，说他这样对抗调查，一切后果自负。

张建中对调查也是抵抗的态度，不过他的表现跟刘德玉不一样，他的抵抗是软抵抗，是柔中寓刚。在调查人员面前，他显得有些谦卑，甚至有些羞怯，像是一攻即破的样子。可不管调查人员问他什么，他都是说没有，没有。除了说没有，他还向人家道对不起，好像让人家失望了似的。他知道这个负责调查他的人在东北大连当过兵，在部队时还当过电影放映员，抓空子向人家表示了他的羡慕。他说：听说你在部队里当过电影放映员，那太让人羡慕了！

此人以当过电影放映员为骄傲资本，宣传得全矿的人差不多都知道。张建中一下子挠到了他的痒处，让他觉得有点舒服，他说：没错儿，我放电影放了整整三年。

近水楼台先得月，守着银幕先看电影，您一定看过不少电影吧！

那还用说，中国的电影，还有从外国翻译过来的配音电影，我统统都看过。凡是有新电影上映，都是我们电影放映员先看。

张建中及时对放映员伸出了大拇指：太棒了，太有福气了！依我看，最好的职业就是当电影放映员。您都看过什么电影？

那多了去了。

您看过《列宁在1918》吗？

小意思，当然看过，电影里的对话我都会背了。说着，他就背起了列宁的卫士瓦西里的一段台词：粮食会有的，面包会有的，一切都会有的。

就这样，张建中在不知不觉中转变了自己的角色，像是对调查他的人开始了反调查。最后，他不无善意地向调查人员提了一个建议：咱们矿务局也有电影放映队，您可以要求到局里去当放映员嘛!

我也知道局里有电影放映队，可我连放映队的一个人都不认识，谁会让我去当放映员呢!

你可以主动找他们嘛，可以自我推荐嘛!

你这个建议挺好的，谢谢你!

在所有四个调查对象当中，魏正方的情况糟糕一些，所受的损失也大一些。个中原因，一是他当过宣传队的负责人，树大招风，引起了一些人的妒忌。二是人家找他的茬儿，确有证据可抓。证据是什么呢? 就是他从老家带到矿上的那些书。调查他的人是两个，他们吸着香烟来到魏正方的宿舍时，下了夜班的魏正方还正在睡觉，正在做梦。他梦见自己会飞翔，脚尖在地上一点，两只胳膊一张，就脱离了地面，在空中飞了起来。他飞过屋顶，飞过树梢，飞得轻快又流畅，像一只鸟一样。调查人员叫了他的名字，命他起来。他像鸟儿被折断了翅膀，一下子摔在地上。他揉揉眼睛，从床上坐了起来。哦，原来他并没有飞起来，飞翔只是他的一个梦想。他上身没有穿衣服，光光的膀子显得有些青白。屋外的淋冰还在下着，他拉过盖在被子上的棉袄，披在身上。魏正方是敏感的，他的预感有些不祥，他问：找我有什么事吗?

调查人员之一说：据我们掌握的可靠情况，你在矿上私下里传播"封资修"的毒草，现在我代表矿上的调查组命令你，把你私藏的毒草统统交出来!

魏正方对他从老家带来的每一本书都很珍视，书页里留有他的目光、他的手温、他的感情，甚至有他的眼泪，他不愿承认自己的书是毒草。他小时候放过羊，喂过兔子，也薅过草，薅过很多草。但他不记得哪一种草是有毒的草，更没有把书和毒草联系起来。人家说他的书是毒草，这没办法，什么辩驳都无用，只能任人家说什么，就是什么。他床下放有一只小箱子，箱子上了锁，他的书都在箱子里锁着。箱子不是他从老家带来的，他不趁一只箱子。箱子是他从矿上的垃圾堆里捡到的，那是一只废弃的原来盛炸药的箱子。箱子很简陋，四壁是用木条钉成的，木条之间露着两指宽的缝隙。箱底和箱盖是钉在木条上的薄薄的铁皮，铁皮上斑斑驳驳，有锈迹，也有水泥的点子。这种盛管状炸药的箱子，类似盛针剂的玻璃瓶子，都是一次性的，用完就扔了。魏正方把一只箱子捡回来，往里垫了一些废报纸，并安装了一把小小的铁锁，因陋就简地使用起来。别看箱子不怎么样，它却是魏正方有生以来所拥有的第一个箱子。箱子是一个空间，它也是魏正方所拥有的第一个封闭性的秘密空间。他把自己的书都放进箱子了，还放进去一些信件，没有往箱子里放衣服。衣服和书相比，他没觉得衣服有什么宝贵的，只有书才是宝贵的。衣服虽然是用布做成的，但布上没有印字。书虽然是用纸做成的，但纸上一印了字，就宝贵了，就值得保存了。他披着棉袄下床，摸出钥匙，蹲下身子，把箱子打开，一本一本往外取书。想到这些心爱的书被拿走后可能再也回不来了，他有些不舍，手有些发抖，还有些想哭。他的书除了借出去未还的，剩下的书也就是七八本的样子。他把取出的书放在自己床铺上。当取到一本《血字的研究》时，他对调查人员说：这是一本写福尔摩斯探案的书，不是什么毒草。

另一个调查人员把书拿在手里看了看，见书的作者叫阿瑟·柯南·道尔，便问：这个姓阿的人是哪个国家的？

英国的。我记得不太准，好像是英国的。书的封面上标注的应该有作者的国籍，你让我再看一眼。魏正方说着，向调查人员伸出了手。

调查人员当然不会让他再看，说：凡是外国人写的东西，都是毒草。外国人写的书，拿到我们中国干什么！

听到这样无知和蛮横的话，魏正方的认真劲儿又上来了，他说：我认为你这样说不太合适，马克思也是外国人，你能说他的著作是毒草吗？

什么什么？你敢说马克思的著作是毒草！你再说一遍试试，我们马上把你抓起来带走！

在宿舍里睡觉的还有两个掘进工，他们都被调查人员对魏正方的呵斥声惊醒了。事不关己，他们醒来后并不起床，连眼睛都不睁开，只从被窝里露出半个脑袋，支着两个耳朵听动静。邻近宿舍的矿工听见了动静，也过来站在魏正方宿舍门口，探头探脑地看究竟。路上的淋冰越结越厚，大概又有人在冰面上滑倒了，不仅发出了身体倒地的声音，还传来了倒地者叫骂的声音。倒地者骂得有些粗野，不知是骂天、骂地，还是骂自己。

秀才遇见兵，有理讲不清。魏正方不敢承认自己是秀才，他遇到的两个人也不是现役的兵，只是曾经当过兵而已。面对两个曾经当过兵的人，魏正方也遇到了有理说不清的问题，他不敢再说什么，眼睁睁地看着他的书全部被人家抱走了。

因缺少像样的证据，所谓四人反革命小集团的罪名没能成立，矿上没有把他们揪出来，更没有像先前批判三人反革命小集团一样批判他们。没能躲过磨难的只有魏正方一人，因他犯有传播"封资修"的错误，调查组勒令他写出深刻检查。检查内容包括：这些

"封资修"的黑货是从哪里贩来的；自己读了受到哪些毒害；为什么要在矿上传播这些毒草；思想根源是什么。书面检查之后，还要对魏正方做出必要的处分。至于什么处分，视魏正方的检查情况而定。

在此之前，魏正方下班后睡足了觉，就趴在自己的床铺上练习写诗。写检查不同于写诗，前者一点儿诗意都没有。写诗是自觉自愿，写检查是被逼无奈。他上了九年学，认识了不少字。他以为可以利用那些字写信、写对口词、写剧本、写诗，写的都是表达感情的东西。从没有想过还要用所认识的字写检查，写违背自己感情的东西。有生以来，这是魏正方第一次写检查，这让他觉得十分别扭，也十分痛苦。早知这样，还不如不上学，不识字。要是不识字的话，人家就不会让他写什么书面检查。看来不识字难，识字也难啊！

魏正方的那些书是从哪里来的呢？一个农村的孩子，哪里有钱买那么多书呢？不错，魏正方家里很穷，每年交学费时，家里需要卖粮食、卖烟叶、卖鸡蛋，才能把学费凑齐。往往是，他的作业本用完了，娘到集上卖两个鸡蛋，给他买一张白纸，他把白纸裁开，订成作业本，才能继续写作业。实在来说，他的那些书，哪一本都不是自家花钱买来的，来路既不正大，也不光明。革命风暴刚刮到他们学校时，人们大张旗鼓地"破四旧"。把学校图书馆的大门打开，把一些书抱到街上焚烧，算是"破四旧"的行动之一。魏正方白天参与了烧书，晚间则翻窗潜进图书馆，分两次摸黑顺出了一些书。让他没想到的是，这些往外顺书时没挑没拣的书，每一本都很好看，让他爱不释手，看了还想看；他在家里看了不够，还要带到矿上看；他自己看了不够，还要借给别人看。结果竟惹了麻烦。不光调查组的人催他写检查，掘进连的指导员也催他交检查。

他利用三个班后的时间才把检查写完。书从哪里来的，他基本上交代清楚了。但他没承认自己受到了毒害，只说自己下班后没别的事干，看书只是为了消遣，为了打发时间。有工友看见他在看书，提出把书借去看看，他也不好意思拒绝。至于思想根源是什么，他绞尽脑汁也想不出来。在他看书时，没想过反对什么，也没想破坏什么，跟阶级斗争和路线斗争都联系不起来。就拿读《红楼梦》来说吧，他觉得书中的每一个人物都很可爱，贾宝玉很可爱，秦钟也很可爱；林黛玉很可爱，薛宝钗也很可爱；晴雯很可爱，袭人也很可爱。他越读心肠变得越柔软，越神游物外，连处在什么环境都忘了，哪里还想什么思想不思想、根源不根源呢！检查要有标题，魏正方对"检查"这两个字有些反感和排斥，不愿标明自己写的是检查，他写的是"回顾"两个字。他把"回顾"交上去了，人家想对他怎样就怎样吧。他最担心的是矿上开除他，把他打回老家。那样的话，他就惨透了，丢人就丢到家了。

矿上对魏正方的惩罚是两种，一种叫处分，别一种叫处理。魏正方是共青团团员，矿上建议开除魏正方的团籍。当时矿上的团组织还没有恢复活动，只有矿务局刚刚召开了团代会，重新组建了共产主义青年团委员会。矿上把魏正方所犯错误的相关材料报送到矿务局团委去了，等待局团委批准把魏正方开除出团组织。对魏正方的处理，是不让他在掘进队劳动了，调他到另一个地方劳动。掘进队的劳动，是天天和斧头、电钻、铁锹和火药打交道，已经够繁重、够艰苦了，还要把魏正方调到哪里去劳动呢，难道不让他搞掘进了，要把他调到采煤连不成！和搞掘进相比，采煤的活儿更繁重，也更要命。如果拿打仗作比，搞掘进是开辟通往前线的道路，干采煤则是和敌人短兵相接，进行肉搏。搞掘进相对安全一些，干采煤随时都有可能会丧命。然而，矿上没有调魏正方去一线挖煤，还有更"合适"的地方等他，矿上命他挖备战地洞去了。据说修正主义国家在靠近我国边境的地方陈兵百万，随时有可能用导弹或原子弹向我国发起闪电式的袭击，"备战备荒为人民"和"要准备打仗"的口号喊得山响，气氛非常紧张。接着，为了应对修正主义国家有可能发动的突然袭击，最新的最高的指示下来了："深挖洞，广积粮，不称霸。"最高指示的精神不难领会，要躲避敌人的袭击，就得挖深深的地洞，战时就得钻到地洞子里去。躲到地洞里得有吃的，必须多多储存粮食。中国不称霸，也不怕霸，坚决和敌人斗争到底。好玩的是，在广积粮的说法上，那个把死有余辜说成"还有骨头哩"的路师傅又闹了笑话，他把广积粮说成光脊梁。别人纠正他，说不是光脊梁，他不服气，还跟人家犟嘴，说在地底下挖洞子，能不出汗吗，能不脱衣服吗？脱光了膀子，不是光脊梁是什么！路师傅的解释是生动的，也是通俗的，你别说，通过他的解释，人们至少在语音上记住了最高指示，对于宣传最高指示，起到了很好的辅助作用。

按道理说，煤矿工人每天所干的都是打地洞的工作，地洞四通八达，跟一座地下城差不多。敌人的导弹打过来，大家赶快躲到矿井下的巷道里就行了，何必再另打地洞呢！可是，不行啊，生产是生产，备战是备战，用于战争的洞还是要挖的。就是在这种准备打仗的背景下，魏正方被调去挖备战洞去了。

在井下搞掘进是挖洞，挖备战洞也是挖洞，这两者之间有什么区别呢？调魏正方去挖另一种洞，怎么说得上是对他的惩罚和处理呢？魏正方一去挖洞就知道了，却原来，集中到一起挖洞的人，都是一些犯过罪的人，或犯过严重错误的人。就拿和魏正方一起挖洞的一组三个人来说吧，其中一个因奸污女工被判刑，正在矿上进行劳动改造；另一个，是被魏正方批判过的三人反革命小集团成员之一，也在进行劳动改造。这样就清楚了，同样是劳动，劳动的性质有所不同。如果说在井下搞掘进，是工人阶级的劳动，是正常的劳动，也是光荣的劳动，那么挖地洞的劳动呢，是特殊群体的劳动，是非正常的劳动，也是惩罚性的劳动，劳动的全过程具有改造的性质。

　　魏正方吃惊不小，他没想到，矿上把他打入了另册，把他和反革命分子和坏分子放到了一起。也就是说，矿上和他的矛盾，不再按人民内部矛盾处理，而是把他推到敌人堆里，按敌我矛盾处理了。对他这样的处理，他不知道是由谁主导的，是哪一个最后拍板的。有一点可以肯定的是，政工组的郭组长不会放过他，郭组长对他的落井一定投了不少石头。你不是自以为很有才华吗，我就是让你的才华狗屁不如，毫无用处。你不是在宣传队时很风光吗，我就是让你的风光扫地。你不是很要面子吗，我就是要在你的面子上涂上污泥。你不是很讲人的尊严吗，我就是要在你的尊严上踏上一只脚，让你讲不起。人除了有肉体，还有精神。魏正方意识到了，人家不仅在肉体上折磨他，还要在精神上摧残他、打垮他。他的精神一旦垮掉，他就彻底完了。魏正方委屈得很、悲哀得很，他真想大哭一场。但他咬牙忍住了，没有哭。他要是哭了，只会让别人看笑话。他自己安慰自己，只要不把他打回老家去就好，留得青山在，不怕没柴烧，走一步算一步吧。

　　挖地洞没有使用任何机械，像农民挖红薯窖一样，用镐头把土刨下来，用铁锨把土装进一只筐子里，装满后，运到洞口的洞底，上面的人用绳子把筐子提上去。洞子挖得也不深，连十米都不到，比矿井的深度差远了。魏正方觉出来了，矿上挖备战洞是象征性的，只是为了好向上级汇报，或为了应付上级的检查。一块儿挖地洞时，那个正在劳改的坏分子对魏正方还没什么，流露出的是同情的表情。他甚至悄悄地对魏正方说：他们不该让你来挖地洞，这对你来说不公平。

而那个反革命分子，对魏正方的遭遇却有些幸灾乐祸，他说：我记得你还批判过我们呢，没想到你的下场跟我们是一样的。

魏正方说：我跟你们的情况不一样，我只是藏了一些不该藏的书而已，只是把书借给别人看看而已。

那人说：得了吧你，你传播的既有封建主义，又有资本主义，还有修正主义，"封资修"都被你占全了。我看你的问题比我们的问题还要严重，这就叫搬起石头砸自己的脚。

看一个人，看相，更要看气。相是实的，气是虚的。相为表，气才是里。人的气有正气、善气、静气，也有邪气、恶气、躁气。魏正方看出来了，这个被打成反革命分子的人，身上冒出的是一股恶气。一个人身上的恶气，不会因为他受过批判、地位下降，就会有所改变。他也许正是因为心里的恶气没地方出，口无遮拦，胡说八道，才被打成了反革命分子。最大的轻蔑是无言，魏正方决定不再搭理他。好在在地洞里刨土运土的是坏分子和魏正方，那个反革命分子，只负责在洞子上面往上提土，他们之间可以拉开距离。

魏正方受伤了。他在井下搞掘进没受过伤，连轻伤都没受过，挖备战地洞时却受了伤，伤得还不轻。不知怎么搞的，往上提土筐的人脱了手，装了满满一筐子湿土的土筐垂直着落了下来。魏正方躲闪不及，土筐重重地砸在他一侧的肩膀上，把他砸趴下不说，筐底断裂的荆条茬子还扎破了他的额角，扎得鲜血直流。他手捂伤口，来到矿上医院。医生为他包扎了伤口，给他开了两天工伤假。

回到宿舍，躺到床上，拉被子蒙上头，闭上眼，魏正方不免有些后怕。要是土筐直接砸到他头上，说不定他就没命了。那样的话，他就再也回不了老家了，见不到亲人了。他的眼泪再也止不住，顺着两个眼角流了出来。也许他一直在积攒眼泪，眼泪积攒得已足够多，现在终于冲破了眼眶眼皮的堤岸，汹涌澎湃地倾泻出来。眼泪刚流出来是热的，流到鬓角那里就变凉了。眼泪把枕头湿成一片时，就更凉，凉得好像也要结成淋冰一样。眼泪流了一会儿，他禁不住打了一个哽咽似的叹息，就迷迷糊糊地睡去了。睡觉如小死，是逃离，也是暂时忘却。就让睡觉为他自己疗伤吧，既疗头部之伤，也疗精神之伤。

似睡未睡之际，魏正方听见有人在床头喊他：魏正方，魏正方，我听说你受伤了，我来看看你。你没事吧！

听见有人喊他，魏正方的脑子激灵一下，立即清醒过来。他听出来了，来看他的人是华春堂。尽管华春堂喊他的名字时声音很轻，像是怕把他惊醒一样。但，轻自有轻的力量。华春堂的音质是特殊的，是穿透性的，跟别人的声音都不一样。魏正方受伤之后，他的好朋友刘德玉、张建中、张志国，都没有来看他。魏正方能够理解他们的处境和心情，对他们没有任何埋怨之意。虽说他们四人没有被打成反革命小集团，但矿上的调查让他们变得人人自危，如惊弓之鸟，谁还敢来接近他呢！现实的环境就是这样子，人与人之间不许走得近，不许交朋友，朋友更不能形成团体。一旦有形成团体的迹象，人家就如临大敌，启动调查。矿上的调查，等于把他和几个要好的朋友活活给拆散了，他们以后再也不能一块儿吹口琴，一块儿到山沟儿里游玩，一块儿到县城照相了，更不能一块儿听收音机了。这让魏正方的内心变得十分孤独，十分荒凉。然而，作为一个女孩子，华春堂却不避嫌，竟登门看望他来了，这怎能不让他为之感动呢！可魏正方没有答应，更没有掀开被头，把包了绷带的面目露出来。他刚流过眼泪，眼角都是泪痕，睫毛还是湿的。他不想让华春堂看见他流过泪的眼睛。以前在华春堂面前，他是一个男子汉的形象，是强者的形象。他不想让华春堂看到他脆弱的一面。

华春堂还有话说：魏正方，你一定还没吃饭吧，我去食堂让他们给你做了一碗病号饭，是肉丝汤面，还热着呢，你趁热吃了吧！

魏正方再不说话，再不掀开被头，恐怕说不过去，他不能让华春堂一直端着饭碗站在他床头吧！他掀开蒙在头上的被头说：华春堂，谢谢你！我现在不饿，什么都不想吃。

他没有从被窝里坐起来，出于自尊，也是出于对华春堂的尊重，他不想让华春堂看见他的光膀子。华春堂和李玉清确定了恋爱关系，魏正方也听说了。他认为华春堂在看取人品方面很有眼光，李玉清很好，华春堂跟李玉清在一块儿很合适。

华春堂看见了魏正方的泪痕，看来他伤心真是伤远了。但她装作没看见魏正方的泪痕，没问他是不是哭了。她知道，魏正方是一个自尊心非常强的人，就是问他，他也不一定会承认自己流过泪。同时华春堂也知道，魏正方不会当着她的面，把一碗面条吃下去，别说他一顿两顿不吃饭，就是一天两天不吃饭，他宁可饿着自己，也不会当着她的面吃饭。华春堂说：怎么能说不饿呢，饭还是要吃的。人瞒不了肚子，人不饿，肚子饿。人不管到啥时候，都不要跟自己的身体过不去。身体是父母给的，跟身体过不去，是跟自己过不去，也是跟父母过不去。魏正方的宿舍里也生有煤火，华春堂把肉丝面放到炉台上，让魏正方起来吃饭，吃完后把碗放到炉台上就行了，她一会儿再来把碗拿走。华春堂临走，又回过头跟魏正方说了几句话，这几句话对魏正方来说意义重大，几乎成为他鼓足勇气继续前行的动力，让他一辈子都不会忘记。华春堂说：魏正方，你知道吗，他们这样整治你、压制你，都是因为嫉妒你的才华，害怕你超过他们。周子敏跟我说过，你是一个有才华的人，也是一个有志向的人，不会长期在井下干，一定会从矿井下走出来，调到矿务局机关去工作。所以，你要坚强一些，把目光放远一些，要经得起磨难的考验。

第十五章　一桩奇怪的案子

矿上成立的调查组，对刘德玉、魏正方等四人的调查，没能取得预想的成果。虽然没能获得想要的成果，调查组的调查任务也算是完成了。按理说，调查组的任务既然完成了，这个临时性的组织就应该解散，就好比秋天解散宣传队一样。宣传队没能完成预定的任务，就提前解散了；调查组的任务完成了，更应该解散。然而，如同宣传队的队员当初都不愿意让宣传队解散一样，调查组的全体成员也是对调查工作恋恋不舍，不愿意让调查组解散。他们在调查组多好呀，每天不用下井，不用出力，不用流汗，就把工资挣到了。更难得的是，他们的政治地位都很高，都是阶级斗争的骨干力量。虽说他们都不是干部身份，还是工人身份，可他们的自我感觉都十分良好，似乎比有些当干部的人还要牛气哄哄、威风凛凛。说来这几个参过军的人运气不错，也是阶级斗争天天讲的需要，接着矿上又有一桩案子需要调查，调查组就被保留下来。调查组不但得以延续，似乎还升了格，由调查组变成了专案组。刘德玉、魏正方等四人的事情，一开始并没有构成案子，调查他们的小组不能叫专案组。而矿上新发生的事情，让人一听就具有案件的性质，须通过专案组的工作才能有效加以解决。

那么，这是一起什么样的案子呢？答曰：这是一起人人都感兴趣的案子，是一件说起来、听起来都让人眉飞色舞的案子。因为案子事关男人和女人之间的关系，说得不好听一点儿，是有人奸污妇女的案子。对于反革命的案子，大家的兴趣并不是很大，不管是三人反革命，还是四人反革命，人们表现得并不是很关心。"革命"二字，对他们来说好像是一个虚的东西，既看不见，也抓不着，革命不知怎么个革法儿，反革命也不知怎么个反法儿。而奸污妇女的说法，就比较实打实凿，每个人都能想象。他们还觉得，革命的说法比较宏大，不够日常，和生活离得远一些。男女关系就不一样了，每个人，不是男人，就是女人，对男女之事都能体会。所以说，一听说矿上发生了男女关系方面的案子，大家的精神为之一振，无不就近关切起来。

时间临近新年，天气越来越冷。全国缺煤的地方很多，矿上一再动员矿工们夺高产。连矿务局机关的干部，都就近到东风矿下井来了，跟工人们一块儿劳动。矿上总算不缺煤烧，各个工人宿舍里都炉火熊熊。一时间，消息传遍了全矿的各个角落，包括井下黑暗处的每条巷道和每个工作面。奸污妇女的人名叫褚桂英。什么什么？褚桂英？这个名字听起来怎么有些耳熟呢？怎么像一个女人的名字呢？想起来了，大宋朝杨家将之一的杨宗保，他的老婆，也就是那个杨门女将中挂帅的人物，名字不是就叫桂英嘛，穆桂英。叫桂英的，显然是一个女性的名字，显然是一个女人，她怎么可能奸污妇女呢，她哪里来的奸污妇女的能力呢？矿上这个叫褚桂英的，大家也不是不知道，她明明是在井口开绞车的一位女工嘛。绞车也叫卷扬机，卷扬机直径一米多的圆轴上缠绕着钢索，钢索的终端牵着罐笼，通过卷扬机的扬，把罐笼和矿工放到井下去；通过卷扬机的卷，把煤从井下提上来。开卷扬机是一项对技术要求比较高的工作，卷卷扬扬，一分一厘都不能差。如果扬得多了，有可能会造成罐笼过度蹾底，使乘坐罐笼的矿工受伤。如果卷得多了，把罐笼卷到井架上面，那就更危险，会造成重大事故。一根钢索系着挖煤人的命，矿工们对开卷扬机的师傅都高看一眼。不知他们对褚桂英师傅看过多少眼了，毫无疑问，褚桂英是一个女性。褚桂英的身体比较丰壮，个头比别的女工高一些，胳膊腿儿也比别的女工粗一些，走路的步幅有一些像男人。但这些似乎并不能改变褚桂英作为一个女性的性质，因为她的女性特征还是很明显的。她的胸鼓鼓的，臀部肥肥的，脸上白白净净，连一点儿胡须都没有。可是，人们在私下里传说，褚桂英好像真的和有的女工发生过那种只有男人和女人之间才能发生的事。这就奇了，这就怪了，这等奇怪之事不能不引起矿革命委员会的重视。要知道，矿上除了反革命之类的案子，排在第二位的恐怕就是男女关系之类的案子了。因为以阶级斗争的眼光分析，男女关系的案子并不孤立，并不简单，往往与美蒋特务之类的案子相联系。一联想到美蒋特务，问题就严重了，比反革命还要反革命。

　　为了避免打草惊蛇，专案组一开始没有直接对褚桂英进行调查，而是选择平日里跟褚桂英走得比较近的、有可能跟褚桂英发生关系的女工先下手，从外围着手调查。他们所选择的第一个调查对象是唐慧芳。唐慧芳是褚桂英的徒弟，在跟着褚桂英学开绞车。唐慧芳有一个亲戚在矿上当"革委会"副主任，唐慧芳找到了副主任，副主任跟人事组打了招呼，人事组就给唐慧芳安排了这个能学到技术的工作。据群众反映，唐慧芳经常到住在家属区里的褚桂英的家里去，褚桂英有时也到单身女工宿舍去找唐慧芳，两个人的关系有些不正常。专案组决定，先从唐慧芳身上寻找突破口，一旦把唐慧芳这个口子突破，别的口子就好办了。

这天早上，唐慧芳下了夜班，吃了早饭，刚要睡觉，专案组的人就把她叫走了，叫到了专案组设在四楼的办公室。当天负责调查唐慧芳的专案组成员有两个，一个主要负责问讯，另一个主要负责笔录。把唐慧芳叫到办公室后，他们就关上了门。

唐慧芳有些紧张，不知这两个青壮男人要对她做什么。

你不要紧张，好好配合我们的调查。我问你什么，你如实回答就可以了。负责问讯的人指着一个方凳，让唐慧芳坐下回答。你认为褚桂英是男的还是女的？

是女的。

不一定吧。

要不是女的，她怎么会生孩子呢，怎么能当妈妈呢！她已经生了一个女儿和一个儿子。

会生孩子，也不能完全证明就是女的。褚桂英要不是男的，怎么会和你发生不正当的关系呢！

唐慧芳毕竟年轻，没经过什么事，人家一诈唬，她的破绽就露了出来。她脸上红了一下，说：我也不知道。

问讯的人和做笔录的人互相交换了一下眼神，几乎微笑了。唐慧芳一说"我也不知道"，他们就知道了，唐慧芳这样说，等于承认褚桂英真的和她发生过关系。既然如此，他们让唐慧芳交代，褚桂英第一次和她发生关系是在什么时间，什么地点，持续了多少时间，此后褚桂英又跟她发生了多少次关系，她看见过和摸到过褚桂英的生殖器没有。交代得越细致越好。

唐慧芳哭了，哭得一把鼻涕一把泪。她说，这事不能怨她，她以为褚师傅是个女的，对褚师傅一点儿防备都没有。她万万没有想到，褚师傅身上还长了一个男人才有的东西。

我们知道，你们两个发生关系，主要是褚桂英的责任。她是主动的，你是被动的。好了，不要哭了，好好交代吧！对你所交代的内容，我们会给你保密的。

有了唐慧芳的交代，可以证实褚桂英的确奸污过妇女。下一步，专案组就可以把主攻方向对准褚桂英，彻底弄清褚桂英到底是女人还是男人。或者说要剥去褚桂英的女人画皮，揭露出其是一个男人的本来面目。

专案组派一个女工暗中跟踪褚桂英，趁褚桂英去厕所解手时对其进行观察。观察的结果是：褚桂英跟别的女人一样。女人该有的，褚桂英都有；女人不该有的，褚桂英都没有。旁观揭不开谜底，专案组还有进一步的措施，他们干脆派两个女干部，把褚桂英送到矿上的医院去了，让医院的妇科医生为褚桂英鉴定一下，褚桂英的性别到底是女的还是男的？还要鉴定，褚桂英是不是双性别？女性器官和男性器官是不是轮流值班？矿上医院的院长恰是一位女同志，专案组的组长特别向女院长交代，对褚桂英的检查和鉴定不是一般的任务，而是一项严肃的政治任务，要求女院长一定要认真对待。女院长不敢怠慢，亲自披挂上阵，对褚桂英进行检查。女院长把褚桂英安置在手术台上，对褚桂英前前后后、左左右右、里里外外进行了彻底的检查，就差把褚桂英的肠子翻过来。检查的结果怎么样呢？女院长在鉴定书上写的是：经检查，褚桂英属于完全女性，未发现任何异性特征。本人对检查结果负责。女院长在鉴定书上签上了自己的名字。

矿上好不容易发现了一起奸污妇女的案子，而奸污妇女的人本身却是一位妇女，这叫什么事！消息传开，全矿的人都在议论这件事，好像比演一场大戏还要热闹。别看矿上的宣传队解散了，褚桂英一个人似乎就代替了整个宣传队，上演了一场人人都爱听的大戏。每当看见褚桂英在矿街上走过，人们的目光都会被她吸引过去。谁都搞不明白，难道褚桂英是一个会变化的精怪，她想变女，就变女，想变男，就变男；想变人，就变人，想变鬼，就变鬼？领兵挂帅的穆桂英被称为"浑天侯"，褚桂英恐怕比"浑天侯"还厉害啊！

专案组有些尴尬。新的一年就要到来，专案组本打算以破获褚桂英的案子为成果向新年献礼。可案子没能破获，他们没法儿献礼，只能向矿务局写一个案子进展情况的报告。

仍在矿务局"支左"的军代表在报告上批示：影响极坏，金宝矿务局不允许这样的怪现象存在！必须站在阶级斗争的高度，不惜一切代价，把这个案子查个水落石出！

矿务局保卫组有刑侦人员，专案组只好请局里的刑侦人员给予协助，尽快把褚桂英的案子拿下。上级机关的刑侦人员果然高明些，他们听取了东风矿专案组的汇报，仔细研究了褚桂英的案情，决定采取派人到褚桂英身边卧底的办法，引蛇出洞。卧底人选要年轻些、漂亮些、丰满些，最好是曾经和褚桂英发生过关系的人。经过研究，他们认为唐慧芳符合上述条件，当卧底比较合适。

自从上次接受专案组的问讯后，唐慧芳再没有去过褚师傅家。以前，她每星期都要去褚家，有时一星期一次，有时一星期两次。她觉得褚师傅很会做，做得让她感觉很舒服，也很过瘾。过瘾之后，她稍稍有些上瘾，几天不做，像是缺少点儿什么。她每次去褚师傅家，褚师傅都把用两层黑布做成的窗帘拉得严严实实，哪怕是白天，屋里黑得也跟夜晚一样，什么都看不见。加上那件事情都是在被窝里做，褚师傅不让她乱看乱摸，只管闭上双眼享受就行了。

当专案组的人安排唐慧芳去褚桂英家里卧底时，唐慧芳磨磨叽叽，不太想去。她之前交代了褚师傅与她的关系，觉得已经对不起褚师傅了，如今人家还要拿她作诱饵，诱褚师傅上钩，以便抓褚师傅一个现行，那就更不好了。人家抓褚师傅的现行，等于她也是现行，双双现行，赤身裸体，那是何等丢丑，何等难堪！无奈专案组的人声色俱厉，说她如果胆敢不听指挥，就把她抓起来，办她的学习班。唐慧芳听说过办学习班的厉害，如果进了学习班，死蛤蟆也会被整出尿来。有一个偷盗雷管、炸药的嫌疑犯，因经不起学习班的折磨，趁看管者眼错不见，破窗从三楼跳了下去，结果摔断了脊梁骨，成了终生残废。她问专案组的人：我要是去找褚师傅，你们会不会把褚师傅抓起来？你们要是把褚师傅抓走，我以后怎么给褚师傅当徒弟啊！

废话，你考虑那么多干什么！现在交给你的任务，就是协助我们抓住褚桂英的把柄，把事情的真相弄清楚。你要是表现得好，我们可以向矿上的团组织建议，把你吸收为共青团员。

唐慧芳卧底成功。当褚桂英把家里的黑窗帘拉上，过了一会儿，在附近盯梢的专案组破门而入，就把正在对唐慧芳实施奸淫的褚桂英抓到了，来了个人赃俱获。这个"赃"，是褚桂英的"身外之物"。在矿上，为避免包裹炸药的油纸破损、浸水，人们把炸药送进炮洞前，要给炸药套上一个橡皮套，这个橡皮套被矿工称为炮皮。炮皮的样子像最大号的避孕套，只是比避孕套厚一些，粗糙一些，直径也更大一些。还有，避孕套是乳白色的，炮皮是黑色的。褚桂英用棉花把这个炮皮塞得梆梆硬，然后把口子扎上，一件像模像样的家伙就做成了。就是这样一个就地取材制作而成的"身外之物"，一举两得，促成了暗室里两个人隐秘的互动与欢愉。

褚桂英一被抓到现行，就承认自己错了，说：我错了，我错了，我不是东西！以后我再也不这样了。她赶紧把唐慧芳保护起来，并为唐慧芳辩护：小唐是我的徒弟，这事不能怪她，都怪我。小唐是个好孩子，请你们不要为难她，一切责任都由我来负。她还拿出了一把剪刀，要把那个假生殖器拦腰剪断。

那可不行，褚桂英要毁掉罪证，专案组的人决不会让她得逞。他们夺掉褚桂英手中的剪刀，把褚桂英控制起来，走，一切到学习班里再说！

褚桂英在学习班里交代，她这样做，没什么政治动机，不反党，不反社会主义，不反革命，跟阶级斗争没任何关系，完全是出于个人对性生活的需要。她丈夫在武汉钢铁厂当工人，两口子长期两地分居，夫妻生活得不到满足，她有些着急，就想出了这个办法。不管跟哪个女工发生关系，她都没有强迫人家，对方都是自觉自愿跟她好。她敢保证，她只跟女的发生关系，没有主动找过任何一个男人，没跟自己丈夫以外的任何男人发生过关系。她以为，只有男女之间发生了关系，才是犯错误，女女之间发生关系，就不算犯错误。女女关系是平等互利，怎么能算犯错误呢！

除了跟唐慧芳发生了关系，褚桂英还跟哪些女工发生过关系？专案组的人让褚桂英一一交代出来。

褚桂英没有隐瞒，除了唐慧芳，她还跟另外四个女工发生过关系。其中有两个女工是结过婚的有夫之妇，而且她们的丈夫都在矿上。

不管褚桂英交代出了哪个女工，专案组都一一记录在案，并把那些女工一个一个叫到专案组，当面进行核实。专案组成员觉得核实工作很有意思，他们都乐意做核实的工作。平日里，他们很少有机会跟女工说话，更不要说隐秘的话了。借此机会，他们可以从女工嘴里套出一些富有刺激性的隐秘的话，何乐而不为呢？再说他们都是结过婚的人，老婆都在老家，都是夫妻两地分居，都处在性饥渴性饥饿的状态，听那些女工讲讲发生关系的过程也是好的，至少可以过一过精神上的瘾。所以说，他们不仅让那些女工讲情节、讲细节，还让那些女工谈感受。

感受如何呢？她们说起来都有些不好意思，甚至有些羞怯，但说出来的感受都是不错，有点儿好，特别是那两个结过婚的女工。

原来如此，一切水落石出，真相大白。世界之大，真是无奇不有。这真是一桩奇特的案子，真是一件闻所未闻的新闻。这件新闻在迅速传播，不仅东风矿的人知道了，连全矿务局的人都知道了。不仅人们知道了，似乎连矿井下的老鼠们也知道了。那些被称为"白毛女"的白毛老鼠们，似乎也对女女之间的事大感兴趣，变得上蹿下跳，活跃起来。事情往往就是这样，别看大面上阶级斗争的风声那么紧张，使人人的面孔都几乎成了斗争的面孔，可下面只要有饮食男女存在，只要人类还要繁衍生息，人性就会顽强地表现出来，人性中的动物性也会不可遏止地表现出来。你视男女关系为大敌，不许性的欲望在男女之间表现出来，它就有可能变个花样，在女女关系上表现出来。褚桂英创造性的表现，也许就是多种表现方法中的一种。

怎么处理褚桂英，成了一个问题，是判她的徒刑？开除她的矿籍？还是像对待魏正方那样，把她放到坏人堆里，羞辱一番呢？矿上拿不出合适的处理意见，就上报到矿务局，请领导给予指示。

军代表的意见是：此事无先例，处理起来没有参照系，先挂起来。

挂起来，这是什么意思？难道是拴住褚桂英的脖子，把她挂到房梁上吗？那样不是等于判了绞刑吗？

范主任说：混蛋，你们这帮蠢材，连挂起来都不懂！挂起来，就是暂不作处理，等有了相应的政策再说。

于是，褚桂英回到井口的绞车房，继续开她的卷扬机。她通过卷扬机的卷，把窑哥们儿从井下提上来。再通过卷扬机的扬，把窑哥们儿送到黑咕隆咚的井下去。唐慧芳接着给褚桂英当徒弟，继续把褚桂英喊褚师傅。只是呢，唐慧芳在褚师傅面前显得没以前自在，她们之间好像出现了某种裂痕。哪个地方出现了裂痕，就在哪个地方弥补一下试试吧。有一天，唐慧芳鼓足勇气，提着几块红皮红薯，又到褚师傅家找褚师傅去了。褚师傅倒是不反对她去，对她说：你来就来了，还拿东西干什么！俺家里买了红薯，这些红薯你还是提回去自己吃吧！

唐慧芳坚持把红薯提到褚师傅家的厨房去了，说：这些红薯挺甜的，不管是烤着吃，还是蒸着吃，都很好吃。褚师傅，我年轻，不懂事，以前有什么做错的地方，还请您能够原谅我。您是我的师傅，我希望您还像以前那样对待我，您想让我怎样，我就怎样。这样说着，她瞥了一眼褚师傅的大床。

褚师傅不为所动，连一点儿拉上窗帘的迹象都没有，她说：过去的事，不再提了，我希望不会影响你找对象。你该找对象，就抓紧时间找一个吧。

唐慧芳说：找对象干什么，我才不找呢！

褚师傅说：你不要说赌气的话，往远了看，要真正解决问题，还是得找男人。褚师傅拿出了当师傅的派头，在红薯的问题上对唐慧芳提出了批评，她说：我听说人家送给你的红薯，是从农民的红薯地里偷扒的，这可不好，要是被农民发现了，农民追赃追到你那里，事情就闹大了。

裂痕弥补无望，唐慧芳只好走了。

无奈唐慧芳已经上了一些瘾头，她动不动就有些着急，急得有些火烧火燎，抓不得，挠不得，死不得，活不得。有人看出了唐慧芳的着急，愿意帮她解决问题。解决问题一开了头，她就有些收不住，"捡到篮里就是红薯"，谁帮她解决一次都可以。不管是送给她一块红薯，还是一根玉米；不管是送给她一块糖，还是几颗花生，她都放人家进去。到后来，哪怕一点儿东西都不送，只要跟她招招手，或递一个眼神，她都愿意。那些人做起来虽不如褚师傅持久，但他们毕竟是真男人，真家伙，真温度，可以为她"火上浇油"。

一天午后，一个男的去宿舍找唐慧芳，唐慧芳趁陈秀明和华春堂不在宿舍，二话不说，就从里面把宿舍的门插上了。

华春堂回宿舍取东西，推门推不开，就断定唐慧芳又招了男人。华春堂没有敲门，没有惊动唐慧芳，转身去了矿上的办公楼，把情况报告给了保卫组。

保卫组去了两个工作人员，当场就把唐慧芳和那个男的捉住了。

那个男的是谁呢？说来颇有讽刺意味，那个男的竟是原来褚桂英专案组成员之一，第一次负责对唐慧芳问讯的就是他。他原是采煤连的工人，专案组解散后，他不愿回到井下，就建议矿上买了一台照相机，他留在工会，专事照相的工作，人称张摄影。第一次就褚桂英的奸情问讯唐慧芳时，他就颇受刺激，想跟唐慧芳好一好。到褚桂英家抓褚桂英时，他又顺便把唐慧芳的裸体看到了，觉得唐慧芳真是美啊，真是可人爱啊，可人疼啊，要是跟唐慧芳好一好，这一辈子都不亏了。可是，他已在老家娶了老婆，并有了孩子，想跟唐慧芳好不是那么自由。他找到唐慧芳，许诺要跟老家的老婆离婚，要娶唐慧芳为妻。

唐慧芳有些笑话他，说：你装得人五人六，原来你也好这一口儿啊！想干就干，费那么多唾沫星子干什么！

人都是先为自己所治，再为别人所治。张摄影为自己的行为付出了代价，他被矿上开除了党籍，收回了照相机，重新发回井下挖煤。

保卫组的人跟唐慧芳谈话，问她这么来者不拒，到底图的是什么？

唐慧芳回答得很干脆：我就是图个舒服。

第十六章　零星事故

过年分两个年，一个叫阳历年，一个叫阴历年。矿上的人不大重视阳历，过年时不放炮，也不喝酒，过与不过都是那么回事。过阴历年就不一样了，除了吃肉、喝酒、放炮、点蜡烛，还要阖家团聚，点香，烧纸，敬神明，敬祖宗。特别是那些从农村来当矿工的人，他们更不把阳历年当回事。阳历年也叫元旦，对元旦这个说法，他们倒是愿意微笑一下。为啥呢，因为他们把元旦的旦理解成滚蛋的蛋，把元旦的元理解成圆圈的圆。谁不知道蛋都是圆的，去它的"圆蛋"吧！过"圆蛋"时，他们还没意识到呢，还没有去食堂买一个鸡蛋吃呢，稀里糊涂就过去了。一般来说，阴历年和阳历年之间只差一个来月的时间，过罢阳历年，离阴历年就不太远了。阳历年的好处，等于提前给阴历年作了一个预告，也是给矿工们一个提醒，真的新年就要到了，大年就要到了，春节就要到了，该有所准备了。于是乎，在过了阳历年迈向阴历年的这段时间，他们才真的兴奋起来，并躁动起来。有人在给家里亲人写信，报上自己一年的平安，并告诉家里人，今年过春节是回去还是不回去。过年不回家的，会给家里寄一些钱。准备回家的，开始买东西，备年货，以便回家时带回去。那些尚未成家的单身职工，男工在为自己买新鞋，购新帽，趁过年时从头到脚改变一下；女工在为自己做新衣服，买新头巾，在新春到来之际，要把自己装扮得焕然一新。春节本来只是一个时间上的节点，可这个特定的时间却有着特殊的动员力量，使其变成了人们情绪的生长点和波动点。

天气越来越寒冷，人们对煤炭的需求量越大，煤炭的缺口就越大，煤炭的供应处于全国性的紧张状态。如果没有煤炭供发电厂发电，城市将变成一片黑暗。如果没有煤炭烧锅炉供暖，大地将变得愈加寒冷。怎么办？上边给金宝矿务局下了通知，今年春节不放假，过革命化春节，越是过节，越是要大干快上，多出煤，出好煤。矿务局给各矿开会，各矿给各个生产连队开会，各生产连队给所属各个班组开会，层层传达，级级施压，全力做好节日期间的保勤工作。每个识字的矿工，都要写下保证书，签上名字，保证过节期间坚守生产岗位，出满勤，干满点。不识字的人也要立下口头保证，保证过节不回家，移风易俗，在矿上过一个革命化、战斗化的春节。

在抓保勤的同时，矿上也加大了抓安全生产的力度，既要保勤，也要保安、保命。保勤和保命相辅相成，保勤也要保命，只有保住了命，出勤才能得保证。如果不注意安全，把命弄丢了，出勤就说不上了，只能永远缺勤。

为什么在这个时间段，要特别强调安全生产呢？因为历史的经验和教训一再表明，元旦至春节期间，是事故多发的时间段。人们在公路旁边，有时会看到警示牌，牌上标有"事故多发地段，请注意安全"的字样。这两者所强调的意思是一样的，都是提醒大家避开死神。只不过公路部门强调的是地段，而煤矿强调的是时间段。

那么，在元旦至春节这个时间段，为什么容易发生事故呢？刚踏进新年的门口，春节又在向人们招手，小庆尚未尽意，大喜就要来临，这个时间不正是喜庆或准备喜庆的时间嘛，怎么会事故易发或频发呢？道理很简单，不管人们干什么活儿，既要用力，还要用心。力和心也是相辅相成，谁都离不开谁，必须紧密结合、尽心竭力才成。如果心一乱，人一走神，精力就容易分散，很难集中。煤矿井下的活儿，险阻重重，危机四伏，最需要全神贯注，精力高度集中。心无二用，力无二用。心思稍有不专，精力稍有分散，就有可能酿成事故。每个人的心虽说长在自己的胸腔里，但要管住自己的心也难。每个人都当不了梦的家，不是你想做什么梦，梦就如你所愿。人的心思有时和梦差不多，你也不能很好地抓住它的缰绳。春节之前，人们的心思难免多一些，如春来时放飞的蜜蜂，活跃得很，也纷繁得很，很难捉到其中一只"蜜蜂"。缭乱的"蜜蜂"当中，有可能是娘，有可能是爹；有可能是老婆，有可能是孩子；有可能是门神，有可能是春联；有可能是大肉，有可能是丸子；有可能是鞭炮，有可能是散炮；有可能是飘飞的雪花，有可能是绿色的麦田，等等等等。有人在木头支柱上看见一朵白花，定睛再看，却是一朵蘑菇；有人看见在黑暗中闪烁的一双眼睛，以为是女朋友的双眸，再一看，是白毛老鼠的眼睛。心思不定时，一不小心，事故就有可能发生。回头查查全国煤矿历年发生的特大事故，有透水，有瓦斯爆炸，有煤尘着火，其中好几起都是在春节前几天发生的。有一起瓦斯爆炸，就发生在除夕。本来出了井口就是春节，可几十名矿工没能走出除夕，没能除去旧岁，被永远挡在了春节的大门之外。

煤矿的死亡事故分为四个级别：零星事故、大事故、重大事故、特大事故。事故级别的划分，以死亡人数确定：一次死亡一个人，或两个人，为零星事故；一次死亡三人以上，就算是大事故；一次死亡十人以上呢，就上升到重大事故；特大事故的底线不是很明确，上面也无法封顶，一次死亡五十人以上、一百人以上、二百人以上，都是特大事故。特大以上还怎么大呢，除了在特的前面再加一个特字，或再加两个特字。为了平平安安迎春节、欢欢喜喜过个年，矿上一再要求，不管是节前、节中，还是节后，大家一定要绷紧安全生产这根弦，处处小心，步步谨慎，像防范阶级敌人一样，防止死亡事故的发生。不但不要发生带大字号的事故，连零零星星的小事故，最好也不要发生，让东风矿在春节期间到处充满欢声，而不要有任何哭声。

然而，真他妈的然而，人们怕然而，然而还是来了。就在猪年的腊月二十二，也就是小年的头天夜间，井下发生了一起零星事故，死了一个人。死的这个人是谁呢？说来让人可惜，一说名字，大家都知道，他就是郑州的知青，华春堂的男朋友李玉清。

应该说李玉清的工作不错，他虽说也是在井下工作，但他没在采煤连采煤，也没在掘进连掘进，而是分到了机运连开运输机。李玉清之所以分到了相对不错的工作，据说与他的父母有关。矿务局的领导知道了李玉清的父母都在报社工作，而矿务局的宣传工作，离不开报社的支持。有这样的工作关系存在，李玉清的父母不用说话，更不必出面，矿务局领导只需跟矿上的领导打个招呼，让矿上对李玉清的工作做出适当安排，就可以了。机运连的工作是机械化的，机械之力代替人力，不用像采煤工和掘进工一样，出大力，流大汗。更重要的是，在机运连工作，安全系数要高得多。也不能说，在机运连工作一点儿事故都不出，但比起采煤和掘进来，干机运出人身伤亡事故的概率少之又少。

　　井下运输的机械化，是最近几年才实现的。在旧社会，井下运煤，全靠人工用背篓背。矿工背煤时，差不多都是四肢着地，一点儿一点儿向前爬行。到了新社会，矿工先是发明了装有四个轱辘的拖车，把装满煤的篓子或筐子放到拖车上，用绳子拉动拖车，就可以把煤拉到井口。在采煤工作面，他们铺设了用铁皮制成的半圆形铁槽，把采出的煤擢进铁槽里。工作面的底板有一定的倾斜度，加之铁槽的内壁被打磨得滑溜溜的，煤一擢进铁槽，自动就滑行下去。这样的铁槽，被矿工称为溜子槽。后来，技术又有进步，矿上的工程技术人员，在溜子槽里安装了铁链子，每隔几个环节，就在铁链子上安装一个刮板，用电动机带动铁链子和刮板转动起来，溜子槽里的煤就像黑色的波浪一样，一浪一浪涌进巷道下面的储煤仓里去了。储煤仓下面开有一个溜煤嘴，把矿车开到溜煤嘴下面，溜煤嘴把嘴张开，乌金就吐到矿车里去了。

　　李玉清的工作，是在井下运煤巷道里开刮板运输机，通俗的说法是开溜子。开溜子的活儿既简单，又轻松，用指头摁摁电钮就行了，开的时候摁绿色的电钮，停的时候按红色的电钮。井下的电器开关都是防爆开关，也被矿工谑称为大肚子开关。这样的开关把电闸包在铁铸的圆形铁壳子里面，不管电闸离合时如何冒火花，就只能局限在铁壳子里冒，不会与可能含有瓦斯的空气有任何接触，不会引起瓦斯爆炸。因防爆开关的铁壳子又圆又大，被在井下看不到女人的矿工说成是孕妇的大肚子，而开关上面的两个按钮呢，又被人说成是孕妇的两个奶头。这样一来，摁电钮就不是摁电钮了，而是摁女人的奶头。反过来，你把摁女人的奶头说成摁电钮也不是不可以，因为女人的奶头也是带电的，一摁就麻人家一家伙。有哥们儿跟李玉清开玩笑：李玉清，你还老美呢，天天摁女人的奶头！

李玉清不认同这样的说法，他认为这是流氓的说法，甚至带有猥亵的性质。与他所受的教养严重不符。他说：哎，严肃点儿，我们对待劳动要有严肃的态度。

有人把玩笑开到华春堂身上，问李玉清：你跟华春堂谈恋爱谈得那么热乎，你摸过华春堂的奶头没有？

李玉清有些着恼，说：流氓，你再胡说我跟你急！

李玉清的工作岗位在刮板运输机的机头那里，因为大肚子开关也在那里。李玉清在巷道的底板上铺两块荆笆，靠着巷道的墙壁，坐在荆笆上。巷道的墙壁有渗水，渗得底板上的碎煤有些潮湿。在底板上铺两块荆笆，可以隔一些潮气，地上的湿煤末子也不会直接沾到裤子上。李玉清不能在荆笆上久坐，坐得时间长了，容易打瞌睡。也许因为井下太黑了，比任何黑夜都要黑，打瞌睡是一种条件反射。也许因为井下的气压比较低，容易使人们的头脑昏沉。反正人一到井下，特别容易打瞌睡。哪怕在井上已经把觉睡得足足的，到了井下还是想睡觉。在井下睡觉，是违反安全章程的，也是危险的。在李玉清的上游，有一个开溜子的，在溜子运行中睡着了，溜子的链子断了，他也不知道，结果造成更上游下来的原煤大量堆积，不得不停产进行清理。李玉清是遵守安全章程的人，他不允许自己在上班时间睡觉。他曾想过，带一本书，到井下看。把矿灯照在书页上，一句句，一行行，肯定可以看得清。一边看书，一边听着溜子的运行，两不耽误。他也听人说过，魏正方那儿有好看的书。有心找魏正方去借一本，可由于自己和魏正方不熟悉，担心魏正方不借给他，就罢了。他防止打瞌睡的办法是，在荆笆上坐一会儿，就站起来遛一遛，把自己所负责的开关和看管的溜子巡查一下。一部溜子大约五六十米长，他像铁路上的巡道工巡查道轨一样，从机头到机尾，再从机尾回到机头，就完成了一遍巡查。巡道工身上带有工具，巡查过程中发现哪里有问题，马上用工具进行修理。李玉清也准备有工具，他的工具是两样，一样是一把铁锨，一样是一把斧子。当工作面放炮落煤时，煤会倾泻而下，使溜子槽里装得很满很满，满得会从溜子槽的上沿溢出来，撒在溜子槽两侧的底板上。一看见底板上积了煤，李玉清就用铁锨把煤铲起来，倒回到溜子槽里。斧子的作用是击打大块的煤。有的块头较大的煤，赖在溜子槽里迟迟不走，刮板在它下面刮一次，又刮一次，好像只能刮走它的一层皮毛，不能刮走整块的煤。大煤块子似乎有些得意，仿佛在对刮板说：你给我挠挠痒痒还差不多，想把我刮走，没那么容易。大煤块子挡道，会影响别的煤正常运行。李玉清过来了，用斧子的斧锤，对准大煤块子的平面，"砰砰砰"就是那么几下子，大煤块子顿时瓦解，破碎成一摊。没瓦解时，大煤块子像是板着脸，一破碎呢，像是笑开了花，仿佛在对李玉清说：还是你小子厉害。

李玉清不负责对溜子的修理，溜子一旦出了故障，都是由专门的修理工负责修理。李玉清顶多用长嘴的油壶，给机轴和齿轮膏点儿油，以保证轴承的润滑和减少齿轮的磨损。李玉清就是在给机器膏油时出的事故。

他提着油壶在给机轴注油时，可能是站得离机器太近了，正在运行的齿轮和链子把他工作服的一角夹住了。他的第一感觉，是猛地被人拽了一下。出于本能的反应，他要从别人的拉拽中挣脱出来。可是，齿轮的咬合力是巨大的，恐怕比凯门鳄的咬合力还要大。机器的力量也是无与伦比的，不是三五匹马的马力所能衡量。李玉清挣了一下没挣脱，这才发现原来是自己的衣服被机器咬住了。此时，李玉清还算清醒，他欲把自己的衣服撕破，让机器把衣服卷走，自己像金蝉脱壳一样脱身。让他万万没想到的是，他那用劳动布做的工作服竟是那样结实，撕了两下没撕破，连衣服带人，就被卷到溜子下面去了。溜子下面是钢铁支架，支架与溜子槽之间的空间很狭小，李玉清一被卷到溜子下面，顿时成了破碎状态，人就不行了。李玉清不是一块煤，也没人用斧子击打他。可他又像一块煤一样，轻而易举地就被瓦解了。是他每天所看管的溜子把他毁掉的。养虎被虎伤，养蛇被蛇咬。李玉清是养溜子被溜子所害。

　　一茬炮放过，一茬煤采完，工作面暂时无煤可出，溜子成了空车运行。溜子槽里的刮板越是无煤可刮，对溜子槽的磨损越厉害。这时应当让溜子停车，待新一轮煤下来时，再启动溜子不迟。开溜子或停溜子时，由上游的溜子手，用矿灯的光柱给下游的溜子手打信号，用光柱画圈儿，是开溜子的信号；用光柱往下点，是停溜子的信号。上游的溜子手在示意李玉清停车时，把矿灯的光柱点了又点，点得像磕头虫磕头一样，也不见李玉清把溜子停下来，溜子的链子和刮板还把溜子槽磨得哗哗响。上游的溜子手以为李玉清睡着了，要把李玉清叫醒。他来到李玉清值班的岗位一看，只看见两块叠铺在巷道边的荆笆，没看见李玉清。他喊：李玉清，李玉清！也听不见李玉清答应。这个李玉清，不会又和华春堂谈恋爱去了吧！又一想不会呀，华春堂不下井，他们要谈恋爱，只能到井上去谈，李玉清就是跑遍井下的巷道，也找不到华春堂。他只得自己动手摁了停车电钮，替李玉清把溜子停掉了。

当工作面煤的波浪又涌来时，上游的溜子手连连用矿灯冲李玉清的岗位画圈儿，催促李玉清赶快开溜子。巷道里所有运煤的溜子需要联运，上游动下游不动是不行的，造成"肠梗阻"是危险的。按他的估计，李玉清早就该回到工作岗位了，他一画圈儿，李玉清会马上把溜子启动。按他以前对李玉清的印象，李玉清是个踏实的人，能够坚守自己的工作岗位。刚才停溜子时，他没找到李玉清，估计李玉清是到别的巷道所开的厕所解手去了。有些人在卫生方面不大讲究，干活时不愿跑远，不愿到专门的厕所解大小便，往往是在正干活的煤窝里，转身就撒，蹲下就拉，弄得工作场所气味很不好。而李玉清是个有教养的人，也是一个在各方面都很讲究的人，从来不随地大小便。就算李玉清去了厕所，估计这会儿也该回来了。可是，溜子手用矿灯的光柱画了小圈儿画大圈儿，差不多把整条巷道都画满了，也不见李玉清启动溜子。他急了，几乎骂了李玉清，问李玉清是不是死了！赶快跑到下游，替李玉清将溜子启动。看着溜子开始正常运行，溜子手多了一个心眼，把李玉清所负责看管的溜子从头到尾巡查了一遍。这一巡查不要紧，当他走到机尾那里，发现大事不好，李玉清真的死了！空气里弥漫着血腥味，但溜子手没看到多少血迹。底板上撒的都是浮煤，李玉清的热血都被煤吸走了。

矿上有生产调度室，矿务局也有生产调度室，每个调度室夜里都灯火通明，一天二十四小时都有人值班。这正是煤矿生产的独特之处，井下每天二十四小时有人干活儿，井上的调度室日日夜夜都得有人值班。据说，省里的煤炭工业管理局，北京的国家煤炭工业部，都设有上下贯通的生产调度室，既对每天的生产情况进行调度，也对安全情况进行调度。李玉清上夜班发生事故的消息，很快上报到矿务局的调度室，局调度室立即给矿务局的救护队下达了命令，命救护队立即开赴东风矿进行救护。红色的救护车一出发就开始鸣笛，一路鸣叫着开往东风矿去了。汽笛的鸣叫是尖锐的、刺耳的，矿区的人们最害怕听到这种声音，一听到救护车的鸣叫，感觉就很不祥，知道井下又出事了。其实，救护车闹这么大动静，对李玉清已没什么必要，因为李玉清的灵魂已离开肉体远走高飞，任何救护都用不着了。可是，救护车的声势还是要造的，姿态还是要做的，好像这是救护车应负的责任。岂不知，救护车的鸣叫，会加重矿上的紧张气氛，加剧矿工的恐惧情绪。同时，救护车的鸣叫对不好的信息也有扩散作用，听不到救护车的鸣叫，大家对有些零星事故并不一定知晓，救护车一叫，跟广而告之差不多，大家都知道了。就算一时不知道发生了什么样的事故，死了多少人，死的人都是谁，大家也会纷纷打听到。

听到救护车的鸣叫，正在睡梦中的华春堂一个激灵，顿时就醒了，心里难免一惊。她不会忘记，她的男朋友李玉清上的是夜班，此时正在井下上班。她不能断定，井下发生的事故牵扯到李玉清没有。她曾多次对李玉清叮嘱过，事故不长眼，人要长眼，在井下一定要注意安全。李玉清让她放心，说自己一定会注意安全的。李玉清还对她说过，干采煤和掘进出事故的可能性大一些，他干的是机运，相对来说比较安全，出事故的可能性很小。尽管李玉清这样宽慰她，一旦听到救护车的鸣叫，她还是不能置之度外。窗外的天还黑着，看不出是阴还是晴。救护车的叫声戛然而止，估计已开到了井口。华春堂再也睡不着，她穿衣起床，准备到井口去看看情况。同室的陈秀明在食堂上夜班，唐慧芳还在睡觉。为避免唐慧芳不高兴，华春堂起床时没有开灯，在黑暗中摸索着穿衣服。救护车的叫声固然可怕，可救护车不叫了，同样可怕，甚至比鸣叫时更可怕。闹有闹的可怕，静也有静的可怕。华春堂穿上绒裤时，觉得不大对劲，用手一摸，原来穿反了，她只得把绒裤脱下来，重新穿过。把衣服穿反，她以前很少出现这种情况。她意识到了，她有些心慌。慌什么慌，有什么可慌的，真是的！

李玉清跟华春堂说过，为了保勤、在矿上坚守生产岗位，他今年不回郑州过春节，等过罢春节再回家看看。既然如此，华春堂的家在矿区，她的家离东风矿又不远，她就得尽地主之谊，请李玉清在过节期间到她家去一次。这样的邀请是礼节性的，也是华春堂的处心积虑。如果李玉清去了她家，就可以让妈妈见一见李玉清，听听妈妈对李玉清的看法。更为重要的是，如果李玉清答应去她家，就差不多等于认可了这门婚事。平日里，她没机会邀请李玉清去她家。过春节，正好是一个难得的机会。她替李玉清算了一下，大年三十那一天，李玉清是夜里上班，白天休息，那天中午正好可以去她家。让华春堂高兴的是，当她向李玉清发出邀请时，李玉清犹豫了一下，还是答应了。李玉清问：大过年的，去你们家合适吗？华春堂的回答不容置疑：当然合适！大过年的，你不去我们家去哪儿！记住，以后我的家就是你的家！李玉清说：那好吧。那，我去你们家带点儿什么呢？华春堂懂，李玉清第一次去他们家，空着两手当然不合适，她说：那你就带一瓶酒吧。时间确定下来，华春堂马上回家，和妈妈一起，商量接待李玉清的方案。除了要给李玉清包饺子吃，还要做六个菜，请李玉清喝一点儿酒。在喝酒的事情上，妈妈提出，是不是请一个男的当陪客,陪李玉清喝酒。华春堂说:谁都不请,我陪他喝。华春堂的话,让妈妈有点儿不敢相信:你会喝酒吗?我以前没见你喝过酒呀!华春堂说:干什么都是从不会到会,不会就学呗!姐姐也知道妹妹找到了男朋友,妹妹的男朋友是郑州的知青,名字叫李玉清。她还知道了,李玉清的家庭是知识分子家庭,李玉清的爸爸妈妈都是报社的干部。她不佩服妹妹不行,妹妹就是厉害,一找婆家就找到了省会。妹妹和妈妈商量接待李玉清的事,姐姐华冬梅也听见了,她有些自卑,不知那天在家好,还是不在家好。华春堂知道姐姐的心思,姐姐自从和那个叫王天民的人断了联系之后,还没有找到男朋友。她呢,等于跑到姐姐的前头去了,姐姐有些不自在。华春堂说:你不要想那么多。根成那天上班不能回来,你最好回来。还指望你帮妈做饭呢!

华春堂走到女工宿舍大门口,在暗影中看到张丽之从外面走进来。她看见了张丽之,张丽之似乎没看见她,或装作没看见她,要从她旁边走过去,她喊了一声:张丽之!

张丽之站下了。她有些出乎意料似的:哦,春堂!

你怎么回来了,不是正上着班吗?

灯房里有点儿冷,我回来加件衣服。说着,仿佛受冷不过,打了一个寒噤。

我听见救护车到咱矿上来了,是不是井下出事了?

是出事了。

事故大吗?

好像不大,是零星事故。事故处理完了,救护车已经开走了。

伤了几个人?

这个这个,我听说,好像是一个。

是哪个连的？

我说不清楚，听说好像是机运连的吧！张丽之又打了一个更大的寒噤。

华春堂的心一阵怦怦跳，预感很不好，觉出张丽之话里有话，像是故意瞒着她，不敢说出来。她说：张丽之，你今天怎么了，说话怎么老是好像好像的，跟平常一点儿都不一样。有什么话，你只管说。你知道出事的人姓什么叫什么吗？

张丽之先摇头，后说不知道。

那个人的矿灯交回灯房了吗？你能记住矿灯号是多少号吗？华春堂曾在灯房里干过，她这样的问话是专业性的。按矿上的规定，不管哪个矿工出了工亡事故，人走灯不走，矿灯都要交回灯房，留给新来的矿工使用。有的新矿工得知发给他的矿灯是亡人用过的，有所忌讳，会要求换一个号码。对于这样的要求，灯房一般不会拒绝。华春堂曾问过李玉清的矿灯号码是多少，并牢牢地记在心里。张丽之要是说出出事者的矿灯号码，她立即就能判断出此人是不是李玉清。

张丽之没有说出出事者的矿灯号码，也没再说好像，她说：对不起春堂，我真的太冷了。说着夹紧膀子，跑进宿舍去了。灯房就在井口，灯房的消息是灵通的，因为救护队员下井时都要在灯房领灯，升井后都要往灯房交灯。从升井的救护队员手里，张丽之亲手接过了出事者所使用的矿灯，一下子认出了矿灯的号码，知道了矿灯的使用者是李玉清。天哪，怎么是李玉清呢？太让人意外了，太不可思议了！从象征的意义上说，每一盏灯都代表着一位矿工，矿工像矿灯一样，劈开黑暗，奉献光明。而矿工一旦连自己的生命都奉献出来，就等于属于他的生命之灯熄灭了，永远熄灭了！李玉清才二十来岁，正是华灯初上、大放光明之时，怎么说熄灭就熄灭了呢，真是太可惜了！对于华春堂与李玉清的恋爱关系，张丽之当然是知道的，她认为华春堂很有眼光，也很有勇气，找李玉清很合适。她对华春堂有些羡慕，但并没有嫉妒。当听到李玉清工亡的消息时，她一时不能接受，既替李玉清可惜，也替她的同学华春堂可惜。她想到了，李玉清的突然离去，一定会对华春堂造成很大的打击，她应该对华春堂有所安慰。但她还没想好怎样安慰华春堂。人世间好多事情，有些事情能安慰，有些事情不能安慰，任何安慰都无济于事。李玉清在春节前出事，这是一个坏消息，一个让人痛心的消息，她不能当向华春堂报告坏消息的第一人。在没得知李玉清出事的消息时，她没觉得灯房有那么冷，一知道李玉清再也不会出现在灯房的窗口，她心上一哆嗦，身上也哆嗦起来，才决定回宿舍加一件衣服。她没想到，会在女工宿舍的大门口碰见华春堂。在黑夜里，华春堂的突然出现，把她吓着了，冥冥之中，她把李玉清和华春堂联系到了一起，好像是李玉清托她向华春堂告知消息似的。不然的话，别的女工都没起床，都没出来，为什么单单是华春堂出来了呢！她没能躲开华春堂，慌乱是难免的，说话吞吞吐吐、前言不搭后语，也是难免的。不管怎么说，张丽之总算守住了自己的口，没有把让人伤痛的消息告诉华春堂。不然的话，她会觉得对不起华春堂。

华春堂到井口去了。天还黑着，看不见月亮，也看不见星星，云层遮住了一切。井口的工业广场静悄悄的，好像没发生过任何事情一样。井口有推车的工人，华春堂走过去一问，就问出来了，出事的工人是机运连开溜子的李玉清。华春堂的脑子里"嗡"的一声，耳朵好像什么都听不到了，眼里似乎也冒出了金星。她问：

人呢？人在哪里呢？被局里的救护车拉走了吗？

推车的师傅告诉她，人送到矿上的医院去了。

华春堂转身来到医院，想确认一下出事的人到底是不是李玉清。

医院的人告诉她，李玉清不在医院，李玉清的尸体被送进了澡堂，在那里进行最后的整容。

她不知不觉来到澡堂门口，才想起男澡堂是不许她进入的。华春堂觉得脸上一凉一凉的，像是有雪花落了下来。华春堂的悲痛上来了，想哭，想问一问老天爷，这到底是怎么回事？理性告诉她，她还不能哭，全矿别的人都不哭，她一个人哭，显得有些突兀。一个人的笑自由些，哭就不那么自由。一个人说话，需要名正，那么一个人的哭呢，也需要理由，特别是大哭。就目前来说，华春堂大哭的理由还不够充分。她和李玉清的关系，还是恋爱关系，顶多属于男朋友和女朋友之间的关系，还不是夫妻关系。虽然说，李玉清答应了年三十那天要到她家里去，但李玉清还没去，人就没了。也虽然说，她和李玉清商定，等过了春节，她要和李玉清一起，去郑州看望李玉清的父母。去看望李玉清的父母，这是一个重要的程序，这个程序一定要走。等走完了这个程序，倘若李玉清的父母不反对，她和李玉清就可以办理婚姻登记手续，正式确立夫妻关系。可这个重要的程序还没来得及走，李玉清就一个人走到另外一个世界去了。设想一下，如果她和李玉清确立了夫妻关系，作为李玉清的妻子，她怎么哭都可以，哭破大天都没关系，不哭反而说不过去。因为还没有妻子的名分，她就不能想哭就哭。雪下得大了一点儿，地上已经有些发白。天也渐渐白起来，一时分不清是雪白还是天白。华春堂只得又回到宿舍去了，和衣躺到床上，拉被子蒙住了头。

矿方把李玉清遇难的消息通知了李玉清的父母，李玉清的父母坐着一辆小轿车，冒雪到矿上来了。矿工们看见，小轿车到来之前，矿上的接待人员已打着伞，在大门口迎候。小轿车到煤矿大门口后，接待人员没让李玉清的父母下车，示意司机把车往矿里面开，一直开到办公楼前，才停下来。接待人员从车后面小跑着跟上来，为李玉清的父母拉开车门。从车里下来的李玉清的父母都穿着长款的呢子大衣，表情凝重。等候在办公楼门口的几位领导，赶紧迎上来与李玉清的父母握手。

站在远处的矿工们，只看见他们互相握手，听不见他们说话。他们不可能只握手不说话，可他们说什么呢？李家只有这么一个独生儿子，初中毕业后先是去农村插队，接着到煤矿当工人，年纪轻轻的就把命丢到了井下，矿上的领导怎么跟人家的父母交代呢！雪越下越大，李玉清父母乘坐的小轿车是黑色，很快变成了白色。李玉清的父母随矿领导走进办公楼后，迟迟不见出来。

听说李玉清被整容后，送到医院的太平间里去了。李玉清的父母来了，矿方应该会让他们看一下儿子的遗容，跟他作最后的告别。也许他们从办公室出来后，跟儿子告别过了，但没听见他们的哭声。李玉清的父母都是有身份的人，也是意志很坚强的人，他们看见不语的儿子，会心痛、眼湿，却不一定会哭出声来。

直到晚上，雪盖矿山，一片雪白，矿上才传出了哭声。哭声有些凄厉，在寂静的雪夜显得格外悲哀。这天是腊月二十三，是农村祭灶的日子，也是祖祖辈辈过小年的日子。矿工们都是国家的工人，他们虽然不重视什么祭灶和小年，但这个日子他们会记起。这天，因为工友李玉清的离去，因矿上招待所里传出了长长的哭声，人们过小年的气氛荡然无存。

矿工们听出来了，哭声是一个女声。这个女声不是李玉清母亲的哭声，也不是华春堂的哭声，是谁哭得如此伤心伤肺呢？大家很快就知道了，是李玉清同父异母的姐姐。李姐哭得不管不顾，如怨如诉，似乎比漫天的大雪都有覆盖性。她在为弟弟哭，也在为自己哭。因为之前爸爸妈妈坚决反对她和右派的儿子谈恋爱，为了表示抗议，她竟然服了毒药。亏得工友们发现及时，把她送到矿务局总医院紧急抢救，才挽回了她的一条命。如果只为弟弟哭，如果哭时找不到自己，她痛哭的动力也许不会如此之大。在为弟弟痛哭的同时，联系到自己，把自己的痛苦也调动起来，悲上加悲，哀上加哀，才哭得如此痛彻心扉，感天动地。

听到李姐的哭声，华春堂像是受到感染，又像是有所响应，她再也压抑不住自己，才哭起来了。什么名分不名分，管他别人说什么，或不说什么，她顾不了那么多了。就算她跟李玉清没谈过恋爱，就算李玉清只是她的一个工友，李玉清人那么好，品质那么优秀，她也愿意哭一哭，也有自由表达一下对李玉清的痛惜。她是在自己的宿舍里哭的，不哭则已，一哭就有些收不住。她的哭声把整个女工宿舍的女工都惊动了，王秋云、张丽之、杨海平等，纷纷到华春堂的宿舍看究竟。虽然华春堂只是哭，没有诉，没有说出哭的原因，但她们心里都明白，华春堂是为李玉清而哭，也是为自己而哭。对于华春堂这样的哭，她们无法劝慰，只能默默地看着华春堂痛哭。窗外落雪纷纷，她们心里都戚戚的，眼里不知不觉间就涌满了泪水。

连傻明听见华春堂的哭声都从食堂里跑了过来。傻明已结婚并怀了孕，肚子显得鼓鼓的。她问：咋回事儿，谁打华春堂了？

没人搭理她。

第十七章　继续寻找

痛哭，有着动人的力量。华春堂为李玉清痛哭的事，全矿的人差不多都知道了，大家在互相传说，越传越多。传到后来，几乎有了想象和虚构的色彩。有人说，华春堂哭得太厉害了，曾全身抽搐，昏厥过去。住在女工宿舍的一个新来的女医生，给华春堂扎了一针，华春堂才苏醒过来。还有人说，华春堂之所以哭得如此悲痛，是她和李玉清的关系已经相当密切，很不一般。不管怎么说，大家都对华春堂的哭有所感动，认为华春堂是一个重感情的人，也是一个讲情义的人。

刘德玉对华春堂说：华春堂，我以前对你的认识有偏差，以后我要重新认识你。看来人不只是活在物质世界当中，还活在情感世界当中。

周子敏见华春堂的情绪还低沉着，就劝慰华春堂说：你还是要注意自己的身体。人一走，不可能再回头。你已经对得起李玉清了。

雪停了，到处都有积雪。人们把路面上的积雪铲起来，堆到墙角或树的根部，弄得黑一块、白一块。下雪不冷，化雪冷，一层雪气，一层冰气，天气清冷清冷的。这天下班后，一个叫马成学的郑州知青，到华春堂的宿舍来了。马成学说他代表在东风矿的所有郑州知青，来对华春堂表示感谢！马成学自我介绍说，他与李玉清是从小就在一起玩的好兄弟，上小学、中学他们都是同班。到农村插队时，他们也在同一个知青点。

华春堂知道马成学是李玉清的同学，也听李玉清说起过马成学，她指了一下自己的床边，让马成学坐。

马成学没有坐，他站在煤火炉的炉台边，像是有些不自在。煤火是燃烧的状态，只是炉中的煤烧得有些乏了，已长不起火苗来。马成学把两只手伸在炉口上面烤，烤了一会儿，双手互相搓一搓，再烤。要不是宿舍里有这一炉煤火，马成学的手大约不知往哪里放才好。陈秀明这会儿不在宿舍，正在食堂里上班。唐慧芳也不在宿舍，她调走了，从东风矿调到了别的矿。唐慧芳调走后，她的床板也被人搬走了，三人住的宿舍里暂时空出了一块。

唐慧芳之所以调走，是她在东风矿有些待不下去。之所以要换一个环境，一来是她管不住自己，在男女关系方面发展得有些乱，影响很不好；二来是和一件新发生的萝卜案有关。那个偷红薯给唐慧芳吃的红薯男，不再偷红薯了，变成了偷萝卜。冬天到了，雪下来了，地里的红薯被农民收完了，地里已没有红薯可扒。好在附近的农村生产队里还有菜园，菜园里挖有菜窖，菜窖里埋有萝卜。菜窖上面覆盖的土壤，对萝卜有保暖、保湿、保鲜功能，不管天有多冷，雪下得有多大，把萝卜扒出来，仍是绿绿的、鲜鲜的，吃起来清脆可口。这样的萝卜完全可以代替苹果、梨等水果吃。于是，红薯男变成了萝卜男，他不给唐慧芳送红薯了，改成送萝卜。萝卜的形状跟红薯长得有些相像，都是块茎，都是圆圆的、长长的、粗粗的。只是呢，红薯大小不一，长得不太匀溜。

而萝卜大小粗细都差不多，显得匀溜多了，也好看多了。也就是说，萝卜男不再拿红薯与唐慧芳作交换，变成了拿萝卜与唐慧芳的"萝卜坑"作交换。红薯萝卜差不多，唐慧芳似乎也不反对萝卜男送萝卜上门给她吃。

然而农民不干了，他们发现窖里的萝卜被扒，从雪地上留下的脚印看，可以断定是矿上的人干的。走窑的人不仅在他们的村庄下面挖本来属于他们的煤，还在地面的菜园偷他们窖藏的青萝卜，未免太不像话，看来不给他们点儿厉害尝尝，他们不会知道马王爷有几只眼。农民猜测，走窑的顺手扒萝卜，可能是半夜下班后进行，他们只好也不睡觉，准备了棍棒、绳子和手电筒，在一堵地堰后面埋伏起来。他们这样做，类似于在打谷场上用支起的筛子捉麻雀，那些萝卜就是等"麻雀"去吃的诱饵。只不过，他们捕捉同样长着两条腿的大"麻雀"不用筛子，埋伏起来的三个农民都是壮劳力，他们的六只手就是筛子。他们带去的绳子也没有拴在棍棒上。棍棒是准备击打小偷用的，小偷若不老实就范，就把小偷的腿骨敲断。绳子是准备捆绑小偷用的。捉小偷并不是一件容易的事，至少需要足够的耐心。

三个农民在寒夜里守了三夜，才终于把偷萝卜的小偷抓到。当他们看到一个煤一样的黑影，拐进菜园里，开始摸索着扒萝卜，猛地从地堰后面蹿将出来，带头人大喝一声"站住"，手电筒的光圈就把小偷圈住了。小偷没有跑，他呆住了，像木鸡。他的手一哆嗦，已扒到的两个萝卜掉到了地上。他要是跑的话，他的腿骨有可能被敲断。他不跑倒好了，腿骨就保住了。他扒到的萝卜是赃，已跑到他跟前的带头人大概要来个人赃俱获，命他把萝卜捡起来。萝卜既然掉到地上，就算了，小偷不想捡，萝卜仿佛变成了烫手的红薯。他叫着大爷、大叔，承认他错了，这样的事儿他再也不干了！人家问他一共偷了多少次萝卜，他说三次，每次两个，一共是六个。他答应给人家赔钱，六个萝卜的钱一块儿赔。人家问他打算赔多少钱，他不说，让人家说。人家说，一个萝卜至少要赔三块钱。三六一十八，他像是想了一下，点头答应了。答应之后，他让人家把一直照在他脸上的手电筒摁灭，手电筒的光亮比矿灯的光亮还强烈，照得他有些睁不开眼。人家不灭电筒，让他把钱掏出来。他说他刚下班，身上没带钱。他说他现在也没有钱，要等到月底发工资时，才能把钱送过来。带头人说他想要滑头，再次喝令他把两个萝卜捡起来，他胆敢不捡，就扒掉他的裤子，把萝卜捅进他的后门里去！天哪，那可不得了，那么长那么粗的萝卜，不把他捅死才怪。他说好好，我捡我捡！他刚把两个萝卜捡到手里，带头人却对另两个人说：把他捆起来！小偷把两手各拿的一个萝卜示意了一下，意思似乎在说，要是捆他的话，萝卜就没法拿了。捆他的两个人才不管他示意不示意呢，把绳子往他脖子上一搭，分别扭住他的一只胳膊往后扭。人家一扭他，他手中的萝卜又掉在地上。

　　手是用来吃饭的，用来干活儿的，用来挣扎的，不是用来捆绑的，一旦把双手捆起来，问题就严重了。小偷不知道，人家把他捆起来，下一步要干什么，不就是几个红薯嘛，不就是几个萝卜嘛，至于这样对待他吗！他是从农村来的，来矿之前，他也是一个农民。当农民的，偷点儿庄稼，或偷点儿菜，是常有的事儿，差不多成了习惯，成了一种生活方式，哪有不偷东西的呢！他不能就这样束手就擒，还是要挣扎一下。他说：你们不能这样对待我，我可是工人阶级，工人阶级可是领导阶级！带头人说：狗屁，什么这阶级、那阶级，我看你就是小偷阶级！把他给我捆紧点儿，捆出他的尿来！两个人捆他的方式是背绑，也叫五花大绑，一直把他勒得屁股朝天，脑袋朝地，双手差不多拽到了后脖颈。

天还黑着，一钩儿残月挂在天上，人家把他押回到村里去了，关进一间有门无窗的小屋里。作为赃物，那个萝卜是怎么处理的呢？小偷的手不能拿萝卜了，人家的办法，是把两个萝卜像塞楔子一样，强硬地搠进小偷背剪着的胳膊下面。直到天亮了，村里的炊烟升起，那三个人才把小偷从小屋里取出来，往东风矿起解。

往矿上解人时，他们不带棍棒了，带了一面铜锣。铜锣的面积不小，周边生了绿锈，只有中间那一块是亮的。这样的铜锣，是村民们在闹元宵时玩狮子用的，现在又不是元宵节，背上插了两个萝卜的小偷也不是狮子，他们提溜一面铜锣干什么呢？好戏即将开台，铜锣自有用场。他们一走进东风煤矿的大门，一只拳头般大小的锣槌子，"咣"的一下子，就把铜锣敲响了。别看铜锣看去有些古旧，声响却相当洪亮，有着声震寰宇的效果。那个抓小偷的带头人，原来是一个生产队的副队长，抓小偷由他牵头，开场的铜锣也归他敲。他一边敲锣，一边大声吆喝：看小偷啦，我们抓到一个偷萝卜的小偷。铜锣的召唤力显而易见，宣传队早就解散了，谁又在敲锣？要干什么？听见锣声，矿工们纷纷跑了出来。连正在睡觉的矿工，也穿衣起床，到外面看究竟。他们一看就明白了，原来偷萝卜的萝卜男被惹不起的村民给逮住了。

这一回，萝卜男丢人可丢大了，他塌着眼皮，羞愧难当。地是水泥地，没有裂缝，要是地上有裂缝的话，他想一头钻进地缝里去。他想到了自杀，一头撞到墙根上，把自己撞死算了。他觉出有人用绑他的绳子牵着他，恐怕他想挣都挣不脱。他想到了唐慧芳，矿上那么多人围过来看他，说不定唐慧芳也在其中。他很喜欢唐慧芳，别说送红薯和青萝卜给唐慧芳吃，就是割下身上的肉给唐慧芳吃，他都乐意。他跟唐慧芳说过，他要跟老家的老婆离婚，娶唐慧芳为妻。唐慧芳虽说没有明确答应他，但也没表示拒绝。这个事一出，恐怕唐慧芳不会再搭理他了。

　　矿上保卫组的组长听见锣声也出来了，组长一看，就明白了怎么回事。煤矿和农村的关系，可不是一般的关系，被概括为工农关系。这里的工农关系，不是联盟的关系、友好的关系，而是分裂的关系、对抗的关系。你挣工资，我挣工分；你吃白馍，我吃黑馍；你吃肉，我连一口肉汤都喝不到，凭什么？太不公平！煤矿周边的农民心里不平衡，就千方百计找茬儿，动不动就兴师动众地到矿上闹一闹。他们曾敲锣打鼓，围过井口，抢过食堂的肉包子，还把驴牵到篮球场号叫，把牛赶进办公楼里拉屎撒尿。保卫组长每次处理关于工农关系的事情，都是赔着笑脸，赔着小心，生怕激化矛盾，把事情闹得更大。组长迎上去，笑着对副队长他们说：老朋友们来了，欢迎欢迎！组长又拉下脸子，训斥被五花大绑的萝卜男：这都是你干的好事，我看你把整个工人阶级的脸都丢完了，看矿上怎么收拾你！组长对几个农民做的是请的手势，说：跟我来吧，有事咱们去办公室商量。不知他们是怎样讨价还价的，也不知矿上赔了几个农民多少钱，反正副队长他们把萝卜男交给了矿上的保卫组，带着他们的铜锣和绳子，高高兴兴地走了。

　　因萝卜男偷萝卜与唐慧芳有着直接的关系，大家对唐慧芳难免也有不好的看法，有人一看见唐慧芳，就对她指指戳戳，说：看，萝卜，萝卜。有男的还凑到唐慧芳耳边，小声对唐慧芳说：小唐，你想吃萝卜，哥也有，哥把你管个够。唐慧芳跟其师傅褚桂英的案子一波未平，如今萝卜的案子一波又起，唐慧芳的日子就不好过了。褚桂英曾告诫过唐慧芳，不要吃别人偷给她的红薯，吃多了会拔不掉嘴。唐慧芳倒是不吃红薯了，改吃别人偷给她的萝卜，结果就"坐了萝卜"（俗话，意思是吃了亏）。唐慧芳的家就在矿务局所在的金封县，与矿上的亲戚关系毕竟多一些。她再次托了亲戚关系，就调到别的矿去了。

萝卜男后来怎么样呢？他大概要竭力挽回面子，也是自我救赎的意思，在此后的工余时间，天天在矿上打扫卫生，风雨无阻。他晴天用扫帚扫地，把矿上的大路小路都扫得干干净净。下雨天，他穿着雨衣，冒着大雨，疏通水道。下雪天，不等雪积攒下来，他就开始顶着雪花扫雪。除了打扫卫生，他还买了针线，为工友们缝补衣服。再后来，萝卜男就当上了东风矿学雷锋的标兵。有记者采访，问他为什么做到了坚持常年做好事时，他闭口不谈因偷农民的萝卜遭人捆绑的事，也绝对不说是知耻而后勇，把一切功劳归功于雷锋。

话说远了，说到了后话。话再说回来，回到马成学来到华春堂的宿舍，跟华春堂说一些李玉清的往事。马成学说，李玉清会写文章，在学校时，文章就写得很好，经常受到老师的表扬。李玉清下乡后，他妈妈给他写信，希望他把在农村锻炼的感受写出来，给他妈妈看看。要是可以的话，就给他在报纸上发表。李玉清不写，一篇文章都不写。他说，他要是写了，别人一定会以为是他妈妈替他写的，就算发表了也不光彩。

华春堂说，李玉清的想法是对的，他这个人就是有骨气。

马成学还讲了一些李玉清下乡时的趣事。有一次，李玉清的妈妈给李玉清寄了一盒子奶糖，李玉清刚把纸盒子拆开，同学们一哄而上，就把奶糖抢完了，只给他留了一块。他不但不生气，还捏着那块糖说：谢谢同学们！李玉清的家庭条件比较好，穿衣服比较讲究。冬天，他下身不但穿有毛裤，毛裤里还套有秋裤、裤衩。而别的男同学一般只穿一件甩筒绒裤或棉裤。一天早上，一个同学装作穿错了衣服，把他的秋裤贴皮穿到绒裤里面去了。李玉清起床时不见了秋裤，问他的秋裤呢。那个同学说，可能是他穿错了。既然穿错了，李玉清说暂时不要脱了，怪冷的，明天再还他不迟。不料那个同学身上生有不少虱子，第二天他把秋裤还给李玉清时，连带着送给李玉清不少活物。下地干活时，李玉清老是觉得身上痒痒，痒得有些无所适从，恨不能往树干上蹭。那个还他秋裤的同学，心里明白怎么回事，想笑又不敢大笑，嘴歪眼斜，乐得不成样子。李玉清问他乐什么，他说对不起，我饲养的一些小动物可能跑到你身上去了。这时候，李玉清仍然不生气，他让那个同学打一声呼哨，把小动物唤走。那个同学说，那些小动物有嘴没耳朵，恐怕不听他的呼哨，请李玉清帮他养着算了。李玉清说，小动物那么宝贵，他可养不起。他把那些小动物还给同学的同时，把那条秋裤也送给了那个同学。穿李玉清的秋裤，是那个同学玩的一条诡计，诡计如愿得逞，可把那个同学高兴坏了。马成学一边讲，一边乐，说：你看李玉清逗不逗，简直能把人的牙逗掉！

听了马成学所讲的李玉清的趣事，华春堂却乐不出来，她的鼻子酸了又酸，看样子又要落泪。

马成学感到了华春堂对李玉清的不舍之情，意识到自己把话说多了，说薄了，遂沉下表情，没有再说下去。他看了看自己的脚，左看一下，右看一下，抬起一只脚，蹬在炉台上。抬起的是他的左脚。他一共有两只脚，左脚和右脚。他像是不大认识自己的左脚似的，把左脚看了一会儿。而后，放下左脚，换成把右脚放到炉台上，又把右脚看了一会儿。右脚看起来似乎也有些陌生。他说：华春堂，我觉得你这个人太好了，真的，怎么说呢，真是太好了！

谢谢你，马成学！

华春堂竟叫出了马成学的名字，这让马成学脸上红了一下，更不知说什么好了。煤火乏得越来越疲，萎下去的煤上面蒙了一层白灰，几乎看不见了红火。马成学说：我给你们的炉子添点儿煤吧？

华春堂没让马成学动手，她说：我们宿舍的炉子，都是陈秀明的男朋友王东江帮着和煤、添煤，你就不用管了。

此后，马成学就成了华春堂宿舍的常客，每隔一两天，他就到华春堂的宿舍来一次。有时华春堂外出，陈秀明也不在宿舍，只有王东江一个人在屋里和煤，他就跟王东江聊一会儿。两个人都是城里来的知青，彼此并不排斥。王东江很认真地对马成学说：华春堂这个人很不错。

马成学说：陈秀明也很好呀！

这样说着说着，虽然心照不宣，似乎已建立起连襟一样的感情。

灵透如华春堂者，当然明白马成学登门找她的用意。马成学嘴上说的是李玉清，实际上说的是他自己，介绍的也是他自己。李玉清如今一去不返，马成学的意思是想代替李玉清，补上李玉清在她华春堂这里的缺位。马成学有这样的想法可以理解，无可指责。与李玉清相比，马成学的个头还要高一些，身体也壮实一些。可不知为什么，她就是找不到感觉，就是不能像喜欢李玉清那样喜欢马成学。华春堂是一个喜欢深究的人，她使劲想来想去，想到之所以对马成学喜欢不起来，可能不是因为看得见的东西，而是看不见的东西；可能不是因为实的东西，而是因为虚的东西。这个虚的东西是气，是人的脾气。她觉得自己的脾气和马成学的脾气有些不投。马成学不大气，在她面前不是羞怯，而是扭捏。比如说，马成学从来不与她对视。在她不看马成学的时候，马成学可以看她。她只要一看马成学，马成学就赶快塌下眼皮，或把目光转向别处。她做过试验，有时和马成学说话时故意塌着眼皮，麻痹一下马成学。当马成学放松警惕时，她猛地撩起眼皮，眼的强光一下子照向马成学的眼睛。马成学猝不及防似的，显得有些慌乱，赶紧把眼睛躲开了，封闭起来了。这样给华春堂的感觉就很不舒服，好像马成学看她都是在偷看，而不是大大方方地正眼看。人说眼睛是心灵的窗户，马成学的"窗口"里像是藏着什么不愿让人知道的秘密一样，总是对她关闭着。马成学有什么秘密呢，真让人猜不透。李玉清与马成学完全不一样，她看李玉清时，李玉清也看她，李玉清满眼都是坦荡。两个人对视着，李玉清有时也会低下眉笑一笑，那是真正的羞怯，还有男孩子的调皮。不管是羞怯，还是调皮，都让华春堂觉得李玉清可爱。

也许因为有了李玉清这个标高，她才对马成学有所挑剔。有时她也会想，她对马成学的挑剔是不是有些过分呢？尺有所短，寸有所长，人与人哪能都一样呢！有了这样的想法，她就愿意听一听别人对马成学的看法。她不必专门去找某一个她信得过的人，请人家谈谈对马成学的看法，那样显得过于郑重其事，也显得不够自信。她相信，只要想了解一个人，只要耳朵有了方向，风不过耳雨过耳，总是能听到消息。

大概工友们也看到了马成学时常去女工宿舍找华春堂，以为他们在谈恋爱，有意或无意，谈到马成学就多一些。不管别人谈得是有意，还是无意，反正华春堂都听得有心，也很用心。她听人说，别看马成学身体棒棒的，很有力气，却是一个惜力的人。有人惜话，有人惜财，他是惜力。一件事情做下来，需要花一两的力气，他却连半两的力气都不愿意出。在工作面采煤，是两个人一个场子，需要两个人同心协力才行。因马成学对自己的力气掩着藏着，能省就省，弄得好多人不愿跟他一场子干活。听到这样的议论，华春堂对马成学就有不太好的看法了。一个男人家，长力气是干什么的，就是用来劳动的，用来创造的，用来赢得脸面的。如果有力气，却舍不得下力气，就会被人说成懒、说成滑，就会被人看不起。一个人过于吝啬自己的力气，就不是身体和力气本身的问题，而是人品的问题、人格的问题。对于这样为人处世有问题的人，华春堂心里不能不打一个问号。

华春堂没跟马成学一块儿干过活儿，不能判定马成学干起活儿来是不是真的很惜力。但是有一件事，不免使华春堂产生联想，并像得到了某种佐证似的。有一天，马成学再次来到华春堂的宿舍，聊了一会儿天，向华春堂提出：我听说你很有活动能力，跟咱们矿管人事的老王也很熟，你能不能跟老王说说，把我从采煤连里调出来。

她跟马成学还没怎么着呢，马成学就开始让她办事，这不太好吧！华春堂问：你是不是觉得采煤的活儿比较重，干起来比较累呢？

马成学低着眉说：活儿重只是一个方面，更主要的方面是，采煤比较危险，不够安全。

那你想调到哪个连呢？

调到地面恐怕有难度，我想能调到机运连就可以。

提起机运连，华春堂一下子就想起了李玉清，她说：你以为机运连就安全吗？

马成学也想起来了，李玉清就是在机运连出的事，他一时无话可说，有些语塞。

华春堂说：我和矿上人事组的干部并不熟。

那你怎么调到化验室去了呢？听说调到化验室工作是很难的。

华春堂当然不会跟马成学讲她从矿灯房调到化验室的过程，只是轻描淡写地说：也许赶巧了吧，也许化验室正好缺人吧！

虽说马成学也是郑州来的知青，虽说马成学的家庭成分没什么问题，虽说马成学是李玉清的同学，华春堂却不愿意和马成学交往下去。要是和马成学这样的人生活在一起，她会觉得别扭。一个惜力的人，不是身上没有劲，是心上没有劲。试想想，一个没有心劲的人，将来能有什么出息呢！真正促使华春堂下定决心，拒绝马成学再去找她，是她偶尔听到工友们给马成学起的一个外号。中国人起外号是有传统的，很厉害。一个人的外号，对这个人的性格、做派，甚至一辈子的作为，都是一个概括。别人给马成学取的什么外号呢？马娘娘。"娘娘"，这个外号可不好。一个良，搭一个女字旁，念娘。娘娘不是女的嘛，不是雌性嘛！马成学明明是一个男的，是一个雄性，怎么得了这么一个外号呢！联想起马成学老是躲闪的目光，扭扭捏捏的姿态，说话时哼哼叽叽、欲言又止的样子，综合马成学给她留下的印象，马成学是不够阳刚，有些"娘娘"。女的找对象，也是找男人，找能顶天立地的男人，谁都不想找一个"娘娘"。当断则断，不断只能是麻烦。于是，华春堂字斟句酌地给马成学写了一个纸条，告诉马成学，李玉清出事故之后，她的心情一直沉重着，迟迟不能缓解。她决定，在短时间内，不再与别的男同志交往，请马成学不要再去找她了。她祝愿马成学能找一个称心如意的好对象。

说话与写字是不一样的，不管什么话，就怕以字的形式固定下来。好比说话没有根，一写成字，就有了根。再好比只说话没有据，一在白纸上写成黑字，就有了据。是的，华春堂给马成学写的不是信，信有抬头和落款，纸条上只有两行字。马成学把华春堂送给他的纸条看了一遍又一遍，像是生怕漏掉了一个字，生怕看不明白。其实，看第一遍时，他就明白了华春堂的意思，情绪就低落下来。再看时，他的眼睛已咬不到字，已经有些走神，有些茫然。马成学没有把纸条撕碎，扔掉。相反，他对华春堂的字有些珍惜似的，把纸条折叠起来，放进口袋里。折纸条的时候，他的手有些抖。

马成学还算自重、知趣，从那以后，他再没有踏进女工宿舍半步，再没有去找过华春堂。别说去女工宿舍了，哪怕去食堂吃饭时路过女工宿舍大门口，他都有所回避似的，不是低下头，就是别过脸去。

第十八章 转机

　　过年的气氛是平淡的，平淡得甚至有些寂寞。其实，连着好几年了，矿上过年都不放假，过的都是革命化、战斗化的春节。这年的春节和前几年的春节没什么两样。矿工们的寂寞感来自他们的经验，也来自他们的预期。矿工们多来自农村，农村每年的春节，贴了春联贴年画，点了蜡烛点黄表，放了散炮放鞭炮，那是很红火的，也是很热闹的。好像一年到头的苦挣苦熬、省吃俭用，都是为了过春节这一天似的。他们的预期，还是要在过春节时好好红火一下，热闹一下。预期也是心理上的一个准备，这个准备，不是他们想准备就准备，想不准备就不准备，准备仿佛已经形成了一种惯性，临近年底，他们在不知不觉间就准备起来。然而，他们白准备了，在单身矿工住的宿舍里，没人贴这贴那，没人烧纸烧香，也没人买炮放，连一点儿过年的动静都没有。事情往往就是这样，你对某件事原本不抱什么希望，就不会有失望。你抱的希望越大，希望不能实现，失望就越大。矿工们过春节，如果心理上没有攒劲，没有准备着热闹，冷清也就冷清了，他们不会感到有多么寂寞。就是他们准备好了要热闹一番，热闹未能到来，心理和现实的反差，使他们倍感寂寞。周边农村的农民，倒还是保持着中国人过春节的传统，该放炮还是放炮，该放花还是放花。从农村隐隐传来的炮声，使矿工们想到了故乡，想到了亲人，他们几乎有些伤怀，甚至有些叹息，连春节都不能好好过一下，当工人有什么好呢！怎么排遣寂寞呢？他们的办法是，顶着寂寞，再往寂寞深处走，蒙头睡觉。井下繁重的体力劳动，使他们每个人都缺觉，他们只有睡不醒的时候，从来没有睡不着的时候，躺下的同时，就睡着了。有时还没躺下，人就睡着了。睡吧睡吧，睡一觉醒来，年就过去了，寂寞也过去了。

过节期间，井下的工人不放假，地面上的工人和科室人员当然也不能放假，要革命，大家一块儿革命。科室人员，一般指的是干部。矿务局要求，科室人员不但不能放假，在年三十和年初一，还要下井和工人们一块儿劳动。华春堂所在的化验室，因带一个室字，也应算是科室。但化验室的工作人员，除了那个女右派是干部，别人都是工人。矿上没有要求化验室的工作人员也下井，他们在化验室里做好每天的煤质化验工作就行了。

年三十这天傍晚下班后，华春堂还是回家去了。年前，她和李玉清约定，年三十那天，他们一块儿去华春堂家过除夕。结果，还没等到除夕，李玉清就走了。本来应该是成双成对地回家，现在是她一个人，形影相吊地回家。这样的回家，注定是一次伤心之旅。她走到家属区时，天已经黑了，公厕门口的路灯亮了起来。路灯是昏暗的，照着下面的露天垃圾场。垃圾场上的节日，垃圾五色杂陈，在灯光下显得有些奢华。华春堂刚拐进家属区的大门口，见暗影中有一个人影迎上来：春堂，你回来了！

哦，是姐姐！华春堂问：姐，你怎么在这里？

咱妈说你今天晚上一定会回来，让我在这里等你。

华春堂没有说话，她的眼泪一下子就下来了。这就是妈妈，她能说什么呢！

李玉清出事故的事儿，姐姐华冬梅是知道的，为此，姐姐还专门去东风矿看过妹妹，陪妹妹哭了一鼻子。姐姐说：根成没有回来，你要是也不回来，这个年过得就更没意思了。

华春堂还是没说话。她大概觉得自己这会儿不适合说话，一说话喉头那里会发哽，就没有开口。

姐妹俩不能都不说话，闷着头走黑路，那算什么呢！妹妹不说，姐姐就接着说：春堂，我跟你说一件事儿，你不要害怕。卡车司机的老婆，前几天喝药死了。我早就说过，那个司机不是个东西，打人成了他的本性，他是改不掉的。他老婆给一个男的写信，被他发现了，他就往死里打他老婆。他扒光了老婆的衣服打，还当着两个孩子的面打。把两个孩子吓得大哭，他还用皮带抽孩子，不许孩子哭。他老婆大概再也不能忍受，就自尽了。老婆活着的时候，他不把老婆当人，老婆一死，他就抓瞎了，连年都没法过，只得把两个孩子送回老家去了。事情到这里没有完，让人想不到的事儿还在后头呢。听说跟司机老婆通信的那个男的，家是郑州的，他是司机老婆的中学同学，两个人是多年的情人关系。那个男的得知情人自杀的消息后也自杀了。你看看，这叫什么事儿呢，现在都什么年代了，怎么还会出现这样的事儿呢，怎么还会有人殉情呢，太不可思议了！

华春堂被姐姐讲的事儿惊住了，她有些不敢相信似的问：这是真的吗？

应该不会有假，这几天家属区里的人都在议论这事儿。

真没办法，有人说得对，看来人来到这个世界上就是来受罪的。华春堂又说：过去的人把年说成是过年关，说过年跟过关一样，看来这个关真的不好过。家属区里的小路是用煤渣铺成的，有些粗粗拉拉，坎坎坷坷，华春堂脚下被绊了一下，打了一个趔趄。姐姐伸手拉住了她，要替她拿东西。她说不用。她除了背着书包，手里还提着一个像是小包袱一样的东西。姐姐问她提的是什么。她说过年了，她给妈买了一件绒裤。

一进家门，华春堂就把用一顶方巾包着的绒裤拿了出来，说：妈，过年了，我给您买了一件绒裤。

妈以前过冬都是穿棉裤，冬天穿，夏天拆洗，能穿好几年。妈还从来没穿过用机器缝制的绒裤。妈把绒裤接了过去，说：你这孩子，还为我花钱干什么！

华春堂尽量笑着，说：过年了嘛！

妈说：是的，过年了，今天就是年三十，明天就是大年初一。一家人心里都装着一个人，那就是李玉清。因为事先说好的，今天李玉清要到他们家里来过除夕。但，谁都在小心回避着，不敢提李玉清半个字。当妈的知道，春堂心里苦得很，也抱屈得很，哪怕只提到一个玉字，或一个清字，说不定春堂就会哭出来。母女连心，其实妈妈眼里也包着眼泪，她也想抱着二闺女哭一场。可是不行啊，过年要的是喜，不是忧，要是哭了，对来年整个一年，恐怕都不吉利。不管心里有千般苦，还是万般忧，都得忍下来才是。妈说：我已经把饺子包好了，春堂也回来了，咱们下饺子吃吧！

一年三百六十五日，年总是少，日子总是多。年过去了，日子在继续。日子日复一日，谁都不知道自己的日子究竟有多长。

把日子过下去，恋爱还是要谈，对象还是要找。日子，包括在日子里面的吃喝拉撒睡、油盐酱醋茶，是人生的细节；谈恋爱，找对象，结婚，是人生的情节。人一辈子细节多，情节少。有些情节是不可绕过的，还得拾起来，并发展下去。如果把华春堂追求李玉清，说成是华春堂的第一次恋爱的话，马成学追求华春堂，并没有形成华春堂的第二次恋爱。因为恋爱是互动的，没有形成互动，一个动心，一个不动心，野地里烤火一面热，就不算恋爱。别看矿上的男青年不算少，扒拉来，扒拉去，能让华春堂看上眼的却少之又少。在又一年春天到来的时候，华春堂把找对象的目标对准了魏正方。在宣传队的时候，她以自己有限的行动，试探性地对魏正方表示过好感，但他们之间并没有交流，不算是恋爱。这一次，她要明确地向魏正方表明她的态度，争取形成恋爱，能把魏正方抓住。

魏正方的处境有所改变，他不在矿上挖备战地洞了，被借调到矿务局的政工组帮助工作去了。这个改变有很大的偶然性，似乎也有必然的因素在起作用。既然要准备打仗，对民兵的动员是重要的。矿务局要召开一个对先进基干民兵的表彰大会，要求局属各单位都要推荐先进基干民兵代表，并要上报先进事迹的书面材料。东风矿所推荐的先进民兵代表叫文遂喜，他是魏正方所在掘进连的指导员。把文遂喜的名单往上报时，文遂喜推辞过，他说他就是一个搞巷道掘进的，跟民兵工作有什么关系呢！矿上的领导把文遂喜批评了一顿，说挖巷道就是挖地洞，挖了地洞，战时就可以当防空洞使用，怎么能说和民兵工作没有关系呢！再说了，挖巷道的同时就得往外挖煤，所挖出的煤，就是准备打仗的战备物资，为国家提供战备物资，也是民兵工作的一部分。这个代表，文遂喜是推辞不掉了，他想当，得当；不想当，也得当。若再推辞，就是不识抬举，并有可能犯错误。让文遂喜为难的是，事迹材料要他自己写，还是第一人称。天爷爷天奶奶，他只上过几年小学，哪里会写什么材料，他知道他自己，自己绝对不是写材料的材料。他使唤掘进工还可以，让他使唤文字，他可做不到。别看那些文字都是方块，都不会说话，但它们都固执得很，也自主得很，不是谁想调动就能调动的。你可以拉它们站在一块儿，它们不一定听话，不一定同意。你可以把它们组成句子，句子不一定顺溜，前言不一定能搭上后语。另外还有一个组织和结构问题，如果组织不得当，结构不严密，就不能算是文章。比如可以用猪的鬃毛做成鬃刷子，刷子就是一种结构形式，没有这种形式，散落一地的鬃毛只能还是鬃毛。文遂喜再次找到矿上武装部的领导，说材料他自己写不了，矿上能不能找一个笔杆子帮他写。领导说，矿上钻杆子不少，枪杆子也有，缺的就是笔杆子，让文遂喜自己想办法，想找谁写都可以，把材料写出来及时交上去为目的。文遂喜急得乱转腰子，不知道哪个会写材料。他所领导的掘进连，连里知识青年倒是有几个，不管他找到谁，对方不是摆手，就是摇头，再不就是说指导员在讽刺人，讽刺人不是这样的讽刺法儿。万般无奈之际，连长给他出主意，说可以找魏正方试试。魏正方犯错误时写过检查，会写检查的人，也应该会写材料吧。文遂喜一听，拍了一下自己的大胯，几乎骂了粗话，他说是呀，魏正方虽说被抓去和坏家伙们一块儿挖地洞，以挖地洞的方式对他进行思想改造，但他还属于掘进连的人哪，怎么把他给忘了呢！

征得矿领导的同意后，文遂喜就把魏正方叫到连部的办公室去了，说交给魏正方一个任务，写一份上报矿务局的材料。通过文遂喜满脸带笑的态度，魏正方觉出，指导员不是让他再写检查。他问写什么材料，文遂喜把要上报的材料跟魏正方说了说。魏正方一听也有些为难，不知有关先进民兵代表的事迹应该怎么写，他说：指导员，我没写过这样的材料呀，我怕我写不好，耽误了您的大事。

文遂喜说：没问题，听说你连戏都会编，编个材料比编戏容易多了。

写什么呢？我手里没有米呀，拿什么下锅呢？

米？你说米？大米还是小米……哦，我明白了，这没什么，不管写什么，你都往阶级斗争上靠呗，都往准备打仗上靠呗！咱们的掘进连，原来叫掘进队，军代表一来，就改成了掘进连。我原来是队里的党支部书记，现在把我叫成了指导员，不就是全民皆兵的编制嘛！万一苏修美蒋打过来，咱们就不搞掘进了，就得拿起枪杆子上前线。咱们目前虽没有上前线打仗，但挖煤也是在为打仗准备炮弹。

魏正方没有推辞，意识到自己的命运可能面临一个转机。他说他试试吧！

天色已晚，文遂喜说：这个材料上边要得比较急，今天晚上你就辛苦一下，加个班吧。文遂喜开了灯，出去时随手带上了门，让魏正方一个人在办公室里写。不管写什么东西，一个重要的条件是安静，不静下来就写不出来。这个道理文遂喜是知道的，他闭上门，是在为魏正方写材料创造条件。

文遂喜出去了一会儿就回来了，一手端着一碗羊肉汤，一手拿着两个火烧，说：这是我给你买的晚饭，你不用去食堂了，就在办公室里吃吧。

羊肉汤热气腾腾，一闻就很香。火烧，魏正方也很爱吃，在井下搞掘进时，他每天吃的班中餐差不多都是火烧。自从派他去打地洞，他再也没吃过火烧。魏正方心里明白，指导员这是在慰劳他，希望他把材料写得快一些、好一些。他有些感动，好久没人这样对待他了。他说：指导员，我这会儿还不饿，你自己吃吧。等材料写得差不多了，我自己去食堂随便吃口东西就行了。

指导员说：哎，这是我特意给你买的，你不要客气，趁热吃吧。等吃完了饭，再写也不迟。指导员往桌上放羊肉汤时，见魏正方已写满了一页稿纸，说不错，不错！又说：他们派你去跟那些坏家伙一块儿打地洞，是故意整你呢，是在灭你的志气呢！你看这样好不好，等你写完了材料，我跟矿上的范主任说说，你就不要去打什么地洞了，还回咱们掘进连干活儿，怎么样？

魏正方说：谢谢指导员，我当然愿意回咱们的掘进连。

材料写完，并没有报给矿务局武装部，因为武装部没有审查材料的班子，只能上报给矿务局政工组。材料送到政工组后，下一个环节，是通材料。所谓通材料，就是对材料进行审查。审查的过程和办法，是一个人念，好几个人听。材料念完了，由听材料的人为材料挑毛病、提意见，跟会审差不多。这就要求，那个念材料的人，必须是执笔写材料的人，他要当场把审查者所提的意见记下来，回去对材料进行修改。等修改完了，再走通材料的程序，直至通过审查才放行。矿务局通知东风矿，让为文遂喜写材料的人去矿务局通材料。东风矿的领导不能阻拦，只能通知文遂喜，再由文遂喜通知魏正方前往。

金宝矿务局的办公楼是五层楼，被当地的人称为大楼。在方圆几十里内，这座楼是最高的，也是最大的。一说大楼，人们就知道指的是矿务局的办公楼，也是整个金宝矿务局的代指。好比一说白宫，人们就知道指的是美国。一些当地的山里人，以见过大楼为有见识，为骄傲，愿意向别人炫耀。还有怀有孝心的农民，赶着毛驴车，或推着独轮车，特意带母亲去看大楼。老人家看见了大楼，好像这一辈子就活值了，死了就不亏了。

魏正方参加工作一年多，快两年了，只看见过矿务局的办公楼，还从没有走进过楼内。办公楼的大门一般情况下不开，只开大楼东头的小门。小门门口有传达室，传达室里一天到晚有门卫值守。办公楼不是谁想进就能进，得经过门卫批准才行。门卫是一位目光锐利的中年人，魏正方刚走到门口，门卫就盯住了他，问他是哪个单位的、找谁。他说是东风矿的，到政工组通材料。说着拍了一下书包。中年人往楼上指了指，说政工组在三楼，让他上去。他仰脸往办公楼上看了看，建筑的宏大让他感到了一种莫名的威压。矿上也有办公楼，矿上的办公楼比较小，进出矿上的办公楼，他没有过威压的感觉。他第一次由建筑想到了权力，是不是单位的权力越大，单位办公的地方就越宏伟，气派就越大呢？

来到三楼政工组的会议室，魏正方更是有些紧张。政工人员多是一些上岁数的人，他们有的戴着眼镜，有的穿着洗得发白的四个兜的军装，有的穿着呢子外套，脖子里搭着长长的围巾，看上去都是很有来历、很有学问的干部。轮到魏正方念材料了，他念得不是很自信，声音一点儿都不洪亮。他听见了自己的声音，声音有些发颤。然而，让他没有想到的是，他写的材料只通了一遍，就通过了审查。那些干部对材料的评价是，扣住了主题，有观点，有材料；有条理，有层次；也有一定的感染力和说服力。只有那个戴眼镜的干部对材料提了一条意见，说材料里两处使用了歇后语，太多了，显得不够严肃。他建议魏正方，以后再写材料时，尽量少用歇后语，或不用歇后语。魏正方一直表现得很惶恐，也很虚心，他说好，他把材料拿回去改一改。政工组的人没让他把材料拿走，而是让他把材料留下，说个别词句由他们修改，修改之后，交文印室打印，作为会议材料使用了。

魏正方把写材料的任务完成后，指导员文遂喜兑现了他的承诺，果然把魏正方要回到掘进连。回到掘进连后，文遂喜并没有让魏正方马上下井上班，而是给他放了一天假，让他休息一下。魏正方没地方去，就去化验室，跟刘德玉聊了一会儿天。刘德玉还是那种牢骚满腹、愤愤不平的样子，说矿上把魏正方的书收走是不对的，应该还给魏正方。当他听说魏正方为文遂喜写了发言材料，也很不赞成，说他文遂喜算老几！在化验室里，魏正方看见了华春堂，华春堂也看见了魏正方，他们彼此叫了一下对方的名字，算是打了一个招呼，没有多说话。其实，他们心里是有话说的，也想坐在一起，慢慢地说上一会儿话。比如说，对于李玉清的猝然离世，魏正方可以表示一下对华春堂的同情，对华春堂有所安慰。也比如说，对魏正方最近的动向，耳听八方的华春堂是知道的，她想问一问魏正方，下一步有没有可能调到矿务局去工作。因为周子敏曾对华春堂说过，魏正方不是久为人下之人，将来会一步一步往上走，走到矿务局，说不定还会往上走。华春堂觉得，周子敏是一个会看人的人，是一个能看到人的前途的人，她一直把周子敏的话牢记在心。她也是想看一看，周子敏对魏正方的看法究竟准不准，对魏正方前途的预测到底靠谱不靠谱。两个人心里都有话想说，而且不是一句两句就能说完，彼此反而都有些不好意思似的，就欲言又止。魏正方在化验室里也看到了周子敏，他们两个连名字都没叫，只互相礼节性地点点头就完了。魏正方觉出来了，周子敏对矿上的人都保持着距离，对他也保持着距离。这种距离感是她内心的一种抗争，也是一种自我保护的需要。魏正方尊重周子敏对距离的选择。

材料都通过后，接下来，矿务局就要召开全局先进民兵代表表彰大会和经验交流会。开大会，就要成立会务组。会务组除了材料组，还有后勤组、宣传组等。成立会务组，机关工作人员不够用，一般要从基层临时借用一些人，到会务组帮助工作。会务组里的材料组和宣传组，由局里的政工组负责组织建立。他们大概认为魏正方的文字能力还可以，写写简报没什么问题，决定把魏正方借到材料组帮忙。局政工组的一位干事，把电话打到东风矿政工组，让矿上的政工组通知魏正方，到局里的政工组报到。接电话的是郭组长，郭组长一听局里借用的人是魏正方，眉头一下子皱了起来，他哎呀了两声，把局里的借用通知拒绝了。他简单地把拒绝的理由说了一下，说魏正方是一个犯有政治错误的人，不适合到上级机关帮助工作，弄不好会给革命事业造成损失。干事把郭组长的拒绝，汇报给局里政工组的常组长。常组长亲自给郭组长打电话。常组长是湖南人，参加革命工作很早，在部队时曾当过团长，立过战功。连局里军代表都把他叫成老首长，对他很是尊重。常组长识字不是很多，但他身材挺拔，气宇轩昂，还保持着军人的硬朗作风。郭组长接到电话，他让郭组长说一说，为什么不同意让魏正方到局里帮助工作？

郭组长说：他在矿上的青年中间传播"封资修"的毒草，造成了很不好的影响。

什么毒草？

他传播毒草数量不少，古今中外的都有。郭组长举了一个例子，《红楼梦》。

谁说《红楼梦》是毒草！

大家都这么说，报纸也是这么说的。

毛主席说过吗？

这个这个……

你不要这个那个，只要伟大领袖毛主席没说过《红楼梦》是毒草，别人说的都不算数。

郭组长又说：矿上还建议开除魏正方的团籍，已经上报到矿务局团委去了。

常组长不高兴了，骂了粗话，说开除什么团籍，这不是扯淡嘛！年轻人看几本书算什么！不看书，能会写东西吗？毛主席教导我们说，要把希望寄托在年轻人身上。我们这些做思想政治工作的干部，一定要听毛主席的话。谁要是不听毛主席的话，我是不会答应的！现在我命令你，马上通知那个什么，魏什么来着，跑步到我这里报到！常组长说罢，不等郭组长再说话，就把电话挂断了。

魏正方去矿务局帮助工作的事，矿上的人很快就知道了。这样的事上不了广播用的大喇叭，人们都是在私下里传说。在传说的时候，似乎每个人的嘴都变成了小喇叭。特别是在矿宣传队当过队员的那些女工，她们的人际关系广泛一些，消息也灵通一些，比较早地获知了魏正方去局里帮助工作的消息。矿务局是上级单位，煤矿是基层单位。矿务局机关的工作人员，有的是从外面调进来的，也有从基层单位选拔上去的。凡是从基层单位选拔上去的，大都是出类拔萃的人，或是有专门才能的人。魏正方能被选拔到矿务局帮助工作，她们都为魏正方感到高兴。按说宣传队早就解散了，她们与魏正方已没有了什么关系，但她们还是愿意记起那段美好的经历，愿意提起魏正方曾经和她们在一起演过戏，好像一提魏正方，她们也能跟着沾一点儿光，证明她们也是闪过光的。是的，前一段时间，当魏正方受到不公正对待时，她们有些心寒，并对魏正方有些担心。现在好了，魏正方总算有了出头之日，她们听说后心里才安然些，才为魏正方长出了一口气。

心情比较激动的女工，当数华春堂，稍稍有些坐不住的，也是华春堂。关于魏正方去矿务局帮助工作的事，华春堂得知消息较早，除了矿上的领导，在工友之间，华春堂也许是得知消息的第一人。也是赶巧了，这天早上，魏正方端着饭碗去食堂打饭时，碰见华春堂打完了饭，正从食堂走出来。魏正方叫住了华春堂，说：我跟你说一件事，你自己知道就行了，先不要告诉别人。

你说。

从今天起，我要去矿务局的政工组帮助工作。

这是好事呀！我知道早晚会有这一天。华春堂看着魏正方，似乎一点儿都不感到惊讶。

帮助工作是临时性的，等局里的先进民兵代表会议开完，我可能就回来了。

那不一定。局里让你去帮助工作，说明你的才华已经在局领导那里挂了号。

路上有人回过头看他们，魏正方让华春堂先吃饭，饭别凉了。以后有机会再聊。

华春堂从食堂打回的饭，是一碗面汤、一点咸菜、一个馒头。

回到宿舍，她吃饭吃得有些走神。掰一口馒头放进嘴里，却忘了就咸菜。就是把馒头放进嘴里，反复嚼了好几遍，都没有往下咽。她回想起魏正方给她留下的第一印象，似乎就不错。魏正方的个头并不是很高，比中等身材还低一些。魏正方的长相也一般，既不是明鼻子，也不是大眼，一点儿都不出众。可不知为什么，她对魏正方的印象就是有些好。随着时间的推移，她对魏正方有了第二印象、第三印象和更多的印象。层层印象相叠加，她不但没有改变对魏正方的第一印象，印象好像还越来越好。好比她看到一幅画，如果第一印象仅仅是凭感性的话，后面的印象就有了理性的参与，越看色彩就越丰富，内容就越厚重。就连魏正方遭人陷害去挖地洞的时候，她仍然对魏正方抱有信心，认为魏正方是一个好人。华春堂不会忘记，在宣传队的时候，她曾为魏正方所住的房间打扫过卫生。魏正方重新回到掘进队时，她曾去魏正方的宿舍借过书。魏正方挖地洞受伤时，她曾去看望魏正方，还给魏正方端去了一碗热汤面。这些事她不会忘记，她相信，魏正方对她的印象也不会差。别的且不说，魏正方告诉她消息时嘱咐她的两句话，就完全可以证实她的判断。魏正方要去局里帮助工作，只让她一个人知道就行了，不让她告诉别人。这样的嘱咐，表明魏正方对她的信任，特有的信任。同时也表明，魏正方对她是有私心的。在东风矿，不能说魏正方没有朋友，刘德玉、张建中、张志国，都是他的朋友。魏正方自己没有告诉他的那些朋友，也不让她告诉他的那些朋友，只让她一个人知道，这不是对她的一片私心，又是什么呢？别看一开会就嚷嚷着"斗私批修"，私心谁能没有呢？私心总是美好的。

柳树发绿，杏花发红，春风越来越暖。华春堂心里暖意荡漾，激动是难免的。大地在复苏，有一种情感，似乎也在华春堂心中复苏。自从李玉清意外离世，她的情感一直处在冰封的状态。虽然有马成学力图把她从冰封的状态里拉出来，但没有成功。而魏正方的两句话，似乎唤醒了她心中一种久违的情感，使情感的波澜顿起。她想，她命里是不是有一个魏正方呢？魏正方是不是在她的命里等她呢？她甚至有些迷信地想，魏正方是从农村出来的，而她爷爷那一辈也是农村人，老天爷是不是要把她还给农村出来的人呢？要是那样的话，那就没办法了，就得认命了。

春风是关不住的，上班后，华春堂一激动，试探性地把魏正方的动向说给了周子敏。华春堂一直对周子敏充满信任，相信周子敏是一个内心深沉的人，也是一个守口如瓶的人，她跟周子敏说了什么事，周子敏不会外传。她装作说闲话似的对周子敏说：子敏姐，到底还是你的眼光厉害。

怎么了？

我记得你跟我说过，魏正方以后有可能会调到矿务局工作。

周子敏承认，她是说过这样的话。她问华春堂：你听到什么消息了？

华春堂犹豫了一下，还是把消息告诉给了周子敏。她说：听魏正方说，他只是到局里帮助工作，等帮助工作结束，他还会回到矿上来。你估计一下，他还会回来吗？

所谓帮助工作，是局里考察人的一种方式，等考察完了，就该正式把他调到局里去了。

子敏姐，我真是服了你了，你怎么就看出他会走到今天这一步呢？

周子敏嘿了一下说：这没什么秘诀，一个人才能和心劲儿在那里摆着，别人想压，是压不住的。就算压得了一时，也压不了长久。

这时，华春堂才对周子敏说：魏正方跟我说，他去局里帮助工作的事，先不要告诉别人。

那你怎么告诉我了呢？

你又不是别人。

魏正方那样对你说，不是在向你传递一种信号吧？

华春堂的脸红了一下，眼里的光彩闪了一下，问：什么信号？

你自己明白。

第十九章　华春堂一饮而尽

　　比起和周子敏的关系，华春堂与刘德玉走得更近一些。刘德玉年龄比华春堂大，刘德玉是结过婚的人，她跟刘德玉走得近一些，不会担恋爱方面的嫌疑。加之刘德玉是化验室的负责人，她和刘德玉的关系是被领导和领导的关系，她与刘德玉靠近一些，话说得多一些，别人无可指摘。跟周子敏说过魏正方去矿务局帮助工作的消息后，华春堂意犹未尽似的，趁一个和刘德玉单独在一起的机会，跟刘德玉也说了。

　　刘德玉把魏正方很哥们儿似的说成那家伙，说：我看那家伙就是一个写东西的天才，别人吃下荆条，可以编出筐来，他吃下一把草，就能编出一个筐来。他去矿务局写什么材料，依我看，他去报社当编辑，才不屈他的材料。

　　报社，对华春堂来说是一个敏感的词。一个人，一辈子，总会有几个敏感的词留在心底。一听到敏感的词，心里就觉得被碰了一下。因为李玉清的父母都在报社工作，一听到报社，华春堂立即联想起李玉清的父母和李玉清。她本人和报社没有任何关系，但李玉清的父母和报社有关系，似乎连她也与报社都有了某种隐秘的关系。每个人的内心，都有一套自己的逻辑。反正刘德玉一说到报社，华春堂想到的不是魏正方，而是李玉清，并且心上有一点儿隐隐的痛。华春堂没有马上接刘德玉的话，她低了一下眉，在回避刘德玉目光的同时，似乎把那个词也回避了。停了一会儿，她才问：魏正方这一去，还会回到矿上来吗？

这个不好说。依我看，好马不吃回头草，他最好不要再回来。越是基层单位，小心眼儿的人越多，小鬼儿也越多。你没听人说过嘛，阎王好见，小鬼儿难缠。在咱们东风矿，魏正方被小鬼儿缠得够可以了。刘德玉说着，脑子里大概在想象小鬼儿纠缠魏正方的场面，不由得笑了起来。刘德玉笑得有些大，有些得意，像是偶尔捡到了精彩的句子。

华春堂没见过阎王，也没见过小鬼儿。她对小鬼儿的全部印象，来自扑克牌上小鬼儿的形象。扑克牌上的小鬼儿绿脸、蓝牙，头戴尖顶帽子，手里还提着一根魔杖。这样的小鬼儿，跟戏中的小丑儿有点儿像，只是比小丑儿更鬼气一些。刘德玉所说的小鬼儿，不是真的小鬼儿，指的应该是人。她一时不能明白，哪些人属于刘德玉所指的小鬼儿，想不起哪个人可以与小鬼儿画等号。她不想跟刘德玉讨论关于小鬼儿的话，而有重要的话要跟刘德玉说。也许要说的话太重要了，她试了两试，没有说出口。说重要的话，得有适当的机会。她大概觉得时机还不太成熟，就把重要的话压下了。

又一日，张建中的妻子到矿上探亲，住进了家属房。张建中已经有了一个儿子，他的儿子还不会走路，张建中抱着儿子到化验室里玩了一会儿。小家伙啊啊地，指着化验室工作台上的瓶瓶罐罐，意思要摸一摸，最好能拿走一个。那些东西多是玻璃制品，也是易碎品，最不适合给小孩子当玩具。张建中用"扎扎""咬咬"吓唬小家伙，说那些东西可不敢碰。

华春堂说：来，让阿姨抱抱。然后接过小家伙，抱在怀里。小家伙使劲扭着身子，还是倾向那些发着玻璃光亮的东西。华春堂从口袋里掏出一件花花绿绿的小东西，在小家伙眼前晃，说玩这个吧，才把小家伙的注意力吸引住了。有一种很细的塑料绳，被说成是玻璃丝。矿上的女工们，除了把玻璃丝当头绳用，还愿意用玻璃丝编织成多种多样、五颜六色的小玩意儿，小鸟儿、蝴蝶、菱角、掐腰葫芦等，编什么都可以。华春堂编出的是一条小金鱼，小金鱼的主色调是红色，两只大大的眼珠却是金色。小金鱼有分叉的尾巴，还有鱼鳍，看上去十分精致。华春堂给张建中的儿子玩的，就是她编的小金鱼。小金鱼是做钥匙坠儿用的，上面的一个小铁环里套有三把钥匙。小家伙一得到小金鱼，就把鱼头放进嘴里去了。

张建中说：好了，玩一会儿就还给阿姨吧。

华春堂说：没事儿，给小朋友玩吧，阿姨随后再编一个。她把带有钥匙的小铁环取下来，把小金鱼送给了小家伙。

张建中抱着儿子走后，华春堂再次对刘德玉说：春天了，天暖和了，您也让嫂子来矿上看看呗。

刘德玉还是那样的态度，说：她爱来不来，她来了，我不反对；她不来，我也没意见。想让我回家请她，门儿都没有。

您的几个好朋友里，也不知魏正方有对象没有？这就是华春堂要向刘德玉问的和说的重要的话，借跟刘德玉说家常话的机会，她终于把这个话说了出来。

刘德玉摇头：这个我说不清楚。应该没有吧，因为从来没听他说过。

华春堂瞥了一眼窗外，脸上掠过的是羞赧的表情。

你是什么意思？要不，我帮你问一下？

华春堂没说她什么意思，她相信刘德玉知道她是什么意思。她满脸的红云也在表达着她心中的意思。她把眉低下了，把脑后的辫子抓在手里。

刘德玉把一切都看在眼里，笑着说：不要不好意思嘛，这很正常，是人之常情嘛，有什么不好意思的！不知为何，刘德玉这样说着，他自己的脸也红了起来。因他的皮肤比较白，红起来似乎比华春堂的脸红还明显。他答应帮华春堂问一下，要是魏正方在老家没有对象的话，他就帮他们两个介绍一下试试。

华春堂差点儿给刘德玉鞠躬，她说：刘师傅，小华谢谢您！

你不用谢我。其实这事很简单，你直接跟他说不就得了。你们在宣传队里共过事，又不是不认识。你实在不好意思当面跟他说，给他写一封信也行呀！

我哪里会写什么信，一提写信，我就发愁。

怎么，你们在学校的时候，没学过写信吗？

学过倒是学过，老师教给我们的词儿，不是阶级，就是斗争，不是打倒，就是革命，哪里用得上呢！

也是的，现在的教育，弄得受教育者连正常话都不会说了。

魏正方每天白天去矿务局上班，晚上还是回到矿上的宿舍住宿。局机关的上班时间是早上八点，他每天都去得比较早，七点之前就到了办公室。在掘进连上八点班时，他也是七点之前参加班前会，然后换衣服，领矿灯，下井。提前起床和上班，对他来说已经习惯了。他那么早到办公室干什么呢？打开水，打扫卫生。

他所在的办公室是三间通房，里面放了好几张办公桌。在办公室里工作，办公桌是少不了的。他一到政工组，组里就给他配了一张办公桌，还有一把椅子。办公桌有三个抽屉，一侧还有一个柜子。这样的办公桌被说成是一头沉。目前，抽屉和柜子里都是空的，魏正方还没什么东西往里面放。有生以来，他第一次有了一张属于自己的办公桌。以前，他也在桌子上写过东西，但那些办公桌都是别人的，不是他的。他很喜欢这张办公桌，心想，这张办公桌永远属于他就好了，他要用所写的东西一点一点把抽屉和柜子充实起来。

　　要留住办公桌，首先要留住自己。要留住自己，就得好好表现自己。魏正方把打扫办公室卫生的事包下来了。办公室的地是水泥抹光的地面，以前，办公室的人打扫卫生，只用扫帚扫一遍就完了。魏正方来到之后，每天都用拖把蘸水擦地。须知矿务局在煤矿的核心位置，每天都有装满煤炭的大卡车在矿务局大楼门前隆隆驶过，煤尘撒落在公路上，也难免飞入楼中。魏正方每天擦地，都能擦出很多黑水。他到卫生间涮拖把的水泥池里涮拖把，涮了一遍又一遍，直到水清为止。他不怕累，比起在漆黑的、煤尘打脸的巷道里搞掘进，他觉得轻松多了。他不仅擦办公室的地，后来连楼道里的地也擦。有一次，有事提前上班的常组长看见他在擦楼道的地面，问他谁派他擦楼道的，魏正方说，没人派，是他自己愿意擦。常组长夸了他，说：小伙子，好，干得不错！

　　每天下午下班时，魏正方也是走得最晚的一个。矿务局机关的干部，不管是男干部，还是女干部，他们大都是成了家的人，下班回家后还要做家务。魏正方还没有成家，眼里只有公务，还没有家务可做。所以，别人一到下班时间，就纷纷回家去了。他一个人继续留在办公室，或接着抄抄写写，做文字工作，或是看报纸，看书。政工组订有好几份报纸，中央的报纸、解放军的报纸和省里的报纸都有。他把每天的每一种报纸都看得很仔细。政工组的书柜里还放有不少书，那些书多是马恩列斯的著作和毛主席的著作，他想看哪一本都可以。办公室里装有一部电话机，他不觉得电话机和他有什么关系，从没有想到用电话机跟外面的人打电话。在下班时间，有时仍会有电话打进来，他不得不接一下。打电话的人问他是谁，他没敢说他是魏正方，只说他是从基层来的帮助工作的。人家说，不管从哪里来的，总该有名字吧。他这才报上他的名字。人家一听他的名字，就把电话挂掉了。每个人都有名字，但有了名字，不等于有名，不等于别人知道他。他未免有些失落。

魏正方之所以推迟下班后回矿的时间，还有一个原因，是他有一次在下班回矿的路上遇见了东风矿政工组的郭组长。郭组长的家在矿务局后面的家属区里，他每天骑着一辆飞鹰牌的自行车上下班。看见郭组长从对面骑车过来，魏正方眼皮一塌，心想，郭组长也许没看见他，骑过去算了。然而，郭组长看见他了，从自行车上下来了，扒下嘴上的口罩，喊了他的名字，问他在局里帮助工作感觉怎么样。

他对郭组长还是尊敬不起来，说学习呗。

郭组长说：对于你到局里帮助工作的事，我是支持的。

魏正方说：谢谢郭组长！

郭组长说：在局里帮助工作期间，你要虚心向老同志学习。

魏正方点头，说：我会的。

郭组长接着说：你帮助工作结束后，矿领导希望你尽快回矿，东风矿政工组也需要你。我的话你明白吧？

魏正方没说明白还是不明白，再次说：谢谢郭组长！郭组长话里透出的意思，魏正方是明白的，郭组长的意思是说，等他回到矿上，可以安排他到政工组工作。他可不敢相信郭组长的话。从郭组长以往对他的看法和态度判断，他宁可相信，矿上把他当成反面人物整治，欲把他置于死地，与郭组长是有关系的。他要是回到矿上，再次落入郭组长之手，说不定郭组长还会整他。他一定要暗暗加倍努力，争取能留在局里工作。

一辆拉煤的卡车驶过，路边呼地腾起一股烟尘。郭组长把自行车往路边靠了靠，却没有戴上口罩。他的口罩只摘下半边，挂在左耳朵上的口罩带子摘下来了，在下巴那里垂着，右侧的口罩带子还在耳轮上挂着。他的口罩遮住了半边脸，远看一半是白脸，一半是黑脸。郭组长没罩上嘴，是他还有话说。他说，市里要出一本关于批林批孔的材料汇编，矿上收到了征集材料的信函。信函要求，要联系矿工在旧社会的悲惨遭遇，着重揭露和批判资本家是怎样打着孔老二仁者爱人的旗号，对矿工进行压迫和剥削的。这是一项政治任务，希望魏正方考虑一下，把这个任务承担下来。

魏正方当然不愿意承担这个任务，他说对不起，他手上要写的材料很多，实在顾不上写批判材料，还是让别人写吧。

郭组长说不着急，在六月份之前把材料交上去就可以。郭组长又说：不要忘了，你虽说目前在局里帮助工作，但你还是东风矿的职工，你的人事关系还在东风矿。郭组长说罢，这才戴上口罩，跨上自行车，向矿务局方向骑去。

郭组长走后，魏正方又在路边站了一会儿，才慢慢往矿上走。郭组长还不愿放过他，使他想起一个词，这个词叫狭路相逢。今天和郭组长的相逢，似乎可以用这个词概括。为避免再次与下班回家的郭组长碰面，他只能打时间差，估计郭组长该到家了，他才下楼回矿。

在早上和晚上，魏正方都是在矿上的食堂吃饭。只有午饭，是在矿务局机关食堂吃。局机关食堂，一天三顿饭，都是按时开饭，按时关闭卖饭窗口，过了规定的饭点儿，就无饭可吃。矿上食堂的好处是，一天二十四小时都有饭吃。哪怕是在深夜，矿上的食堂仍灯火通明，烟火味十足。这天晚上，魏正方回到矿上的宿舍，拿起碗筷刚要去食堂吃饭，同宿舍的一个工友告诉他，刘德玉到宿舍里找过他两次了，让他下班后到化验室去一趟。刘德玉是一个自重的人，不是一个随便串宿舍的人，竟然到宿舍里找了他两次，会有什么要紧的事呢？魏正方没有先去食堂吃饭，手拿碗筷拐到化验室去了。一到化验室，魏正方就看到了刘德玉，还有华春堂。刘德玉说：好你个魏正方，自从你去了上层建筑当干部，想见你一面不容易呀！

老兄开玩笑，我哪里是什么干部，离当干部还远着呢！外面的天已经黑了，化验室里开了灯，还开了电炉。电炉的槽沟里所盘绕的电炉丝已经红透，像是一盘红花。魏正方看见，化验室的一个工作台被收拾出来了，上面放了四盘菜，还有一瓶白酒。魏正方把手中的碗筷往上端一下：老兄这是什么意思嘛！

没别的意思，反正不是巴结你的意思。人各有命，人各有志，我历来反对巴结别人。一段时间没看见你了，想跟你坐一会儿，说说话。我就不用说了，华春堂也曾经是你在宣传队的同事。

刘德玉说到华春堂时，魏正方对华春堂点头致意，还说：华春堂，你好啊！

华春堂接了一壶水，正往电炉子上放，她说：你好你好，一段时间看不见你，刘师傅老是在念叨你呢！

刘德玉指着台子上的菜和酒说：这些菜是华春堂从食堂里买来的，酒是华春堂从家里拿来的。一会儿喝完了酒，华春堂还要给咱们用电炉子煮挂面吃。挂面和钢精锅，也是华春堂从家里拿来的。

魏正方说：太让华春堂破费了，这让人怎么当得起呢，怎么感谢华春堂才好呢！

华春堂说：不用谢，食堂里没什么好菜。说话在人，不在菜，你们凑合着吃吧。

刘德玉对魏正方说：坐吧，不要客气了，记着华春堂的一片心意就行了。

魏正方让华春堂一块儿坐。

华春堂摆摆手，说她不会喝酒，从来没喝过酒。

魏正方说：你不喝酒没关系，可以陪我们吃菜嘛，可以陪我们说话嘛！你要是不坐，我们于心何忍呢！他这样说话，几乎又有了一些在宣传队负责时的口气了。

刘德玉对华春堂说：既然领导让你坐，你就跟我们一块儿坐吧。

老兄又开玩笑！要说领导，来到化验室，您才是领导。魏正方把自己的碗筷放到一边，三个人在工作台前坐下，魏正方又说：我听到有人把您叫成刘化验，您听到过吗？

没有。叫我什么都可以，只要别把我叫成刘什么红就行。刘德玉说，在"文革"期间，他的造反派同学贴大字报，勒令老师改名，这红那红，红红红，都成了红了，非常滑稽。台面上放的陶瓷酒盅是三只，刘德玉撬开酒瓶的金属瓶盖，给每一只酒盅里都倒了酒。酒盅不算小，要是倒满的话，大约有半两的样子。魏正方注意到，华春堂没有拒绝刘德玉给她倒酒。刘德玉端起面前的酒盅说：怎么样，干一杯吧！

魏正方说：空腹喝酒不好，我建议咱们先吃点儿菜再喝。

华春堂也说：趁热先吃点儿菜吧，菜一凉就不好吃了。华春堂买回的菜共四样，两个凉菜，两个热菜。凉菜是葱丝拌猪肝和水煮黄豆；热菜是滑熘肉片和炒鸡蛋。

少数服从多数，那咱们就先吃菜。刘德玉把端起的酒放下了，拿起筷子，夹了一块炒鸡蛋。魏正方夹起的是一片肉片。华春堂没有动筷子。魏正方对华春堂说：你也吃呀！

华春堂这才把筷子拿起来，她夹的是一粒黄豆。黄豆的粒子比较小，用小勺挖着吃才合适，他们没有预备小勺，只能用筷子。她夹了好几下，筷子头才捕捉到一粒黄豆。华春堂说：我本来想买点儿花生豆，这么大一个食堂竟没有，只好买了一份黄豆。

把菜吃了几口，刘德玉说：现在可以喝了吧？

魏正方这次响应得很痛快，端起酒盅，说：好，让我们共同干杯！说着，把酒盅分别与刘德玉、华春堂轻轻碰了一下，一口把酒喝干了。他对自己的酒量是自信的。老乡们的老婆来矿上探亲，一般都会在家属房里摆一个酒场，招邀老乡们喝一顿酒。他被老乡们认为是在老乡中有脸面的人物，每次喝酒，都会请他去捧场。他不仅学会了喝酒，还学会了捋起袖子猜枚划拳。

刘德玉喝酒不那么痛快，他对酒像是有些陌生似的，喝一点儿，看看，再喝一点儿，再看看，一盅酒喝三次才喝完了。

华春堂也把酒盅端起来了，但她没有喝酒，只把酒在唇边沾了沾，就把酒盅放下了。买一瓶白酒不容易，过年时凭一张酒票，才能买到一瓶白酒。这瓶酒本来是为李玉清预备的，但李玉清没能喝成就走了，真是让人痛惜！华春堂端起酒盅时，难免会想起李玉清，眉头在不知不觉间就蹙了一下。当她把酒盅放下时，并没有把李玉清放下。恍惚中再看坐在对面的魏正方，李玉清的面影和魏正方的面影似有些重叠，使她一下子分不清是李玉清的面影在上，还是魏正方的面影在上。每个人的面相都不一样，但作为人类，每个人都是一个鼻子两只眼，似乎又有些相像的地方。李玉清没喝成她的酒，现在魏正方喝成了，她希望这是一个好兆头。

酒是白酒，白酒是透明的，本身一点儿颜色都没有。但刘德玉三盅酒下肚，脸孔就变得红通通的，连脖颈和双耳都红了。这是因为，人的血液是红的，白酒一旦进入人的血液之中，血液的红色如同搭上了直通车，很快就在人的皮肤表面呈现出来，使皮肤白净的刘德玉变成了一个"小红人儿"。说话有些兴奋的刘德玉，没有直奔主题，没有说为华春堂和魏正方牵线搭桥的事，说的是他的化验技术如何了得，连矿务局总化验室的老工程师都冲他竖大拇指。

魏正方说：那是的，因为你在学校时，数理化学得就很好，这就叫，学好数理化，走遍天下都不怕。

刘德玉却不同意魏正方的看法：什么数理化不数理化，现在谁还讲这个。依我看，学好写文章才是最重要的。你没听人家说嘛，学好写文章，走到哪里都吃香。你看看，一个是都不怕，强调的是一个怕字；一个是都吃香，强调的是一个香，两相一比，差距就出来了。

同样有些兴奋的魏正方跟刘德玉抬杠：数理化与科学技术相联系，把数学、物理和化学学好了，才会在科学技术方面有发明创造，国家才会进步，才能强大。

刘德玉搬出了中国的历史，说中国人历来重视文章，只要文章写得好，就可以通过乡试、会试、殿试，就可以中状元，当驸马，参与国家治理。你听说过状元有考数理化的吗？

魏正方承认，中国的科举制度是没有考数理化一说，但只考做文章也有弊端。一些人出名出在写文章上，出事儿也出在写文章上。

对于刘德玉和魏正方所争论的话题，华春堂懵懵懂懂，插不上话。谁说话，她就看着谁。她没有喝酒，头脑是清醒的，知道今天喝酒的目的是什么。趁二人争论的间隙，她问刘德玉：现在下挂面吗？

刘德玉说等一会儿再下。

华春堂把话题引导了一下，对魏正方说：前几天，张建中的妻子到矿上探亲，把他们儿子也带来了，那个小男孩儿可爱极了。

这一次，是魏正方问刘德玉：怎么不见嫂子到矿上来呢？您是不是故意在搞金屋藏娇啊！

我既无金屋，也谈不上藏娇，来不来是她的问题，也是她的自由。

我想，嫂子一定很漂亮。刘玄德娶了一个孙尚香，您名字里也有一个德字，所娶夫人恐怕比孙尚香也不差吧！

漂亮说不上，孙尚香更说不上，马马虎虎，还可以吧。

嫂子是你同学吗？

哪里呀，实话对你们说吧，我的婚姻完全是父辈包办的。我老爹是裁缝，我老婆的爹也是裁缝，他们在一块儿裁来裁去，缝来缝去，就顺便把我们缝到一块儿去了。话说到这里，刘德玉才把话题纳入今天聚会的主题里来，他对魏正方说：你不要老说我，我告诉你，华春堂对你的印象一直是很好的，你不要辜负了华春堂对你的一番美意！

　　说到华春堂，华春堂的脸就红了。她虽然没有喝酒，但她的脸红得跟喝了酒差不多。同时，她眼里似有一些泪光在闪烁。

　　是的，魏正方只顾跟刘德玉谈来论去，竟把华春堂搁到了一边，这是不合适的。他说：这样吧，我来敬华春堂一杯酒吧，谢谢华春堂的美酒，谢谢华春堂的美意！魏正方说着，端起一盅酒站了起来。有生以来，魏正方这是第一次和一个女孩子在一块儿喝酒，也是第一次向一个女孩子敬酒。虽然他多次去家属房里和老乡们一块儿喝酒，但喝酒的都是男人，矿工的妻子从来不入座、不上桌，她们忙着炒菜、端菜，做服务工作。在他给华春堂敬酒的时候，为了表达对华春堂的诚意，也是为了显示一个男子汉在女孩子面前的豪气，他肯定要一口把一盅酒干掉。至于华春堂，想意思，就意思一下，不想意思，就不意思，他不会对华春堂有半点勉强。他多次看见过男人们在酒桌上因喝酒互相将军，打嘴仗，打得难解难分，几乎干起架来，非常不愉快，非常没意思。他魏正方从来不干那样的事。千煮百炼始成酒，酒是有来历的，也是有风度的，喝酒也要喝出风度来。倘若他攀着华春堂，让华春堂跟他一块儿喝，恐怕有失风度。

　　华春堂端着酒盅，也站了起来。让魏正方没想到的是，万万没想到的是，在他喝酒的同时，华春堂二话没说，也把一盅酒喝下去了，把满满一盅酒全部喝下去了，喝得一滴不剩。

　　啊，这怎么得了，这是怎么说的！魏正方被惊住了，惊得几乎有些目瞪口呆。他不记得当时自己说了什么，但华春堂喝酒的那一幕，却深深地镌刻在他的脑海里，不管走到哪里，也不管走过多少岁月，他一辈子都不会忘记。

第二十章　第一高度

　　刚去化验室喝酒时，魏正方并没有理解刘德玉的用意，没想到刘德玉在为他介绍对象，在华春堂和他之间充当红娘。他原以为，刘德玉有一段时间没看见他，念及朋友之谊，想邀他一块儿聊聊。看到华春堂在场，他也没怎么感到意外。一来华春堂在化验室工作，华春堂在化验室待的时间恐怕比在宿舍里待的时间都长。二来他知道，刘德玉和华春堂之间的关系是师徒关系，华春堂对刘德玉很尊敬，刘德玉对华春堂也很关照。好比他去家属房喝酒，总会有一些女的在打下手、帮忙，刘德玉让华春堂帮帮忙，属于正常。在喝酒期间，主要是刘德玉和他在说话，华春堂很少插言，他也没往华春堂身上多想。直到华春堂喝下那满满一盅酒，他才突然醒悟，这酒不是白喝的，原来喝酒是有内容的，也是有目的的。对于喝酒的内容，刘德玉和华春堂是知道的，对于喝酒所要达到的目的，他们二人也是有共识的，只有他被蒙在鼓里。他相信，华春堂心里早斟满了那盅酒，也早就准备好了，要对那盅酒一饮而尽。通过喝下那盅酒，华春堂是在对他表明态度，也是表示决心。有酒作证，一切尽在不言中，那意思应该是：我听你

276 ｜ 七工匠

的，你让我喝酒，我就喝。酒都喝了，你还有什么可说的呢？

人的一生，会经历很多事情，有许多小事情，也有一些大事情。小事情总是很多，大事情相对来说少一些。而人的婚姻，被普遍认为是大事情。如果拿婚姻造一个句，人们的习惯思维使然，"婚姻"后面所配的往往是"大事"。不用说，魏正方是遇到大事了。这件大事，是他必然要遇到的。在日常生活中，魏正方还算是一个比较有主意的人，但这件大事当前，他有些拿不定主意了。郑大姐曾给他介绍过张丽之，因张丽之的家庭成分不好，他没有跟张丽之谈。这次刘德玉给他介绍华春堂，他不知道刘德玉是自发的，还是华春堂托刘德玉介绍的。不管怎么说，从华春堂喝酒的表现来看，华春堂的态度是明确的，明确得甚至有一些决绝。这时如果他表一个态，或点一下头，他和华春堂的大事就算成了。这让他的感觉有些好，甚至有一些幸福感。他不能不承认，华春堂是很聪明的，也是很能干的，是那种失去父亲的孩子早当家的类型。倘若他认可了华春堂，华春堂真的成了他的妻子，家里的事他什么都不用管，华春堂就可以打理得井井有条。他们这里，把妻子说成是家里人，把丈夫说成是外面人，妻子负责打里，丈夫负责打外。应该说，华春堂是一个很好的家里人的人选，如果娶了华春堂这样的家里人，他就可以一心一意地当外面人，干他自己想干的事情。可是呢，若是和华春堂结合，完成婚姻大事，他隐隐觉得不是很理想，也不是很甘心。至于他理想中的婚姻什么样，他并不是很清晰、很具体，像是雾中观花，又像是处在想象之中，反正与华春堂的形象不太吻合。所以，魏正方是犹豫的，他没有当场表态，也没有点头。他虽然喝了不少酒，但并没有被酒冲昏头脑，仍不失理性。他的可怕之处就在这里。

喝过酒的第二天，政工组有一个去省煤炭局报送材料的机会，政工组的副组长问魏正方，愿不愿意跟他一块儿去？魏正方说当然愿意，就跟副组长一块儿坐车到郑州出差去了。喝过酒之后，魏正方想到，刘德玉一定还会找他，要讨他一个准话。要是讨不到他的准话，刘德玉对华春堂不好交代，对自己也交代不过去。什么准话呢，无非是两种，一种是同意，另一种是不同意。这两种准话，魏正方都难以出口，使他陷入了两难的境地。他要是说了同意，那是勉强的，不情愿的。而他一旦说了同意，就不可收回。他要是说不同意呢，等于拂了刘德玉和华春堂的好意，他实在有些于心不忍。两难之际，他到外面出几天差挺好的，可以避免很快与刘德玉、华春堂再见面，可以把那件事放一放，便于冷静处理。他不是故意回避刘德玉和华春堂，是赶巧了，他意外得到了一个外出的机会。男人的心天生就是野的，谁愿意老守着一个地方呢，谁不愿意趁出差的机会到外面走走呢！加上是副组长提出带他出差，说明副组长对他的印象还不错，他怎能错过这个接近副组长、给副组长拎包的机会呢！

在俗话里，关于躲不过的说法有两个，一个是从空间的角度说的，还有一个是从时间的角度说的。从空间的角度说，叫躲得了和尚躲不了庙，从时间的角度说，叫躲过初一躲不过十五。不管是在空间上，还是在时间上，魏正方都不可能躲过和刘华二人见面。在空间上，他所住的宿舍还在东风矿。在时间上，他外出了三天，第四天还得回来。这天晚上，他一回到矿上的宿舍，刘德玉就找上了门。还没等刘德玉问他到哪里去了，他就主动汇报，这几天他到郑州出差去了。

刘德玉说：噢，我还以为你回老家去了呢！

魏正方说他没有回老家。

怎么样啊？刘德玉见宿舍里这会儿没有别的人，没有邀魏正方去化验室，也没有再绕弯子，直接就奔了主题。

魏正方明白刘德玉问的怎么样是什么，也明白这个问题不容他回避，他说：谢谢老兄为我操心！说实在话，华春堂挺好的，各方面挺成熟的，在为人处世方面，比我强多了。

华春堂当然好，她要是不好的话，我也不会给你介绍。我要的就是你这句话，你这样说，我跟华春堂就好说了。

魏正方一时无话可说，他指着床沿，对刘德玉说：坐一会儿吧！

刘德玉像是得到了魏正方的准话，达到了目的，说坐不坐都可以。但他还是坐下了，说：我以前从没有给人介绍过对象，这是第一次。

魏正方说：我在老家时，也给别人介绍过一次对象。男女双方跟我是一个大队，男的看上了女的，女的也看上了男的，我一介绍就成了。

刘德玉笑了，说：看来你介绍对象的情况跟我差不多，都是归功于男女双方的配合。

这样说话的方向是不对的，方向错了，只会越说越不对。魏正方必须扭转方向，说自己想说的话，说自己不得不说的话。他说：我以前没跟老兄说过，在老家上初中的时候，我曾经有过一次初恋，初恋对象是我的同班同学，也是学校宣传队的队友。

刘德玉一听不笑了，眉头似有些皱，问：你跟初恋对象还有联系吗？

联系倒是没有了，我们一毕业，就各奔东西，再也没见过面。

那就什么都不影响。

老兄为什么不问问我的初恋怎么没有成功呢？

我不关心你的初恋。

初恋对每个人来说都刻骨铭心，别人可以不关心，我自己却难以忘怀。实话跟您说吧，我的初恋之所以没有继续下去，是因为我们家的人都不同意，他们都嫌我的那位女同学个子长得太低了。说到这里，魏正方就不说了，留下一些空白，让刘德玉补充。

什么意思？

魏正方不说什么意思，让刘德玉说。

你是不是觉得华春堂的身材也低了一些？

最好不要直接这么说，华春堂是一个很自尊的人，一句话说不好，有可能会对她的自尊造成不必要的伤害。

刘德玉不高兴了，甚至像是有些生气，好像他的自尊已经受到了伤害一样，他说：个子高低，难道还是一个问题吗？你不让我直接说，那我应该怎么说？你是善于咬文嚼字的人，你教教我，我应该怎么说？

德玉老兄，你千万不要生气啊！你要是生气，我就无地自容了。我们都是父母生、父母养，家里人的意见，我们也不得不考虑。

我生什么气，我凭什么生气！你可以比较比较，矿上这么多女工，别的女工，不是政治上有问题，就是作风上有问题，只有华春堂无可挑剔。你要是错过了华春堂，后悔都来不及。

魏正方不敢再跟刘德玉多说，他知道刘德玉的脾气，他说得越多，刘德玉发脾气就会发得越厉害。反正他的主意已经打定，刘德玉想改变他的主意，那是不可能的。回想起来，他的那位让他神魂颠倒的女同学，个子长得是不高，但那位女同学皮肤白净，身体丰腴，眉目顾盼有情，十分让人动心。而华春堂与那位女同学相比,不但个子比女同学还要低,身体也比女同学瘦得多、小得多。找那样的女同学,家里人都反对。要是找了华春堂,全家人不知会失望成什么样、反对成什么样呢!在找对象的事情上,魏正方以前并没有什么明确的标准,好像是一切跟着感觉走,遇见花就是花,遇见树就是树。自从初恋受挫,他心里似乎才确定了一个标准,这个标准的主要指标就是身高。从严格的意义上说,这个标准并不是他独立建立的,是家里人帮他建立的,也是社会帮他建立的。以这个标准为参照,也是与女同学作比较,他再找对象,个子一定要比那个女同学高一些。凡是低于女同学的,一概不予考虑。他早就感到华春堂对他有好感,之所以一直没有对华春堂的好感做出回应,原因盖出于此。也是还在老家的时候,他偶尔听见家里人背着他议论,说他的个子有点儿矮,要找一个个子高一些的女人当老婆,才能改变下一辈人的身高。这样的议论让他有些排斥,一是他没有想那么远,没有把找对象的事与下一辈的人联系起来,二是觉得家里人所说的找对象的标准,不像是人的标准,而是动物的标准。人性里依然存在着动物性、自然性,排斥归排斥,不知不觉间,他就把家里人的议论记住了,并成为他找对象的一个指导性原则。在刘德玉给他介绍华春堂的事情上,等于他坚持了这个原则。

刘德玉让魏正方把矿上的女工作比较,魏正方不是没比较过,可以说,他对全矿所有的女工都观察过了,比较过了。作为一个正处在青春期的男青年,出于一种生命的本能,他观察过矿上的每一位女工。连那些已经结过婚的女工,还有那些已经生过孩子的女工,他都没有放过。观察和比较的结果,也不是一个让他中意的女工都没有,他看上的女工还是有一个的。那个女工是谁呢？不是陈秀明，不是张丽之，也不是郑大姐，是周子敏。在他冷静看来，周子敏是一个有真才实学的人、内心世界丰富的人，也是一个有着高贵气质的人。周子敏的身材、长相也很好，属于那种各方面都正好的和谐的美。她的美一点儿不张扬，却端庄、大气，有着浑厚的底蕴。周子敏也是在化验室工作，也是天天和刘德玉在一起，刘德玉为何不给他介绍周子敏呢！要是给他介绍周子敏的话，他会深感幸运，非常高兴，满口答应。不错，周子敏的岁数是比他大一些，但大两三岁不算什么，构不成他倾向周子敏的障碍。正是周子敏年龄大一些，他才甘心当一个小弟弟，向周子敏学习。至于周子敏是不是"走资派"的女儿，他更不在意。对于"走资本主义道路的当权派"的说法，他一直不求甚解，不知怎样走，就算走了资本主义道路；不知什么样的路，是资本主义道路。成天价连饭都吃不饱，能算是资本主义吗？周子敏的爸爸被打成了"走资派"，矿上的书记被打成了"走资派"，可笑的是，在农村老家时，连公社的书记，还有大队的党支部书记，都被打成了"走资派"。他觉得这种干法不过是一种潮流，潮流来了，谁都得跟着潮流走，说不定等潮流一过，事情就淡下来了。但这样的想法，他不能对刘德玉说。刘德玉给他介绍了华春堂，他不同意，刘德玉不会给他再介绍第二个。刘德玉不但不给他介绍，说不定还会挖苦他：你不要自视过高，你看上了人家周子敏，周子敏能不能看上你还不好说呢！有能耐，你自己去对周子敏表白嘛！魏正方只能把对周子敏的看好藏在心里，没有勇气对周子敏讲出来。他在周子敏面前还没有建立起自信，他要是有所表示，担心周子敏只轻轻一笑，就把他拒绝了。魏正方只能对刘德玉说：德玉兄，哪天我请您喝酒。

此时，有一个外出的工友回到了宿舍。那个工友像是喝多了酒，走路摇摇晃晃，不是伸手摸门，就是伸手摸床。他终于摸到了自己的床，"扑通"一下，就把自己摔倒在床上。

刘德玉对魏正方说：我不喝你的酒。你喝了谁的酒，你把酒还给人家！

那个躺在床上的工友大概听到了刘德玉说的酒，突然大声说：喝，谁不喝谁是孬种！

刘德玉鄙夷地看了那个发酒疯的人一眼，不辞而别地向门外走去。

魏正方送刘德玉到门口：老兄慢走！

刘德玉站下了，回过头来，讥讽地对魏正方打量着说：有些人嫌别人低，我看他本人也不高嘛！

正因为我不高，所以才……

刘德玉不等魏正方说完，转身扬长而去。

分头再说华春堂。对于魏正方是否同意和她确定恋爱关系，华春堂既自信，又不自信。她的自信来源于男工多女工少，每一个女工都很宝贵。在找对象时，都是女工挑男工。哪个男工被挑中，都像是中了绣球一样。谁都知道，矿上的双职工家庭是很少的。别说工人了，连矿上的不少干部，他们的老婆都在农村。这样的干部家庭，被说成是"一头沉"，干部这头是轻的，老婆孩子那头是沉的。"一头沉"的说法干部们并不认同，他们认为，沉重的负担都在他们这一头，他们才是沉的。说是"一头沉"，其实两头都是沉的。老婆在农村，生的孩子还是农村户口，两头沉得长期沉下去。能在矿上找一个有城市户口的老婆就好了，那就成了双职工，就变成两头轻。两头轻好像插上了两个翅膀，怎么飞都可以。这还不算，一旦成了双职工家庭，他们所生的孩子就都是城市户口，那是何等优越，何等让人羡慕！魏正方是一个聪明人，他不会想不到这一点。拿刘德玉、张建中他们来说，因他们所娶的老婆都是农村人，他们所生的孩子只能是农村户口。因为魏正方没有在农村结婚，才保留了在矿上找对象的机会，并保留了让子孙后代跳出农门的机会。这个机会是她华春堂提供给魏正方的，魏正方不赶快把机会抓住，还等什么呢？还在那里犯什么傻呢？岁月不饶人，机会不等人，等过了这个村，就没有这个店了。

　　华春堂之所以不够自信，是觉得魏正方对她有些不冷不热，像是一直保持着距离。她不是没试探过，不是没向魏正方出过招儿，但她出过两三次招儿，魏正方都不接招儿。就连那天晚上，她当着刘德玉和魏正方的面，为魏正方喝了那么满满一大杯酒，魏正方吃惊之余，只是夸她酒量不错，喝酒够意思，对她并没有任何亲切的举动。回顾她和李玉清的恋爱，虽说她是主动的，李玉清的表现并不是很积极，但李玉清对她的推动是接受的，对他们的恋爱关系是认可的。李玉清曾经去过她的宿舍，并答应大年三十那晚去她家过除夕，就是一个很好的证明。再回顾马成学与她的交往，对她的追求，马成学虽多次去过她的宿舍，对她频频示好，但她对马成学一点儿感觉都没有。这样回顾和比较起来，她突然觉得，她和魏正方的关系，怎么与马成学和她的关系有点儿像呢！好比马成学一再对她递眼、递手，他们从没有达成眼神上的交流，更没有把马成学的手握一下。而她在心里一再向魏正方递手，魏正方也是把自己的手拿着、捏着，不跟她的手有任何接触。就拿去宿舍来说吧，宿舍是放床的地方，也是秘密的地方，男女之间能够做到宿舍互访，至少有互相信任、互有好感的意思吧。然而，如同她没有去过马成学的宿舍，魏正方也从没有去过她的宿舍。为什么？这到底是为什么？

在魏正方去郑州出差的那几天，华春堂表面上装作平静，闭口不谈魏正方，但她内心高悬，甚是焦虑。刘德玉一次又一次去魏正方的宿舍找魏正方，华春堂是知道的，但她一句都不问刘德玉。刘德玉自言自语，也是说给她听的。刘德玉说：魏正方这家伙，会到哪里去呢，怎么连睡觉都不回来。华春堂不接刘德玉的话。华春堂去食堂打饭时，心想也许会碰见魏正方。可没有，早上和晚上，她都没有碰见魏正方。华春堂不会到魏正方的宿舍去了，她的自尊不允许她把魏正方追得那么紧。刘德玉是她的代理人，有刘德玉代她去魏正方的宿舍，就可以了。华春堂的办法是，每天晚上都在亮着灯的化验室里等到很晚，只要刘德玉不走，她就不走。有时，刘德玉走了，她也不走。刘德玉只是她的一个媒人，她这样守着刘德玉，刘德玉倒像是她的恋人。

燕子不在矿山落脚，它们从矿山飞过，只把井架和烟囱看了看，就飞过去了。它们以往在农村搭窝，如今还在老地方搭窝。天暖之后是天长，矿工们变得活跃起来。有人在篮球场上"砰砰"地打篮球，皮球把篮筐上面的铁环砸得"铮铮"响。有人边走边大声唱，唱的是朝霞映在阳澄湖上。还有人在路灯下摔跤，小个子把大个子摔倒了，赢得围观的人阵阵喝彩。

这天晚上，刘德玉从魏正方的宿舍回到化验室，华春堂一看刘德玉气哼哼的样子，就预感到事情没什么好结果。她不会问刘德玉，她有的是耐心。魏正方跟刘德玉说过，有些话不要直接对华春堂说，要尊重华春堂的自尊心。不知刘德玉怎么跟华春堂说的，华春堂听了，笑了一下，又笑了一下，迟迟没有说话。直到刘德玉向华春堂道了对不起，华春堂才说：刘师傅，让您费心了。这没什么。归根结底，魏正方还是一个农民。

刘德玉赞同华春堂的说法：你说得对，农民有农民的标准，也有农民的局限。他这样说，似乎忘了自己也曾是一个农民。

魏正方不同意跟华春堂谈恋爱，对华春堂的打击可想而知。如果说李玉清的死，使她失去了第一次恋爱，魏正方的拒绝，等于使她失去了第二次恋爱。李玉清死后，她曾号啕大哭，哭得痛彻心扉。遭到魏正方的拒绝，她也很痛苦，很伤怀，也想大哭一场。但不知为何，她哭不出来，似乎也没理由哭。她不哭，别人或许不知道她和魏正方的事；她要是一哭，别人也许就知道了，那样的话，还不够让别人笑话的呢！所以，她只能隐瞒着自己，压抑着自己，该吃饭时就端碗，该睡觉时就铺床，做得跟无事人一样。她不但不哭，心里还有些不平，甚至有些愤恨。一个农民嘛，他看任何事情，只能是农民的眼光。好比农民买牛要买大的，挑羊要挑肥的，他们娶老婆也要娶高一些的、胖一些的。像她华春堂这样的，当然不符合土老帽儿农民心目中的标准，也不符合仍保留着农民观念的魏正方的标准。虽事已至此，华春堂仍不认为自己有什么弱势。她的身材是不够高，体态也不够丰满，但该有的都有，什么都不缺呀！相反，她认为自己的身体长得十分匀称，各部分搭配得恰到好处，属于小巧玲珑型的那种，这有什么不好呢？难道大货车一定比小轿车好吗？难道座钟一定比手表好吗？不见得吧！物以稀为贵，女以少为贵。魏正方不愿意跟她谈恋爱，她并不认为自己的优势就不存在了。她相信，矿上的每一位女工，还都是香饽饽，不管家庭成分如何，不管以前是不是失过身，最终都会各有其主，一个都不会剩。连傻明那样的女人，都嫁给了一个一切正常的矿工，并怀了孕，生了正常的孩子，何况别的女工呢！何况像她这样四面光、八面净的女化验员呢！

有志气的人不怕受挫，越是受挫越能激发志气。华春堂就是这样的人。她在魏正方那里受挫之后，志气迅速反弹，近乎赌气的性质。你不是嫌我长得低吗，那好，我要找一个高个子给你看看，这个人一定要高过你、压过你，否则，我宁可不找。这样一来，华春堂为自己找对象，等于暗暗制定出了新的标准。这个标准，不是什么政治的标准、文化的标准、作风的标准，主要是身高的标准。这个标准比较简单，不要矬子要将军，挑高的选拔就是了。于是，华春堂把目光转向了篮球队。

矿上的宣传队解散之后，第二年春天，矿上的篮球队就正式成立了。宣传队说是毛泽东思想文艺宣传队，其实就是政治宣传队。政治上的事总是比较敏感，比较难办，风向稍微一转，稍有风吹草动，宣传队就办不下去了。篮球队则不然，打篮球是身体运动，不是政治运动，跟政治扯不上什么关系。不管到什么时候，不管在什么情况下，人只要还吃饭，还锻炼身体，就可以打打篮球。打篮球虽说不如唱歌跳舞那么好看，但身体也有语言，打篮球也有一定的艺术性，在矿上没什么可看的情况下，打篮球还是可以看一看的。

要加入矿上的篮球队，必须具备两个条件。第一必须是男的。因为篮球队是男子篮球队，不是女子篮球队，这个就不用讲了，多讲一句就是废话。第二个条件，身高必须在一米七五以上，低于一米七五的，一律不予考虑。按这个条件衡量，矿上的男青年能够加入篮球队的，都是开封、郑州和矿中的知青，从农村来矿的青年，一个参加篮球队的都没有。城市的生活条件毕竟好一些，长身体时不缺吃的，从城里来的知青，身材普遍高一些。加之他们在学校打篮球时，所受的训练比较正规，一走进篮球场，他们一举手，一投足，就像模像样，把打足了气的皮球玩得转转的。农村来矿的青年就不行了，矿篮球队把他们统统排除在外。他们挖煤还可以，打球就免了。也不能说他们的身高连一个超过一米七五的都没有，但是，可能因为他们从小就参加劳动，身体发育不够协调，不是腿短，就是胳膊粗，不是脚歪，就是膀子斜。加之他们有一个毛病，好不容易抢到球，一抢到就不想撒手，容易犯带球走步的球规。既然如此，还是不让他们摸到球好一些。

矿上"革委会"的范主任，自己也喜欢打篮球，喜欢看打篮球，对篮球队比较重视。一把手一重视，给予队员的待遇就好一些。相比之下，要比宣传队队员们的待遇好多了。举例说吧，宣传队排练了好几个月，也上台演出过，可矿上连一身服装都没有给队员们买过。而篮球队呢，刚成立起来，刚投入训练，还没去矿务局和其他单位参加比赛，矿上就给每个队员发了一身针织的蓝色运动服，还有一双雪白的篮球鞋。据说在五一劳动节期间，矿务局要在全局范围内组织篮球赛，最终决出冠亚军来。在比赛开始时，矿上还要给队员们买新的运动服和篮球鞋。一时间，篮球队似乎成了矿上最让人瞩目的队伍，篮球队员似乎成了矿上的宠儿，好像矿上的主要任务不再是挖煤，而是变成了打篮球。

矿工们从井上出来，没什么可看的，只能看看打篮球。是呀，听说样板戏是不错，每一个戏都是样板，可轮不到他们看。局里也有电影放映队，放映队十天半个月才到东风矿放一次电影。他们所放的电影不是《地道战》，就是《地雷战》，要不就是《平原游击队》，矿工们都看熟了，电影里的对话差不多都会背了，再看实在提不起兴趣。那么好吧，就看球吧。听说太阳是一个球，月亮是一个球，地球是一个球，星星是更多的球，他们看那些球，都百看不厌，看一拍一跳的篮球，大约也不会厌烦吧。在他们这里，篮球的球字，与代表男性生殖器的一个字是同音，每说到球字，他们都难免想到男性生殖器和自己的生殖器，每看到运动员往篮筐投进一个球，他们有些想入非非，便大声叫好，说：进去了，好家伙！

男工们围在篮球场边看打篮球，女工们也跟着看。不敢说是异性相吸，也不敢妄猜她们的心理，反正她们也看得很有兴致。看到投进了空心球，她们也禁不住喝彩。

华春堂站在女工堆里，是在场边看打球的女工之一。

以前在上中学时，华春堂不爱看打篮球，也不喜欢看打篮球。她觉得篮球太大了，而她的身材太小了，比例上好像不大合适。到了矿上，她仍然不喜欢看篮球赛。她似乎有了一个心理障碍，她一去看篮球赛，好像别人就会看她。别人一看她，就会看出她的身高和别人身高的反差，就显出她的矮来。世界上的人，有高的，也有低的。但就打篮球来说，好像是一项高个子的人才能从事的事业，个子不达标的人，得一律靠边站。华春堂因个子不高，觉得打篮球的事跟她没有任何关系似的。可是，现在为了找对象，她一反常态，加入了看球赛的女工行列。

人们在台下看集体舞蹈，不会看的，看时目光分散，看得眼花缭乱，留不下什么印象。会看的，会锁定一个目标，目光像追光灯一样追着目标，这样才会以点带面，留下难忘的印象。女工们看篮球赛也是一样，场上来回奔跑的十个队员，她们不一定每个球员都看，而是有选择地看。大多数女工选择的是 6 号球员，他既是得分后卫，有时也是控球后卫，打球打得的确好看。他打球的第一个特点是灵活多变，从不和重磅的对手正面发生冲突。他的办法是闪，是转，是腾，是躲，见有人像坦克一样从正面撞过来，他像孙猴子一样，左边一晃，右边一绕，就把"坦克车"躲过去了。他打球的第二个特点是投球精准，每场球打下来，全队至少有三分之一的分是他得的。他一般不强攻篮下，主要的得分手段是远投，或半截篮急停跳投。正运着球，他突然停下，旱地拔葱似的拔起身子，高举手腕那么一抖，球在空中划过一道弧线，"唰"的一下，球应声入筐。而且，他投球没有固定角度，在哪个角度他都能进球。如果说东风矿的球队是一条龙的话，他就是龙的眼睛，在他的带动下，整条龙就腾起来了。这样的一位超级球员，女工们喜欢他是必然的。不仅是喜欢他，对他简直有些崇拜，像崇拜当年的电影明星王心刚、孙道临、李亚林一样。

华春堂没有盲从，她所选择的对象不是6号球员。据她所知，矿上至少有两三个女工，曾以不同的方式向6号示过爱，但都被6号拒绝了，有的是有理由拒绝，有的是无理由拒绝。6号不准备在矿上的女工中找对象。他的观点是，女的一旦参加了工作，走上了社会，恐怕就不那么纯洁了。他把找对象的目标瞄准了一个正在矿中读书的女中学生，那个中学生正是范主任的女儿。恰好，女中学生也喜欢看打篮球，对6号也很崇拜，并以6号对她的追求为骄傲，就与6号建立了恋爱关系。

既然如此，华春堂对众人瞩目的6号就有所回避，她的目光追踪的对象是另一个球员，球员运动服上印的号码是9号，名字叫卞永韶。卞永韶跟6号一样，也是从开封来矿的知青。卞永韶打的是中锋的位置，他的身高超过了一米九，是全队的第一高度，也是全矿的第一高度。中国带一个"中"字，中国人奉行的哲学是中庸之道，找对象也讲究身材适中。一个人个子太低，不好找对象，个子太高了呢，也不好找对象。华春堂得到的消息是，卞永韶不但没找到对象，好像连恋爱都没谈过。可能因为卞永韶长得太高了，矿上的女工都对他有些望而生畏。好比他是一只骆驼，那些女工都是羊，羊怎么敢向骆驼攀亲呢！华春堂现在所做的，就是要打破常规，她这只"羊"就是要和卞永韶那只"骆驼"攀一下试试。因为卞永韶的个子最高，他在球队中也很显眼，华春堂往球场里一看，就把卞永韶看到了。卞永韶腿长、腰长、臂长，在篮下格外有优势。别人得到球，一般都是传给他，他不用怎么弹跳，一举手就把球投进了。另外，他对对手还能起到封盖的作用，对手刚要把篮球往篮筐里投，他一个巴掌，就把对手投出的球扇飞了。华春堂说是看打球，心却不在球上。她在心里拿自己的身体和卞永韶的身体作比，她要是站在卞永韶身边的话，恐怕她的头连卞永韶的胳肢窝都达不到，只能到卞永韶的肋巴骨那里。从整个身高来看，卞永韶差不多比她高出了三分之一。体重更没法比，她估计，卞永韶的体重恐怕是她的一倍还多。这样一比，她心里也有些打鼓，魏正方嫌她长得低，卞永韶会不会也嫌她长得低呢？

华春堂还得求助于她的师傅刘德玉，请刘德玉帮她探探卞永韶的口气，看看卞永韶对她的身高有什么看法。

刘德玉上次为华春堂介绍魏正方不成，一直觉得好像欠华春堂一点儿什么，有点儿对不住华春堂。他认为华春堂人很好，聪明，善良，又家常，这样的人很适合做妻子。他甚至想过，他在老家已经娶了妻子，没有资格再对别的女青年有什么想法，要是没有娶妻子的话，矿上的女工让他选，他就选华春堂。人的婚姻，说是命中注定，其实嫁谁不嫁谁，娶谁不娶谁，带有很大的偶然性，这是没办法的事。刘德玉当然乐于继续为华春堂帮忙，但他有些吃不准，在成年男工中，卞永韶最高，在成年女工中，华春堂最低，这一个最高，一个最低，反差这么大，放到一起合适吗？卞永韶是不是也会嫌华春堂长得低呢？刘德玉首先肯定了卞永韶的人品，说据他观察，也听别人说过，卞永韶为人很老实，很谦卑，不管做什么事情，宁可自己吃亏，便宜都是让别人占。这样的好人，现在是很难得的。但是，刘德玉又说：这个这个……我不说，你也明白，你觉得合适吗？

华春堂明白，刘德玉说的"这个"指的是哪个，她说：我觉得没什么不合适的。长得太高的人，说不定还自卑呢！

你这么一说，我倒是想起来了，卞永韶不管是走路，还是跟人说话，都是低着头。

那是的，因为别人都比他低嘛，他跟人说话时不低着头怎么办？他低头低习惯了，不知不觉就把头低下了。他要是再仰着头，就只能看见树、看见天，就看不见人、看不见地了。华春堂说：卞永韶也有不低头的时候，他的头昂得高着呢！

刘德玉也说那是的，卞永韶往篮筐里扣球的时候，绝对不会低着头，他要是低着头的话，就看不见头顶上的篮筐了。

哎呀刘师傅，我的话说到哪儿，您明白到哪儿，我的话还没说出来呢，您就说出来了，您怎么这么聪明呢！卞永韶要是也像您这么聪明就好了！

刘德玉的脸又红了，说：你怎么知道人家卞永韶不聪明呢，说不定比你还聪明呢！他答应把卞永韶叫到化验室来，让华春堂跟卞永韶一对一当面比赛一下，看看谁更聪明。

第二十一章　命运之命

　　刘德玉来到卞永韶的宿舍，见卞永韶正坐在床边，用热水泡脚。卞永韶的双脚太长了，也太大了，而盛热水的搪瓷盆显得太小了，他的双脚不能完全泡在水里，只能是把脚后跟放进水里，脚前掌还搭在盆沿上。他的两只脚好比是两条五六斤重的大鲤鱼，大鲤鱼的头能沾到水，大鲤鱼的尾巴却沾不到水。卞永韶的办法，是先把"鱼头"在水里泡一会儿，再把"鱼尾"在水里泡一会儿。刘德玉看见，卞永韶的床铺也显得有些短，卞永韶要是躺在床上把腿伸直，他的小腿就会搭在床头。卞永韶跟同学张志国一起，也到化验室里坐过，刘德玉对卞永韶并不陌生，说过几句盆太小、床太短的闲话之后，刘德玉入题，问卞永韶有对象没有。

　　卞永韶摇头说没有，又说：谁会看上我呢！

　　你怎么了？

　　我长得太高了，不用别人说，我自己都嫌自己长得太高了。

　　你高人一等，这不是很好嘛！

　　看看，刘师傅您笑话我了吧！

　　我没有任何笑话你的意思，有人要取长补短，看上的就是你的高。你要长得不高，不是东风矿的第一高度，说不定人家还看不上你呢！这个人就在我们化验室，我一说你就知道是谁了。

卞永韶像是想了一下，猜到刘德玉所说的要取长补短的人可能是华春堂，因为华春堂长得是够短的。卞永韶倒不嫌华春堂长得短，只嫌自己长得太长。对于自己长得太长，他一直有些悲观，担心自己很难找到对象。是呀，和他一起从开封来的知青，还有从郑州来的知青，都在抓紧时间找对象，有的已经把对象找到了手，有的还在找对象的过程中，只有他，还从来没有找过对象。对于华春堂找对象的事，卞永韶听说过一些。他知道华春堂跟李玉清谈过恋爱，因为李玉清半道出了事故，他们的恋爱只能谈到半道就完了。卞永韶还听说过，在李玉清出事后，李玉清的同学马成学，曾上赶着追求过华春堂，不知什么原因，华春堂没有同意。卞永韶说：刘师傅，您不要跟我开玩笑，我听说华春堂的眼光是很高的。

算让你说对了，华春堂的眼光是很高，她要是眼光不高的话，也看不上你这个高人哪！

卞永韶嘿嘿笑了，笑得好像非常不好意思，他说：不是，我不是这个意思，那个高不是这个高，我说的眼光高是什么意思呢，这个这个，我也说不清楚，反正指的不是个子高。个子高点儿，算得了什么呢！

刘德玉果断地把手挥了一下说：卞永韶，你的意思我都明白了，你不要再谦虚了，谦虚过头就是骄傲。我跟你这样说吧，你要是娶了华春堂做你的妻子，是你一辈子的福气。到时候，她连脚都会帮你洗，你信不信？

说到脚，卞永韶的一只脚不由得动了一下，差点儿把水盆踩翻。他的脚被热水泡得有些发红，而他的脸似乎比他的脚还红，他忙说：不敢不敢，千万不敢，刘师傅我胆小，您不要吓唬我啊！

我是搞化验的，比较讲究化学反应。一说到华春堂，我看你有化学反应。从你身上表现出来的化学反应来看，你和华春堂的事能成。刘德玉跟卞永韶说了一个时间，让卞永韶在那个时间去化验室与华春堂当面谈谈。

华春堂没有给卞永韶准备什么菜，更没有打算跟卞永韶喝酒。她听刘德玉说了，卞永韶滴酒不沾。别看卞永韶那般人高马大，像是能盛酒的样子，但卞永韶却天生对酒精过敏，一闻酒气就脸红，一盅酒就可以把他掀翻。不能喝酒就不喝，既然卞永韶要到化验室来，她也不能让卞永韶干坐着，还是要给卞永韶准备一点儿吃的和喝的。她给卞永韶准备的吃的东西，是一捧炒花生和一把糖，香的甜的都有。她给卞永韶准备的喝的东西更简单，是一杯白开水。这天晚些时候，卞永韶按时到化验室来了。刘德玉提前离开了，他的意思是让华春堂跟卞永韶单独谈。卞永韶一进门就找刘德玉，问：刘师傅呢？

华春堂说：刘师傅回宿舍了。她指一个椅子，让卞永韶坐，又说：卞永韶，欢迎你呀！

卞永韶不知怎样接华春堂的话，他一在椅子上坐下，就把头低下来，眉低下来，两只手在腿间互相搓。

华春堂没有跟卞永韶握手。卞永韶的手可真大呀，恐怕跟一把蒲扇差不多。相比之下，她的手就显得太小了，要是跟卞永韶握手，她的手还不够卞永韶塞手缝子呢！华春堂自己没有坐，仍在地上站着。尽管如此，坐着的卞永韶仍比她高出一头。华春堂还知道，卞永韶比她大一岁，她属兔，卞永韶属虎。一个人身量大，岁数大，不等于心理上就有优势。华春堂觉得，心理优势在她这一边。在李玉清和魏正方面前，她不觉得自己有什么优势，而在比她高出许多的卞永韶面前，她却信心满满，自觉心理优势明显。卞永韶的脸圆圆的，长的是一张娃娃脸。卞永韶的头发不是大背头，不是偏分，也不是平头，还是很随意的学生头，发型一点儿都不讲究。在华春堂看来，卞永韶还是一个大男孩儿啊！她说：卞永韶，我看你有点儿害羞，一点儿都不像一个顶天立地的男子汉啊！

害羞的人的害羞，怕被指出来，一被指出来，就更加害羞。卞永韶顿时满脸通红，羞怯得不成样子，他摸了腮帮子，又摸后脖颈，说：是吗？刘师傅呢？他让我来化验室，他到哪里去了？

华春堂禁不住笑了，她说：是我让你来的，你老找刘师傅干什么，刘师傅又不是你哥。我在这儿陪你说话，难道还不够吗？你打篮球打得不错呀！

打篮球，是卞永韶的长项，可卞永韶说：打不好，瞎打，教练老是说我攻击性不强。其实我不喜欢打篮球，他们非让我打，我也没办法。

那是因为你长得高，天生是打篮球的材料，人家才让你打。有的人倒是想打呢，因为身高不符合条件，干着急也没办法。

长得高有什么好，除了多费布票、多费粮票，别的没什么好处。

卞永韶，你可不能这样说，这样说让长得不高的人听见，人家还以为你是讽刺人家呢！

对不起，我说的是实话，我就喜欢长得不高的人。

真的？这可是你说的，我可把你的话当真了哈！来，我请你吃花生。说着，从一个盘子里抓起一把带壳的炒花生，递向卞永韶。

卞永韶不伸手接花生，他摇手说：我不吃。我应该给你带吃的。我什么东西都没给你带，已经显得很不懂礼貌了。我要是再吃你的东西，就更显得不懂礼貌了。

礼貌是一句话，说说就到了。你这么一说，我觉得你挺懂礼貌的。你不但懂得礼貌，还挺会说话的。

哪里呀，我最不会说话了，我妈老说我白长了一个傻大个子，一点儿都不会讨女孩子的喜欢。

不是呀，我觉得你挺讨女孩儿喜欢的。卞永韶你记住我说的话，以后不许再说自己是傻大个子，这话我不爱听。我看你聪明得很，一点儿都不傻。好了，吃花生吧！我让你吃，你就得吃。你吃了花生，就证明你刚才说的是实话。你要是不吃，跟我客气，就证明你刚才说的不是实话。

我说什么了？卞永韶眨着眼皮想了一下，似乎才想起来了，说：好好，那我吃。他向华春堂伸开手掌，让华春堂把花生放到他手里。华春堂给他抓的花生是一大把，到了他的大手里，就成了一小把。花生外面还有一层被说成"麻屋子"的壳，剥开"麻屋子"，再撩开"红帐子"，才能露出里面的"白胖子"。卞永韶暂时没吃"白胖子"，连同"红帐子""麻屋子"一起，攥到了自己的手心里。他低头看看自己的脚，说出了自己的担心：华春堂，咱俩要是这样，别人会不会说我欺负你呀？

华春堂明白卞永韶的意思，她说：嘿，得了吧你，你没听人家说嘛，四两能拨千斤，秤杆再长，也得靠秤砣压着，谁欺负谁，还不一定呢！这样说着，她瞥了卞永韶一眼，这一眼瞥得极有情致，几乎有了亲昵的性质。

卞永韶几乎有些陶醉，他不知不觉间把头抬了起来，眼里火花闪烁，说：华春堂，我算服了你了，你的小嘴儿太会说了。

华春堂嫣然一笑，说：这算什么，卞永韶你放心吧，你跟着我，我不会让你吃亏的。

华春堂与卞永韶谈恋爱的事，东风矿的人很快就知道了，吃惊之余，微笑之余，大家一致的看法是，这两个人，一个太高，一个太低，太不般配。他们见过男女不般配的，但从来没见过这样不般配的，简直就是一个笑话。许多笑话需要讲出来，才能让人们发笑，而华春堂和卞永韶的恋爱不用讲，本身似乎就含有笑料，一想就让人觉得好笑。

郑大姐笑了。郑大姐说：凤凰都爱往高枝上飞，还要看你是不是一只凤凰。她的言外之意是，华春堂并不是一只凤凰。

陈秀明笑了。陈秀明是一个爱与人比个子高低的人，但她绝不敢跟卞永韶比。陈秀明的男朋友王东江也是矿上篮球队的队员，他们两个私下里说起华春堂和卞永韶的恋爱，你抓我一下，我挠你一下，笑得有些前仰后合。但当了华春堂的面，陈秀明就把所有的笑都收了起来，以祝贺的口气对华春堂说：不错，挺好的。

张丽之笑了。张丽之找对象的事有了新的进展，她找的对象是在机械修理厂当工人的同班同学。她的同学是一个胖子，一动浑身的肉乱颤颤，外号老肥。张丽之宁可找一个胖子，也不愿找像卞永韶那样的高个子，她说胖子可以减肥，个子太高可没法减。

王秋云笑了。她想，华春堂要是想用挖耳勺给卞永韶掏一下耳朵眼儿，那该怎么办呢，恐怕卞永韶坐着，华春堂站着，都够不到卞永韶的耳朵眼儿吧！华春堂总不能搬一个梯子，把梯子搭在卞永韶的肩膀上，再去够卞永韶的耳朵眼儿吧！她把自己的想象幻化成一幅漫画，漫画的题目是《矮个子女友掏耳图》。漫画仿佛屹立在她眼前，使她有些忍俊不禁。

杨海平笑了。有人在理发室理发时问过杨海平，给卞永韶理过发没有？杨海平说：理过呀！

你够得着卞永韶的头吗？你是怎么理的？理的是大头还是小头？

久经调戏和锻炼的杨海平，什么话都懂，对什么话都不再害怕，也不着恼，她反问人家：你说呢，你一共几个头？还没等对方说出自己是几个头，她说：我告诉你吧，你一共有十二个头，不知道吧？连自己几个头都数不过来，有什么资格跟姑奶奶讨论大头小头！

连傻明都笑了。有人问傻明，如果让卞永韶当她的男人怎么样？傻明很害怕的样子，连连摆手，说：那可不行，他那么大的个子会压死我的！

其实那些女工的深度想法和傻明是一样的，她们都拿自己和卞永韶对比过、设想过，从自己的身体与卞永韶身体的差距，推及华春堂与卞永韶的不般配。她们甚至有些替华春堂发愁，一个那么高，一个那么低，他们怎么一块儿走路呢？一路走时，要是卞永韶想拉一拉华春堂的手怎么办呢？卞永韶是不是需要弯下腰来，才能拉到华春堂的手呢？他们要是手拉手往前走的话，华春堂怎么能跟得上卞永韶的步伐呢？还有，恋爱中的人，到一定时候，总得拥抱一下吧。卞永韶的两条长胳膊伸出来了，却一抱一个空，那可怎么办呢！卞永韶是不是需要把华春堂从地上抱起来，像抱一个小孩子一样，才能实现拥抱呢！

男工们看笑话看得更下作一些，因为他们是用更现实、更功利的观点看问题。在井下休息时，他们拿华春堂和卞永韶的恋爱寻开心，不但说到了接吻，不但说到了被窝儿里的事，一个高个子的矿工，还指着一个低个子的矿工，说低个子的矿工好比华春堂，他自己好比是卞永韶，"卞永韶"要跟"华春堂"做一个游戏。"华春堂"见"卞永韶"张牙舞爪的样子，不知"卞永韶"要跟"她"做哪方面的游戏，"华春堂"大概觉得什么游戏都不好玩，都是"她"吃亏，吓得连滚带爬，东躲西藏，以至钻进采过煤的老空区里，差点儿出了事故。

周子敏没有笑话华春堂。对于华春堂的心理轨迹，周子敏是清楚的。不管什么事情，身陷其中的人往往糊里糊涂，而旁观的人则是清醒的。周子敏知道，华春堂对魏正方有好感。华春堂通过刘德玉，约魏正方到化验室里喝酒，周子敏也知道。周子敏还知道，魏正方没同意和华春堂建立恋爱关系，是嫌华春堂长得太低了。华春堂受到打击，就把找对象的目标转向了卞永韶。如果不是追求魏正方受挫，华春堂不可能把卞永韶纳入她找对象的视线范围以内，就是再挑十个八个，恐怕也轮不到卞永韶。就是因为魏正方嫌她长得低，她要争一口气，才让刘德玉给她介绍卞永韶。她这样做，是冲着魏正方去的，是做给魏正方看的，意在显示自己的能力，也是要压魏正方一头。华春堂很可能意识不到，她这样做，表明她心里真正爱着的人还是魏正方，而不是卞永韶。她越是找一个高大的卞永韶给魏正方看，越表明她并没有把魏正方放下，魏正方在她心里还占据着十分重要的位置。在这种心理情况下，卞永韶的处境是让人同情的，因为在实质上，华春堂找卞永韶只是一个手段，她在不知不觉中把卞永韶当成了一个工具。反过来对华春堂来说，她这样做是相当危险的，等于给自己的婚姻生活埋下了隐患。因为婚姻是一辈子的事，不是阶段性的事。等清醒下来，认识到自己的动机，并遇到了困难，再反悔就迟了。

但这样的看法，周子敏不会对华春堂说。华春堂正冲动着，正在兴头上，她就是说了，华春堂也不一定会听她的。她装作一切都没有听到，没看到，不知道，就完了。反正对她自己来说，就算一辈子不找对象、不结婚，也绝不能像心高的华春堂这样找对象。找对象是给自己找的，不是找给别人看的，首先要忠实于自己内心的感受才行。

端阳节又到了，艾蒿青了，蔷薇红了，麦子黄了，到处弥漫着麦子成熟的气息。布谷鸟在空中飞来飞去，叫得一声连一声，似在催促人们赶快收割。华春堂约卞永韶到她家去过节。

卞永韶犹豫着，不想去。

华春堂问他为什么。

他说他不知道带什么礼物。

华春堂说：你别的东西不用带，只带一样东西就行了。

卞永韶问带什么东西。

华春堂耍调皮：只带着你的一张嘴。

卞永韶说：那可不行，家里有老人，我要是空着手去，就显得我太不懂礼貌了。

那你准备带什么呢？

我也不知道，你帮我出出主意呗，你不是主意多嘛！

谁主意多！你才是主心骨，在你面前，我就没主意了。

卞永韶被推到主心骨的位置，这让他有些挠头，他说：现在买什么都凭票，我手里什么票证都没有，真不知道买什么。他像是突然想起来了，说：要不然，我给你们家买几斤大肉吧！

买大肉也是凭票，难道你有肉票不成？

我有一个同学在矿务局肉店卖肉，我去找找他，走走他的后门儿，买几斤肉大概问题不大。

华春堂很欣喜的样子，说：你看，我说你有办法吧，果然有办法。没想到你还有这样的关系，那，我们家以后吃肉没问题了。华春堂说他们家每次买肉，都是派她弟弟去买。因为肉店供应的肉很少，每到开门卖肉时，肉店里买肉的人都挤破头，差不多能把生肉挤成熟肉，女的根本挤不进去。她弟弟像去战场打仗一样拼命挤三回两回，能有一回买到肉就算不错。

买肉的事以后就交给我了。是买肥的，还是买瘦的呢？

当然是买肥的了，越肥越好。我妈可以把肥肉炼成大油，平时炒菜用。

华春堂提前回家，安排接待卞永韶的事。上次在年三十接待李玉清不成，还是华春堂心上的一块阴影。这次约卞永韶端阳节去他们家，她想做得平常一些，跟常来常往的样子一样。反正她一定要让卞永韶到他们家去，卞永韶好比是端阳节里的一道阳光，她要利用这道"阳光"，把心上的阴影冲散。同时，让卞永韶到他们家去，这是她的恋爱和婚姻必不可少的一道程序，她必须让妈妈见一见卞永韶，听一听妈妈对卞永韶的看法。当然了，不管妈妈对卞永韶是不是认可，她都会和卞永韶继续好下去。她让妈妈看卞永韶，主要是表示她对妈妈的尊重，表示她是一个知情达理的好孩子。下一步，她还要让卞永韶带着她，去开封看望卞永韶的爸爸妈妈，这个程序她也一定要走。华春堂对妈妈说，卞永韶不喝酒，给他包饺子吃就行了。只是卞永韶饭量大，饺子要包得多一些。以前他们家一家人包一锅盖饺子就够了，卞永韶来了，至少要乘以三，包三锅盖饺子才够吃。另外，华春堂还跟妈妈和姐姐交代，等卞永韶到了他们家，有两句话最好不要说。一是别夸卞永韶长得高，卞永韶不爱听人家说他长得高，一听好像揭了他的短似的。二是不要把卞永韶喊成小卞，姓卞的卞字前面不能加小。

姐姐华冬梅一时不能明白，为什么不能把卞永韶喊成小卞，她准备的是把卞永韶喊成小卞。她问：为什么？

华春堂还没回答，妈妈替她回答了：你这孩子，就是傻得不透气，这还用问嘛！

华冬梅皱眉想了一下，似乎才明白了。她一明白，脸就红了。

华冬梅找对象的事还没着落。有人认为她过于挑剔，问她到底想找什么样的，她说她想找一个当兵的。矿区都是挖煤的，很少当兵的，想找当兵的，不是很容易。找对象这事，说难也难，说容易也容易。对她来说，是难；对她妹妹华春堂来说，是容易。华冬梅知道了，妹妹新找的对象是一个篮球运动员。东风矿的篮球队很厉害，在全矿务局的循环比赛中，最终拿到了冠军。参加比赛的球队很多，能拿到冠军的只有一个球队。不当冠军队，容易被人们忽略，参赛跟不参赛差不多。一当上冠军队，万众瞩目，人们就记住了。当了冠军队，不仅球队出名，连球员也跟着出名，风光。华冬梅听医院里的人夸过卞永韶，说卞永韶是球队里的中锋，是全队的中坚力量，一只手就能把皮球抓起来，那是相当厉害。华冬梅想等局里再有篮球比赛的时候，她也去看一看，看看卞永韶是怎么个厉害法。让她没想到的是，她还没看到卞永韶呢，卞永韶竟成了妹妹的男朋友，成了她未来的妹夫，就要到他们家里来了，您看看这事儿，真是有点儿了不得。比如她想看一个电影明星，目睹一下明星的风采，不承想，"明星"竟然要到她家里来了，这怎不让人深感意外！华冬梅还听说，卞永韶的个子是很高的，在全矿务局所有男人当中，卞永韶的高度都可以数第一。而她的妹妹华春堂，个子是很低的，很低很低的。哎，事情就是这样，一个很低很低的，把一个很高很高的征服了，你说谁厉害呢？看来还是她的妹妹厉害。都是一个妈生的，她怎么一点儿都不厉害呢！特别是在找对象方面，她的心眼儿和能耐比妹妹差远了，差十万八千里都不止啊！有一件事，她没跟妈妈说，更没跟妹妹说，因为说不出口，一想就觉得像是受到了侮辱。她家隔壁的那个卡车司机，在把老婆折磨死后，竟托人找到她，问她愿意不愿意跟卡车司机一块儿生活，卡车司机出车的时候，就可以让她坐在汽车的驾驶楼里，想去哪里都可以。华冬梅一听就很生气，气得脸都白了。想什么呢？你以为你是谁？不就是脚下有几个轱辘嘛，不就是手里有一个方向盘嘛，不就是开公家的车可以办点儿私事嘛，有什么了不起的！这样一个粗暴的男人，把自己的老婆折磨死后不够，难道还想折磨我吗？真是瞎了狗眼，异想天开。自己就是一辈子不结婚，八辈子不结婚，也决不会找这样的坏男人。

如周子敏所料，魏正方果然调到矿务局去了。他不在矿上住了，把自己简单的铺盖卷儿搬到了局里。矿务局办公大楼后面还有一座三层小楼，是宿舍楼，给局里单身职工住的。魏正方住进了小楼。局里的住宿条件好一些，一间宿舍只住两个人。他从矿上调走的时候，矿上把他的书还给了他。看着那些书，想起自己所熟悉的书中的那些人物，魏正方心中涌起一种失而复得的感觉，还有久别重逢的感觉，鼻子一酸，差点儿落了泪。他调到矿务局政工组工作，并没有被提拔成干部，还是工人的身份，名曰以工代干。对以工代干的说法，魏正方不是很理解，明明干的是干部的活儿，是以干代工，为什么说成以工代干呢？

还是天天回东风矿住宿时，魏正方就听工友们说起，华春堂跟卞永韶谈上了恋爱。魏正方听后，一点儿都不感到吃惊，因为他了解华春堂，知道华春堂是个抓尖要强的人，谁是尖子，她就抓谁，抓住了人尖子，就显示出了她的强大。至少从高度方面衡量，卞永韶构成了东风矿的人尖子，华春堂不抓卞永韶抓谁呢？华春堂抓到了卞永韶，一下子就把她的强大突显出来了。珠穆朗玛峰高不高？而登上珠穆朗玛峰的人，比山峰更高。魏正方难免想到，华春堂之所以选择了卞永韶，跟他是有关系的，是他嫌华春堂长得低，激励了华春堂，华春堂才把找对象的目标对准了卞永韶。魏正方打心眼儿里为华春堂高兴，从各方面的条件来看，卞永韶都比他强多了。卞永韶个子比他高，相貌比他好，这个就不说了。卞永韶出生在古城，家庭条件比他家在农村的经济状况好得多。还有，据他观察，卞永韶这个人的心地非常善良。有的人是恶得挂相，卞永韶是善得挂相。卞永韶为人谦卑，谦卑得恨不能把身子往矮了缩。别看卞永韶个子这么大，他说话的声音却很小，而且一说话就面带羞涩。华春堂能找到这样好的对象，魏正方觉得华春堂应该感谢他，因为他的退出，给卞永韶腾出了位置，卞永韶才做到了"后来者居上"。

　　魏正方的人事关系虽说转到了矿务局，但他还像刚到局里帮助工作时所做的那样，每天第一个来到办公室，为同事们打开水，用拖把擦地，几乎把自己当成了一个勤务员。

　　矿上有矿上的热闹，局里有局里的寂寞。矿务局的办公大楼，上班时有上班的热闹，下班后有人走楼空的寂寞。这天傍晚，办公室里的同事们都下班回家去了，只有魏正方一个人，站在三楼的窗口往窗外看。天长了，留给人们的时间越来越多。别看局机关的人都下班了，楼前那条横贯东西的马路上，还是车来车往，人来人往。拉煤或拉其他货物的大卡车，还是开得那么快，耀武扬威的样子，腾起阵阵烟尘。私下里卖东西的小商小贩，布袋里装着花生、鸡蛋，或一只母鸡，装成走亲戚的样子，把每一个走近的人都当成"亲戚"，向"亲戚"兜售他们的私货。如果"亲戚"愿意买，他们就找一个比较隐蔽的地方进行交易。马路对面的西南方向，有一个篮球场，一帮干部子弟在那里打篮球，远远就听见篮球砸在篮板上"砰砰"响。办公大楼的东南方向，在通向东风矿的南北马路东边，正在建设一座属于矿区的百货大楼。每座城市都有百货大楼，金宝矿务局正在向煤城的方向发展，建一座百货大楼是必需的。

看着看着，魏正方有些走神，看车不是车，看人不是人，看什么都有些虚幻。之所以走神，是他想起了周子敏。他鼓起勇气，给周子敏写了一封信，试着表达了愿意向周子敏学习的心情。他很希望周子敏给他回信，如果周子敏给他回信的话，他会马上再给周子敏写一封信，这样信来信往，他们之间就建立起了通信关系。可是，一个星期过去了，两个星期过去了，三个星期过去了，他的希望变成了盼望，他的盼望甚至有些热切，却没有收到周子敏的只言片语。这未免让魏正方有些失望，也有些失落。他想，也许是周子敏看不起他，不愿搭理他，所以才不给他回信。别看周子敏的爸爸被打成了矿务局最大的走资本主义道路的当权派，别看周子敏的爸爸在劳动改造中意外身亡，但周子敏的志气还在，自信还在，"皇帝女儿"的架子还在，她是不会跟一个农村出来的青年交往的。魏正方反思，他也许高估了自己，以为自己调到矿务局工作，就提高了地位，周子敏就会高看他一眼，愿意和他交往。看来实际情况并不是如他所想，也不是如他所愿。回过头来，他又想到了华春堂。由于受家人的影响，他过多看重一个人的身高，就把华春堂错过了。现在华春堂已经找到了更高更好的对象，时不再来，人不再来，后悔药是吃不得的。

魏正方本在楼上观风景，突然回过神来，因为他在楼下的马路对过看到了一个熟悉的身影。他定睛一看，那个身影不是别人，正是华春堂。华春堂还是背着她的那只黄书包，看样子是在向回家的方向走。她走得并不快，走几步，就回头望一下，像是顾盼着什么。魏正方往后一看，就明白了，华春堂顾盼的是她的男朋友卞永韶。卞永韶与华春堂拉开的距离大约二三十米，正跟着华春堂往前走。卞永韶走得也不快，好像一走快就会与华春堂缩短距离似的。卞永韶由于个子高，腿长，走起路来一顿一顿的，看上去很像一只在河边湿地上行走的鹤。魏正方有些纳闷，他们既然确定了恋爱关系，卞永韶又是跟着华春堂往华春堂的家里走，为什么不肩并肩往前走呢？魏正方想起来了，可能因为他们两个的身高悬殊太大了，没法儿肩并肩，所以才故意拉开了一段距离。这表明，关于他俩不般配的人言，他们不仅听到了，还有些在意。为了避免别人在马路上对他们指指点点，说长道短，他们不必走得那么近。等走到家里，把门一关，他们再亲近也不迟。

秋季的一天，魏正方在去医院的路上，迎面遇见了华春堂。华春堂停下脚步，喊了他的名字。他也站下，喊了华春堂的名字。华春堂满脸喜气，告诉魏正方，她与卞永韶已办理了结婚登记手续。

魏正方说：很好，祝贺你们！他对华春堂说：你们什么时候举行婚礼，请一定告诉我一声。他的意思是，届时要给华春堂送贺礼。

华春堂说，结婚的日子还没定。

转眼到了 1974 年的 5 月 1 日，这天上午九点左右，华冬梅骑着自行车，带着华春堂，去已经落成的矿务局百货大楼，买结婚用品。一辆大卡车，从身后开过来。大卡车开得很快，又开得很靠边，司机像是要考验一下前面两个女孩子骑车的技术。华冬梅一慌，车把晃动起来。眼看自行车要摔倒，华春堂只得从自行车的后座上跳下来。她这一跳，坏了，一下子摔倒在车下，沉重的卡车后轮从她的胸部碾轧过去，惨剧在瞬间发生。

　　卡车没有停下来，"咯噔"一下之后，逃跑了。

2019 年 6 月 7 日（2019 年高考第一天，也是农历的端阳节）
动笔于北京和平里，至 12 月 9 日，完成于怀柔翰高文创园

后记

我写她们，因为爱她们

一个男人，一辈子不会只爱一个女人，或两个女人，他有可能会爱好多个女人。他一辈子只娶一个女人为妻，是因为受到婚姻制度的限制，不等于他只爱妻子一个人。一个男人爱上好多个女人，这符合人性，是人之常情，也是正常的潜意识，构不成对婚姻的不忠，更构不成什么道德问题。同样的道理，女人也是如此。对女人我就不多说了，这里只从男人的角度说一说。一个男人爱上那么多女人怎么办呢？由于受人类文明社会多种条件的制约，多数情况只能埋藏在心底，停留在精神层面上，连对被爱者表达一句都没有。倘若每爱上一个，都要付诸实践，那不是又回到动物世界了嘛！人类向往自由，很大程度上是向往对爱的自由。但你既然进化成了人类，就得收着点儿，准备付出不那么自由的代价。

这时候，写作者的优势就显示出来了，他可以把他所爱过的女人一一写进书里，做到应写尽写，一个都不落。他的书写是相对自由的，不必担心那些被写者会自动对号，因为他把那些女人的真名都隐去了，换上了假名，比如一个女孩子本来叫李小雨，他把人家写成了林晓玉等。他心中有些暗喜，心说如果那些可爱的女孩子对一下号也挺好的，不枉他的一番绵绵爱意。以己推人，他武断地做出了一个判断，天下所有的男作家，都不会忘记他们所心爱过的女人，都会把那些女人作为书写的对象，倾心进行描绘。是呀，只有爱过、动过心，脑子里活跃着女人的原型，他才能把女人写好，写得活灵活现，贴心贴肺，让人回肠荡气。曹雪芹写了"正册""副册""又副册"里那么多风姿各异的女孩子和女人，构成了洋洋"大观"，正是表现了曹雪芹对她们的爱。他不仅爱黛玉、宝钗、探春、妙玉、湘云、宝琴等，还爱平儿、晴雯、香菱、袭人、尤三姐、金钏等。这不是泛爱，不是自作多情，更不是什么轻薄，确实是爱之所至，情感诚挚，欲罢不能。爱，是一个写作者的基本素质。冰心先生说过："有了爱就有了一切。"

现在该说说我的新长篇小说《女工绘》了，如果用一句话概括，《女工绘》是一部爱的产物。

小说写的是后知青时代一群青年矿山女工的故事。一群正值青春芳华的女青年，她们结束了"接受贫下中农的再教育"的知青生涯，穿上了用劳动布做成的工装，开始了矿山生活。她们的到来，使以黑为主色调的黯淡的煤矿一下子有了明丽的光彩，让沉闷的矿山顿时焕发出勃勃生机。幸好，我那时也参加了工作，由农民变成了工人，那些女工便成了我的工友。"世上有朵美丽的花，那是青春吐芳华。"在我看来，每个青年女工都有可爱之处，都值得爱一爱。她们可爱，当然在于她们的美。粗糙的工作服遮不住她们青春的气息，繁重的体力劳动使她们的生命力更加旺盛，她们各美其美，每个人都像一棵春花初绽的花树。不光像我这样和她们年龄相仿的男青年被她们所吸引，连那些老矿工也乐得哈哈的，仿佛他们受到了青春的感染，也焕发了青春。

然而，女工们作为社会人和时代人，她们的青春之美和爱情之美，不像自然界的那些花树一样自然而然地生发，美的生发过程，受到了不同程度的压制、诋毁和扭曲。进矿之后，她们几乎都被分别贴上了两种负面评价标签。一种标签是政治性的，标明她们的家庭成分不好。在那"阶级斗争天天讲"的年代，这样的标签是严重的，足以把被贴标签的女孩子压得抬不起头来。另一种标签是生活方面的，标明她们在生活作风方面有过闪失。所谓生活作风，在当时有一个特指，指的是男女之间的生活作风。在那"政治挂帅"的高压空气下，在矿山被"军管"的情况下，心理有些变态的人们，以揭露和传播别人的隐私为快事，似乎对生活作风方面的事更感兴趣，更乐意对那些女工指指戳戳，添油加醋，以进行可耻的意淫。那些被舆论虐待的女工，日子更不好过，可以说每一天都在受着煎熬。

青春之美、爱情之美，是压制不住的，也是不可战胜的。如同春来时，板结的土地阻挡不住竹笋钻出地面，急风骤雨丝毫不能影响花儿的开放。恰恰相反，凡是受到压制的东西，总会想方设法为自己寻找一条出路，哪怕是一条曲折的道路；越是禁止的东西，越能刺激人们想拼命得到它。在顺风顺水时，或许显示不出青春的顽强、爱情的坚韧，越是遭遇了挫折，越能体现青春的无价之价值，增加爱情的含金量。这样的青春和爱情，以及女性之美、人性之美，更让人难忘，更值得书写。

《女工绘》所写到的这些女工，我跟其原型几乎都有交往，有些交往还相当意味深长。在写这部小说的好几个月时间里，我似乎又跟她们走到了一起，我们在一个连队（军事化编制）干活儿，一个食堂吃饭，共同在宣传队里唱歌跳舞，一起去县城的照相馆里照相。她们的一眉一目、一喜一悲、点点滴滴，都呈现在我的记忆里。她们都奋斗过，挣扎过，可她们后来的命运都不是很理想，各有各的不幸。"华春堂"那么心灵，那么富有世俗生活的智慧，刚刚找好如意的对象，却突遇车祸，香消玉殒。曾有人给我介绍过"张丽之"，我因为嫌她是"地主"的家庭成分，没有同意。她勉强嫁给了她的一位矿中的同学。退休后，她到外地为孩子看孩子，留丈夫一个人在矿上。偶尔回到矿上，发现丈夫已经死在家里好几天。"杨海平"是一个那么漂亮、天真的女孩子，因流言蜚语老是包围着她，她迟迟找不到对象。听说她后来找的是她的一个表哥，生的是弱智的孩子……自打我从煤矿调走，四十多年过去了，这些女工工友我都没有再见过。想起她们来，我连大哭一场的心都有。

让我稍感欣慰的是，因为爱的不灭，我并没有忘记她们，现在，我把她们写出来了。时间是神奇的东西，也是可怕的东西。它给我们送来了春天，也带来了寒冬；它催生了花朵，也让花朵凋谢；它诞生了生命，也会毁灭生命。随着时间的流逝，那些女工会像树叶一样，先是枯萎，再是落在地上，最后化为泥土，不可寻觅。她们遇到了我。我把她们写进书中，她们就"活"了下来，而且永远是以青春的姿态存在。

当然，每个女工的命运都不是孤立的，女工与女工有联系，女工与男工有联系，更不可忽略的是，她们每个人的命运都与社会、时代和历史有着紧密的联系。她们的命运里，有着人生的苦辣酸甜，有着人性的丰富和复杂，承载着个体生命起伏跌宕的轨迹，更承载着历史打在她们心灵上深深的烙印。我写她们的命运，也是写千千万万中国女工乃至中国工人阶级的命运。他们的命运，是那个过去的时代我国人民命运的一个缩影。我唤醒的是一代人的记忆，那代人或许能从中找到自己的身影。往远一点儿说，我保存的是民族的记忆、历史的记忆。遗忘不可太快，保存记忆是必要的，也是作家的责任所在。我相信，这些经过审美处理的形象化、细节化的记忆，对我们的后人仍有警示意义和认识价值。

　　继《断层》《红煤》《黑白男女》之后，这是我所写的第四部描绘中国矿工生活的长篇小说。一般说来，作家会用所谓"三部曲"来概括和结束某种题材小说的写作，而我没有停止对煤矿题材小说的写作。我粗算了一下，在全世界范围内，把包括左拉、劳伦斯、戈尔巴托夫等在内的作家所写的矿工生活的小说加起来，都不如我一个人写的矿工生活的作品多。煤矿是我认定的文学富矿，将近半个世纪以来，我一直在这口矿井里开掘，越开越远，越掘越深。据说煤埋藏得越深，杂质就越少，煤质就越纯粹，发热量和光明度就越高。我希望我的这部小说也是这样。

　　　　2020 年 5 月 23 日于北京怀柔翰高文创园

图书在版编目（CIP）数据

女工绘 / 刘庆邦著. -- 北京：作家出版社，2020.8
ISBN 978-7-5212-1050-7

Ⅰ. ①女… Ⅱ. ①刘… Ⅲ. ①长篇小说 – 中国 – 当代
Ⅳ. ①I247.5

中国版本图书馆CIP数据核字（2020）第124529号

女工绘

作　　者：刘庆邦
责任编辑：向　萍
装帧设计：王汉军
出版发行：作家出版社有限公司
社　　址：北京农展馆南里10号　　邮　　编：100125
电话传真：86-10-65067186（发行中心及邮购部）
　　　　　　86-10-65004079（总编室）
E-mail:zuojia@zuojia.net.cn
http://www.zuojiachubanshe.com
印　　刷：玉田县嘉德印刷有限公司
成品尺寸：145×210
字　　数：223千
印　　张：10
版　　次：2020年9月第1版
印　　次：2020年9月第1次印刷
ISBN　978-7-5212-1050-7
定　　价：48.00元